옮긴이 조재룡

서울에서 태어나 … 랑스
파리8대학에서 … 소와 성균관대
인문과학연구소 … 원을 거쳐,
현재 고려대 불 … 지에 평론을
발표하면서 문학 … 프랑스와
한국 문학에 관한 다수의 논문과 평론을 집필하였다. 저서로 『앙리
메쇼닉과 현대비평: 시학, 번역, 주체』『번역의 유령들』『시는 주사위
놀이를 하지 않는다』『번역하는 문장들』『한 줌의 시』『의미의
자리』『번역과 책의 처소들』『아케이드 프로젝트 2014-2020 비평
일기』 등이 있으며, 역서로 앙리 메쇼닉의 『시학을 위하여 1』,
제라르 데송의 『시학 입문』, 루시 부라사의 『앙리 메쇼닉, 리듬의 시학을
위하여』, 알랭 바디우의 『사랑 예찬』『유한과 무한』, 자크 데리다의
『조건 없는 대학』, 조르주 페렉의 『잠자는 남자』, 장 주네의 『사형을
언도받은 자 / 외줄타기 곡예사』, 로베르 데스노스의 『알 수 없는
여인에게』, 미셸 포쉐의 『행복의 역사』, 레몽 크노의 『떡갈나무와 개』
등이 있다. 2015년 시와사상문학상과 2018년 팔봉비평문학상을
수상하였다.

문체 연습

레몽 크노

문체 연습

조재룡
옮김

문학동네

일러두기

* 이 책은 다음의 원서를 완역한 것이다: Raymond Queneau, *Exercices de style*, Gallimard, 2012. 한국어판에 실린 10편의 추가 텍스트는 저작권사의 허락하에 옮긴이가 크노의 유희를 한껏 더 보여주고자 다음의 판본에서 선별한 것이다: Raymond Queneau, *Œuvres complètes III : Romans II* (Sous la direction d'Henri Godard), Gallimard, coll. « Bibliothèque de la Pléiade », 2006. (10편의 해당 페이지는 다음과 같다: 1–1368, 2–1366, 3–1369, 4–1374, 5–1375, 6–1378, 7–1377, 8–1378, 9–1379, 10–1381) 부록으로 실린 「해제」는 한국어판 옮긴이의 것이다.
* 단행본이나 잡지는 『 』로, 논문은 「 」로, 노래·그림·공연 등은 〈 〉로 표시했다.
* 원서에서 강조나 구분을 위해 대문자로 표기한 단어는 밑줄 또는 볼드체로, 이탤릭체는 방점 또는 순명조체로 표시했다.

차례

+ 문체 연습 추가편

약기 略記

출근 시간, S선 버스. 스물여섯 언저리의 남자 하나, 리본 대신 끈이 둘린 말랑말랑한 모자, 누군가 길게 잡아 늘인 것처럼 아주 긴 목. 사람들 내림. 문제의 남자 옆 사람에게 분노 폭발. 누군가 지날 때마다 자기를 떠민다고 옆 사람을 비난. 못돼먹은 투로 투덜거림. 공석을 보자마자, 거기로 튀어감.

두 시간 후, 생라자르역 앞, 로마광장에서 나는 그를 다시 만남. 그는 이렇게 말하는 친구와 함께 있음: "자네, 외투에 단추 하나 더 다는 게 좋겠어." 친구는 그에게 자리(앞섶)와 이유를 알려줌.

중복하여 말하기

하루의 정중앙이자 정오에, 나는 S선 그러니까 콩트르스카르프에서 샹페레로 향하는 거의 만원인데다 붐비는 어떤 버스 하나를 다시 말해 한 대중교통 차량의 승강대로 즉 뒤쪽 갑판 위에 올라서 타 있었다. 나는 어떤 젊은 남자를, 그것도 꽤 우스꽝스럽고 또 이만저만 희한하게 생긴 게 아닌 청춘의 끝물 하나를, 예컨대 그의 말라빠진 목과 야윈 목덜미를, 쓰고 있는 모자랄까 벙거지랄까 하는 테두리에 둘린 가는 끈과 꼬인 줄을 보았고 또 주목하고 있었다. 어떤 소란과 혼란이 있고 나서, 그는 자기 옆 사람 그러니까 일행이 사람들이 매번 내리고 또한 빠져나갈 때마다 그를 일부러 떠밀고 괴롭힌다고 울먹거리고 질질 짜는 듯한 목소리와 어조로 발설하며 쏘아붙인다. 이 사실을 표명하고 그러니까 입밖으로 내고 나서는, 그는 비어 있고 또 아무도 없는 자리 하나 즉 공석을 향해 서두르며 또 그리로 향한다.

두 시간 다시 말해 백이십 분이 지난 다음, 나는 그를 로마광장 그러니까 생라자르역 앞에서 만나게 되고 또다시 보게 된다. 그는 단추를 즉 코로조로 만든 동그라미 하나를 그의 외투에 다시 말해 망토에 추가해 매달라고 그에게 조언하며 또 부추기고 있는 친구 즉 벗 한 명과 함께 있으며 또한 자리하고 있다.

조심스레

우리 몇몇은 함께 이동중이었습니다. 그다지 총명하다고는 할 수 없는 얼굴을 한 청년 하나가, 자기 옆에 있던 어느 신사분과 잠시 말을 나누고 있었고, 그런 다음, 막 앉으러 갈 참이었습니다. 두 시간이 지나, 저는 그 청년을 다시 만나게 되는데, 그는 어떤 동료 한 분과 동행하며 그저 잡담처럼 옷 이야기나 하고 있었던 것이지요.

은유적으로

하루의 한낮에, 배때기가 희끄무레한 딱정벌레에 올라타 여행중인 정어리떼에 몸을 내던진 채, 털 뽑힌 기다란 모가지의 햇병아리 한 마리가, 정어리들 가운데 얌전히 있던 한 놈에게 갑자기 열변을 늘어놓았고, 그의 말투는 항의로 질펀하게 젖은 채 대기 속으로 유유히 퍼져나갔다. 그런 후, 허공에 매료되어, 이 햇병아리는 그곳으로 돌진하였다.

스산한 도시사막에서, 같은 날 나는 하찮은 단추 하나에 대한 오만함 때문에 한바탕 야단맞고 있는 그를 다시 보았다.

거꾸로 되감기

자네 외투에 단추 하나 더 다는 게 좋겠네, 그의 친구가 그에게 말하고 있다. 나는 로마광장 한복판에서 그를 만나게 될 터였는데, 어떤 좌석 하나를 향해 탐욕스럽게 돌진하던 그를 떠나온 후의 일이다. 방금 어떤 승객의 밀치기에 항의하고 있던 그에 따르면, 누군가 내릴 때마다 이 승객이 그를 떠밀곤 했다는 것이다. 삐쩍 곯은 이 젊은이는 우스꽝스러운 모자 하나를 쓰고 있던 바로 그 작자였다. 승강대 위, 어떤 S선 만원버스에서, 오늘 정오에 있었던 일이다.

깜짝이야!

이놈의 버스 승강대에서 우리가 얼마나 바짝 달라붙어 있었는지! 그 녀석 그렇게 멍청하고 우스꽝스러운 표정일 수가! 그 자식이 뭘 했느냐고요? 아니, 자기를 밀었다고 — 정말 그랬다니까, 어설프게 멋부린 요 젊은 녀석, 박박 우기더라니까! — 놀랍게도 한 신사분하고 싸우려 드는 겁니다! 그러더니, 이 자식 봐라, 빈자리가 난 걸 차지하려고 서두르는 일보다 이 세상에 더 훌륭한 일은 없다는 듯이 굴더라니까! 나이 지긋하신 어느 여성분께 자리 양보는 얼어죽을!

두 시간 후, 생라자르역 앞에서, 하, 내가 누굴 만났는지 한번 맞혀보시겠어요? 바로 고 경박하게 멋부린 그 자식 아닙니까! 옷차림에 관한 조언을 듣고 있더라니까요! 동료한테 붙잡혀서 말이지!

도대체 이게 믿기느냐고!

꿈이었나

이 모든 것이 나에게는 불분명하고도 복합적인 장면들로 나타나, 내 주위로 안개가 핀 듯하고 무지갯빛이 났는데, 그 장면 중에서도 지나치다 할 정도로 긴 목이 그 자체로 이미 인물의 비굴하고도 불평불만투성이인 성격을 예고하기라도 하는 것 같은 어느 청년의 얼굴만이 비교적 또렷하게 모습을 드러내고 있었다. 그가 쓰고 있는 모자의 리본은 배배 꼬인 장식줄로 대체되어 있었다. 이윽고 그는 내가 잘 보지는 못했던 어떤 작자와 다투고 있었고, 그러다, 두려움에 사로잡힌 듯, 그는 어느 회랑의 어두운 그림자 속으로 자신을 내던졌다.

꿈의 또다른 부분은 햇볕이 한창 내리쬐고 있는 생라자르역 앞을 걸어가고 있는 그의 모습을 나에게 보여준다. 그는 그에게 다음과 같이 말을 건네는 동료와 함께 있다: "자네, 외투에 단추 하나 더 다는 게 좋겠어."

그 순간, 나는 잠에서 깨어났다.

그러하리라

정오가 도래하면, 그대는 승객들로 밀집한 어느 버스의 뒤쪽 승강대 위에 있는 자신을 발견하게 될 터이며, 그들 중에서 피골이 상접한 목에다가, 리본이 달리지 않은 말랑말랑한 중절모를 쓴, 우스꽝스러운 젊은이 한 명을 목도하게 되리라. 이 좀팽이 같은 놈, 기분이 그다지 좋지는 않으리라. 그는 사람들이 차에 오르거나 내릴 때마다 신사 한 분이 일부러 자기를 밀친다고 여기리라. 그는 또 이 불편함을 그 신사에게 말하겠지만, 이 신사, 비웃으며, 그에게 대꾸도 하지 않으리라. 공황 상태에 잠시 빠진, 이 우스꽝스러운 젊은이, 비어 있는 자리 쪽으로, 그의 코앞에서 잽싸게 내빼리라.

조금 시간이 지나, 그대, 로마광장, 저 생라자르역 앞에서 이 청년을 다시 보게 되리라. 친구 하나가 그와 함께 자리할 터, 이윽고 그대에게 이런 말이 들려오리라: "외투를 잘 여미지 않았구먼. 자네, 거기에 단추를 하나 더 달아야겠네."

뒤죽박죽

우스꽝스러운 젊은이, 어느 날엔가 내가, 모자에는 꼬아 만든 줄이 있고, 분명히 목은 기다란 것이, 늘어짐으로 만원이 된 S선 버스에 있었으므로, 나는 한 명을 눈여겨봤다. 그 옆에 있는, 어떤 어조의 거만하고 눈물을 질질 짜며, 이 신사한테 대놓고, 그는 항의하고 있다. 사람들이 그가 내릴 때마다, 그가 그를 밀었기 때문이었다. 비어 있는 그는 앉게 될 것이고 또한 한 좌석을 향해 달음질을 칠 것이었다, 그렇게 말하고 나서. (광장의) 로마에서 나는 그를 두 시간 후에 그의 외투에서 다시 보게 될 것이며 친구 하나를 첨가하려는 단추 하나가 그에게 조언을 건넨다.

일곱 색깔 무지개

어느 날 나는 보랏빛 버스의 승강대 위에 있었다. 다소 우스꽝스러운 어떤 청년도 거기에 있었다. 쪽빛 목에 꼬아 만든 줄을 단 모자를 쓰고. 갑자기 그가 새파랗게 질린 신사에게 따지기 시작한다. 사람들이 내릴 때마다 그를 떠밀었다고, 푸르딩딩 날 선 목소리로, 그는 신사에게 유독 비난을 가한다. 그렇게 퍼붓고 나서는 누렇게 빛바랜 어떤 자리에 앉을 요량으로 서둘러 내뺐다.

두 시간 후, 나는 주황색으로 반짝거리는 역 앞에서 그를 만나게 될 것이다. 그는 자신의 빨간색 외투에 단추 하나를 더 달아야 한다고 조언을 건네는 친구와 함께 있다.

지정어로 말짓기

(지참금, 대검, 원수, 예배당, 분위기, 바스티유, 서신.)

어느 날, 나는 파리시교통국 노선의 운명을 좌지우지하던 아버지 마리아주 씨가 분명 따님 편에 들려서 보낸 지참금의 일부였을 어느 버스 승강대 위에 있었다. 그곳에는 다소 우스꽝스러운 청년 하나가 있었는데, 대검 한 자루를 들고 있지 않아서가 아니라, 사실 들고 있는 게 아무것도 없는데 마치 모든 걸 갖고 있는 척하는 표정을 짓고 있었기 때문이다. 갑자기 이 청년이 자기 뒤에 있는 어느 신사에게 자신의 원수라도 되는 양 공격을 가한다. 그는 예배당에서처럼 예의 바르게 처신하지 않는다는 이유로 이 신사를 책망하고 있다. 분위기가 고조되고 나면, 이 쪼다는 자리에 앉으러 얼른 내뺄 것이었다.

두 시간이 지난 후, 나는 바스티유광장에서 이삼 킬로미터 떨어진 곳에서 그와 그의 동료를 만났고 그 동료는 그에게 외투에 단추 하나 더 달라고 조언을 하고 있었는데, 이 조언은 그에게 서신으로 건네도 됐을 의견과 크게 다르지 않았다.

머뭇머뭇

어디서 벌어진 일인지 도무지 알 수가 없네…… 어느 교회에서였던가, 쓰레기 버리는 곳에서였던가, 혹은 시체안치소에서였던가? 어쩌면 어떤 버스 안이었나? 거기에 그러니까 뭔가 있었는데…… 대관절, 뭐였더라? 달걀 꾸러미? 양탄자 더미? 자잘한 순무 다발이었나? 아니면 해골바가지였나? 옳거니, 맞다, 한데 그 개뼈다귀에 살점이 붙어 있었던데다가 살아 있는 것처럼 쌩쌩하긴 했어. 짐작하건대 이게 맞겠지. 버스 안이니 사람들이었을 테지. 그런데 거기에 눈에 띄는 작자 하나(둘이었나?)가 있었지 아마, 한데 무엇 때문이었는지 잘 모르겠네. 과대망상증 때문이었나? 비만증이어서? 아니, 우울증 때문이었나? 그보다는 좀더 정확하게 말해서…… 길쭉한…… 코였나? 턱이었나? 엄지손가락이었던가? 젊어서 이런 것들이 좀더 도드라졌던가? 아니야. 목이었을 거야, 그래, 게다가 괴상하고도 괴상하고 또 괴상한 모자를 하나 쓰고 있었지. 그는 분명 다른 승객(남자였던가? 여자였던가? 꼬맹이였나? 노인이었나?)하고, 뭐였더라, 그래, 실랑이, 그래 맞을 거야, 그 무슨 실랑이를 벌였지. 실랑이는 아마 끝이 났지. 그야 뭐 보잘것없이, 그러니까 십중팔구 두 사람 중 하나가 달아나면서 끝을 맺게 되었지, 아마.

내가 만난 게 아까 그 작자라는 생각이 얼핏 드는데, 그런데 대체 어디서였더라? 어느 교회 앞에서였던가? 어느 시체안치소 앞이었던가? 쓰레기더미 앞이었던가? 그에게 뭔가를 말하고 있는 게 분명한 어떤 친구와 함께 있던 것 같은데, 대체 뭐에 대해서였지? 뭐였더라? 뭐였더라?

명기明記

오후 12시 17분에, 길이 10미터에 폭 2.1미터에, 높이 3.5미터인, 출발지에서 3.6킬로미터쯤 떠나와서, 48명을 태우고 있는, S선 버스 안에서, 키 1미터 72센티에 몸무게 65킬로그램이 나가고, 35센티 길이의 리본이 둘린 17센티 높이의 모자를 머리에 쓰고 있던, 27년 3개월 하고도 8일을 산, 성별 남성인 어떤 자가, 키 1미터 68센티에 몸무게 77킬로그램이 나가고, 48년 4개월 하고도 3일을 산 어떤 남성더러 15에서 20밀리미터를 비자발적으로 확산될 것을 암시하며 발화하기까지 5초가 지속적으로 걸리게 될 열네 개의 낱말을 사용해서 그를 불러세운다. 곧이어 그자는 2미터 10센티 정도 떨어진 데서 착석하게 될 것이다.

118분이 지나, 그는 생라자르역에서 교외로 향하는 입구에서 10미터 떨어진 곳에 다시 모습을 보였고, 키 1미터 70센티에 몸무게 71킬로그램이 나가는 동료와 함께 30미터 정도를 왔다갔다 산책하고 있었는데, 그 동료는 그에게 지름 3센티미터의 단추 하나를, 천정점 방향으로 5센티미터 이동시키라고 열다섯 개의 낱말을 사용하여 조언했다.

당사자의 시선으로

그러니까 말이야, 금일의 내 옷차림에 내가 못마땅해하고 있었던 건 아니었어. 나는, 제법 재미있어 보이는 새 모자 하나, 그리고 아주 좋다고 생각하고 있던 외투 하나를 마침내 개시한 것뿐이라고. 생라자르역 앞에서 만난 한 아무개는, 내 외투의 앞섶이 너무 벌어져 있다면서 여분의 단추 하나를 거기에다 더 달아야 한다는 사실을 내게 지적해 보임으로써 내 즐거움을 망치려 들지 뭐야. 그래도 그 녀석 내가 쓰고 있는 벙거지를 비난할 엄두는 내지 못하더란 말이지.

조금 전에는, 사람들이 오르거나 내리면서 지나갈 때마다 일부러 나를 떠밀고 괴롭혔던 버르장머리 없는 작자 하나를 보란 듯이 쫓아버렸다고. 내가 이용하겠다고 응할 수밖에 없는 마침 그 시간대에 인간 종자들로 빼곡히 들어차 있던, 그렇게 불쾌하기 짝이 없던 승합차 중 하나에서 일어난 일이었다고.

다른 이의 시선으로

오늘 버스 안 승강대 위 바로 내 옆에는, 어디서도 찾아보기 힘든 코흘리개 애송이 중 한 녀석이 있었는데, 오, 다행이라고 해야 하나, 그렇지 않았다면 그런 자식 중 하나쯤 그냥 죽여버리고 말았을지도 몰라. 그 자식, 그러니까 대략 스물여섯에서 서른 살 정도 처먹은 이 덜떨어진 애새끼는, 딱히 깃털이 모조리 빠진 칠면조 목덜미 같은 그 길쭉한 목 때문이었다기보다, 오히려 그 자식 쓰고 있던 모자에 달린 리본, 그러니까 가짓빛을 띤 끈 같은 것이 리본을 대신하고 있다는 사실이, 정말이지 유달리 내 화를 돋우고 있었어. 아니, 이런 개자식을 봤나! 아, 정말이지 구역질나는 새끼 같으니라고! 그 시간에 우리가 타고 있는 예의 저 버스에는 정말 사람들이 가득했던지라, 그 자식 갈비뼈 사이를 팔꿈치로 꾹꾹 찔러 밀어보려고 나는 사람들이 차에 오르거나 내릴 때 발생하는 혼잡한 틈을 교묘히 이용하곤 했어. 본때를 보여주려고 내가 그 자식의 발등을 살짝살짝 밟아버리겠다는 중대한 결심을 내리기 바로 직전, 비겁하게도 그 자식 어디론가 꽁무니를 내빼는 거 있지. 오로지 그 자식 기분을 망쳐버릴 목적으로, 지나치게 벌어진 그 자식의 외투에 단추 하나가 모자란다고, 내가 그 자식한테 말해버릴 수도 있었다고.

객관적 이야기

어느 날 정오경 몽소공원 근처, 거의 만원이 되다시피 한 S선 (요즘의 84번) 버스의 후부 승강대 위에서, 나는 리본 대신에 배배 꼰 장식 줄을 두른 말랑말랑한 중절모 하나를 쓰고 있는 어떤 사람을 보았는데 그는 정말로 긴 목의 소유자였다. 이 사람은 승객들이 오르거나 내릴 때마다 일부러 제 발을 밟았다고 옆 사람을 갑자기 불러세웠다. 그러다가 그는 비게 된 자리에 제 몸을 던지려고 따져묻던 짓을 재빨리 그만두었다.

두 시간이 지난 후, 나는 그를 생라자르역 앞에서 다시 보았는데, 그는 솜씨 좋은 재단사에게 윗단추를 올려 달게 해서 앞섶을 좀 줄여보는 게 어떻겠냐고 그의 외투를 가리키며 그에게 충고를 건네는 어떤 친구와 큰 소리로 대화를 나누는 중이었다.

합성어

루테치아식-정오의 시·공간에서 나는 매듭끈부착모帽 착용 코흘리개 긴목쟁이 하나와 공동혼잡상으로 버스-승강대-기립실행했다. 이 애송이는 어떤 주변무명인에게 말했다: "당신, 내게 신체고의충돌하잖아?" 이것이 발화되자, 그는 탐욕적으로 스스로 공석점거감행했다. 후차적 시공상에서, 나는 모某 인물과 함께 생라자르광장산책중인 그를 다시 보았는데, 그 모씨는 그에게 이렇게 이유반복설명중이었다: "자네, 외투에 단추보완 요망일세."

부정해가며

배도 아니고, 비행기도 아니고, 지상의 운송 수단이었다. 아침도 아니고, 저녁도 아니고, 정오였다. 아기도 아니고, 노인도 아니고, 청년이었다. 리본도 아니고, 끈도 아니고, 배배 꼰 장식줄이었다. 줄서기도 아니고, 실랑이도 아니고, 떠밀림이었다. 친절한 사람도 아니고, 고약한 사람도 아니고, 성마른 사람이었다. 사실도 아니고, 거짓도 아니고, 핑계였다. 서 있는 자도 아니고, 쓰러진 자도 아니고, 앉아서 존재하기를 바라는 자였다.

전날도 아니고, 이튿날도 아니고, 같은 날이었다. 북역도 아니고, 리옹역도 아니고, 생라자르역이었다. 부모도 아니고, 모르는 사람도 아니고, 어떤 친구였다. 욕설도 아니고, 조롱도 아니고, 의복에 관한 조언이었다.

애니미즘

어떤 모자 군君, 갈색의, 말랑말랑한, 앞이 트인, 챙을 내린, 끈을 꼬아 만든 장식줄을 두른 형태의, 어떤 모자 군이 다른 이들 사이에서, 모자 군, 바로 이 모자 군을 운반하고 있는 자동차라는 교통수단의 바퀴를 타고 전달된 지면의 불균형한 기복으로 인해 흔들리면서, 버티고 서 있었다. 매번 정차할 때마다, 승객들의 오가는 발길은 이따금 지나치다 할 만큼 도드라진 좌우 측면 동작을 모자 군에게 가했고, 이 사실이 모자 군, 바로 그 모자 군에게서 결국 분노를 끌어내고야 말았다. 이 모자 군은, 그러니까 모자 군, 바로 그 모자 군 아래 자리한, 구멍 몇 개가 뚫려 있는 준準-구체球體 주위에 구조적으로 배열된 살덩어리가 모자 군 자신에게 연결해주는 인간의 목소리를 매개로 제 화를 드러냈다. 그런 다음, 모자 군, 바로 그 모자 군은 갑자기 앉으러 갔다.

한 시간인가 두 시간인가 지나, 나는 지상에서, 그리고 생라자르역 앞에서 이리저리 백육십 미터가량을 왔다갔다하는 모자 군을 다시 보았다. 어떤 친구가 여분의 단추 하나를 그 모자 군의 외투에…… 여분의 단추 하나를…… 그 모자 군의 외투에…… 다는 게 좋겠다고, 그 모자 군에게, 바로 그 모자 군에게, 말하며 조언하는 중이었다.

엉터리 애너그램

축른 기산, S선 서브 안에서 비론 대신 끈 둘린 조마를 쓴, 자우 긴 옥믈 하고 있는 므숫렷어 랏 절너이의 낮마가 자기를 오긔로 더떨몄아고 보갈한 긍색과 가두토 있다. 그렇게 릴짖 나쩌디, 그는 린바지 하나를 향해 뒤거탄아.

한 기산이 니잔 후, 나는 그를 랭사라즈경 앞 모라좡광에서 다시 난만다. 그는 이렇게 맣라는 돌요와 함께 읻싸: “자네 퇴우에 구차로 찬두 하나 더 나든 게 놓겠게.” 돌요는 그에게 어디(앞섭)인가를 랄여준나.

정확하게 따져서

어떤 버스(어떤 박스라고 착각하면 곤란한) 안에서, 나는 배배 꼬인 줄을 두른(배배 꼬인 두릅 한 줄이 아니라) 어떤 모자(모자[母子]가 아니라) 하나를 얹은 작자 하나(작작하라가 아니라)를 보고(보고[報告]가 아니라) 있었다. 그는 긴 목(길목이 아니라)을 가지고 있었다(가져가고 있었다가 아니라). 차내가 부산해지고 혼잡한(자네가 해 지는 부산에서 혼자 한이 아니라) 순간, 막 올라탄 여행자(약올라 탄 네 행자가 아니라)가 앞서 언급한 작자(앞선 급한 작가가 아니라)를 이동시켰다. 이 촌뜨기가 가쁜 숨을 몰아쉬었지만(이 촌을 뜨다가 바쁜 틈에 몰아서 샀지만이 아니라), 그러나 비어 있는 자리(맥주[Beer] 있는 자리[테이블]가 아니라)를 보고는 거기로 시급히 달아나는(시급[時給]을 달아놓는이 아니라) 것이었다.

나중에 나는 생라자르역(성[聖]-라자르의 번역[譯]이 아니라) 앞에서 그 외투에 달게 될 단추(그 외에 투구에 달게 될 짧은 추가 아니라)라는 주제에 관해서, 어떤 친구 하나와 얘기를 나누고 있는(어떤 구친 하나의 얘기를 가누고 있는이 아니라), 눈에 띄는 그를 발견(눈[雪]의 띠[還]를 그가 발견한이 아니라)할 수 있었다.

같은 소리로 끝맺기

푹푹 찌시는 중복이신 어느 날이시여, 돌아나오신 버스 오시어 나 올라타시니 만원이시라. 어떤 곡예사 있으시어 작디작으시니 원통형 머리시여 하시니, 쉼표이신 모양이시여, 주걱턱이시여, 우스꽝스러우시고 흉골절지시어 몸짓 보내신다. 그 작자이신, 몽유병 환자시여, 구석지시고 몰아버리시어 파기하시니, 다른 사람이시라, "사기꾼"이시어, 발음하시고 말해보시라, 그자이신 자이시여, 자신이신 불안감이시여, 드러내시지 않으시니, 뒤로 물러나시고, 타협하시어, 다른이신 곳이신, 자신이시니 엉덩이시여 붙이시고자 간다 하신다.

한시어 시간시고 후시니, 생시어 라자르시고 역시니 앞이시고 나는 외투시고 단추에시어 관하시고 논하시라, 그시여 다시고 보이시라.

공식 서한

공포를 느낀 만큼 편견 없이 증언할 수 있을 이하의 사실을 오늘 알리게 되어 영광입니다.

상기 일, 정오 무렵이었습니다. 저는 샹페레광장에서 쿠르셀가街까지 비탈길을 거슬러올라가는 한 버스의 승강대 위에 있었습니다. 상술한 버스는 만원이었습니다. 그러나 감히 말씀드리자면, 만원 그 이상이었을 거라고 주장하고자 합니다. 이유인즉슨, 차장이 정당한 사유 없이 허용 인원을 초과하여 몇몇의 요청자를 차량에 더 태웠기 때문인데, 이는 그더러 규정 위반을 용인하게 하고 만 그의 과도한 것으로 여겨지는 어떤 선의가 부추긴 결과였을 것이라고 말씀드리겠습니다. 매 정차시, 승하차 승객들이 우왕좌왕 오가는 것이 그 차량의 승객 중 한 명이 항의하도록 자극한 어떤 밀치기를 유발한 측면이 없다고는 말씀드리기 어렵지만 그가 다소 우유부단한 것도 이 항의에 결정적인 역할을 한 것으로 사료됩니다. 저는 상기의 승객이 이내 그럴만한 상황이 되자마자 신속하게 자리에 앉으러 가더라는 말씀을 드리는 바입니다.

지금까지 소략하여 보고드린 사건에 저는 다음과 같은 추가 사실을 덧붙이고자 합니다. 시간이 조금 지나 저는 상기의 승객을 다시 볼 기회가 있었는데, 그는 정체를 파악할 수 없는 어느 인사와 동행하고 있었습니다. 이 두 사람이 기차게 주고받은 대화는 대부분이 심미적인 성격을 지닌 문제들과 연관된 것으로 보였습니다.

청장님, 이와 같은 조건을 숙고하시어, 본 사건에서 제가 어떤 결론을 도출해내야 할지를 제게 알려주시고, 아울러 청장님께서 보시기에, 향후 제 삶을 영위해나가는 데 제가 어떤 태도로 임해야 좋을지, 이에 요구되는 자세를 부디 제게 알려주실 것을 간곡하게 부탁드리는 바입니다.

답변을 기다리면서, 이 다급한 사안을 읽어주시고 살펴주신 청장님께 다시 한번 존경과 감사의 마음을 전합니다.

책이 나왔습니다

일찍이 수많은 걸작을 선보여 그 명성이 자자한 소설가 모씨는 유니크한 재능으로 한껏 빛나는 이번 신작 소설에서 키가 크거나 작은 사람들 너 나 할 것 없이 수긍할 만한 분위기를 배경으로 맹활약을 펼치는 인물들로만 모든 장면을 연출하는 데 총력을 기울였다. 어느 날 아무나 붙잡고 시비를 거는 제법 수수께끼 같은 한 인물을 자기가 타고 있는 버스 안에서 공교롭게 맞닥뜨리게 되면서 벌어지는 흥미진진한 사연이 소설 전반을 가득 수놓는다. 마지막 에피소드에서 우리는 멋쟁이 중 단연코 최고인 어느 친구의 조언을 매우 진지한 태도로 경청하고 있는 이 신비로운 인물과 다시 조우하게 될 것이다. 고귀한 행복감에 젖어 소설가 모씨가 한 글자 한 글자 새겨넣은 힘찬 필치에서 뿜어나오는 매력과 감동이 작품 전반에 흘러넘친다.

의성어

에스(살어리 살어리랏다 청산青山애 살어리랏다) 선線, 부릉부릉 부르릉, 어떤 버스의, 플랫, 플랫, 플랫폼 위, 딩동댕, 딩동댕, 정오 언저리, 벙거지 하나를 쓰고 있던, 삐적삐적 뿌직뿌직, 우스꽝스러운 우스개 하나, 갑작스레, 울그락불그락, 울그락불그락, 성난 얼굴로 제 옆 사람을 향해, (휘리릭, 휘리릭) 몸을 돌리고 나서, 흠, 흠, 흠, 그에게 "이봐요, 아저씨, 일부러 밀지 좀 마시라고요"라고 말한다. 여기서 끝. 그렇게 하고는, 후다닥, 후다닥, 비어 있는 자리로 몸을 던지고, 살짝궁, 거기에 앉는다.

같은 날, 딩동댕, 딩동댕, 잠시 후, 나는 삐적삐적 뿌직뿌직, 또다른 우스개 하나와 동행중인 그를 다시 보았는데, 외투의 단추를 두고 수다를 떨고 있었다. (덜덜덜, 덜덜덜, 덜덜덜, 생각한 것만큼 날씨가 그렇게 따뜻하지는 않네……)

이렇게 끝.

구조 분석

버스.

승강대.

버스의 승강대. 이게 바로 장소.

정오.

대략.

대략 정오. 이게 바로 시간.

승객들.

다툼.

승객들의 다툼. 이게 바로 행위.

젊은 남자.

모자. 길고 마른 목.

주위로 배배 꼰 끈을 단 모자를 쓴 젊은 남자. 이게 바로 주인공.

어떤 남자.

어떤 남자 하나.

어떤 남자 하나. 이게 바로 조연.

나.

나.

나. 이게 바로 제3의 등장인물. 내레이터.

단어들.

단어들. 이게 바로 말해진 것.

빈 좌석.

찬 좌석.

비었다가 차는 좌석. 이게 바로 결과.

생라자르역.

한 시간 후.

친구 하나.

단추 하나.

납득할 만한 또다른 문장. 이게 바로 결론.

논리적 결론.

집요하게 따지기

어느 날, 정오 무렵, 나는 거의 만석에 가까운 S선 버스에 올랐다. 거의 만석에 가까운 S선 버스에는, 꽤 우스꽝스러운 청년이 있었다. 나는 그와 같은 버스에 타고 있었고, 정오 무렵에, 거의 만석에 가까운, 같은 S선 버스에 나보다 먼저 탄 이 젊은이는, 어느 날, 정오 무렵, S선 버스에, 이 젊은이와 같은 버스에 타고 있던 내가 보기에 꽤 우스꽝스러운 모자 하나를 머리에 쓰고 있었다.

이 모자는 제복의 그것과 같은 일종의 배배 꼰 줄을 두르고 있었고, 그것, 그러니까 이—줄장식이 있는—모자를 쓰고 있던 젊은이는, 나와 같은 버스, 그러니까 정오 무렵이었기에 거의 만석에 가까운 어느 버스에 있었고, 제복을 흉내낸 줄이 달린 그 모자 아래에, 얼굴 하나가 길고, 기다란 목을 달고 길쭉하니 있었다. 오호라! 정오 무렵, S선 버스 위에서, 제복 장식줄을 두른 모자 하나를 쓴 이 젊은이의 목은 정말로 그렇게 길었던 것이다.

정오 무렵의 어느 날, S선 버스 종착역을 향해 우리, 그러니까 나, 그리고 꽤 우스꽝스러운 어떤 모자 아래 긴 목을 달고 있던 이 젊은이를 실어나르고 있던 버스에서 매우 혼잡한 사태가 빚어졌다. 충돌이 일어났고 별안간 항의를 야기했는데, 그러니까 정오 무렵의 어느 날, S선 버스의 승강대 위에 있는 아주 긴 목을 한 이 젊은이로부터 항의를 끌어냈다.

구겨진 자존심에 상처를 입어 흥건해진 목소리로 표출된 어떤 고발 사태가 발생했는데, 그건 어느 S선 버스의 승강대 위에서 젊은이 하나가 제복의 장식줄로 온통 치장된 모자 하나를 갖고 있었기 때문이었다. 또한, 정오였기에 거의 만석에 가까웠던 바로 이 S선 버스에서 갑작스레 빈자리 하나가, 그러니까 목이 길고 우스꽝스러운 모자를 쓴 젊은이가, 어느 날, 정오 무렵, 이 버스의 승강대에서 더는 떠밀리지 않았으면 했기에, 그러기를 갈망했기에 곧바로 차지하게 될 빈자리 하나가 났다.

두 시간이 지난 후, 나는 생라자르역 앞에서, 바로 그날, 정오 무렵에, S선 버스의 승강대에서 내가 눈여겨보았던 이 젊은이를 다시 보았다. 그는 제 외투에 달린 어떤 단추와 연관된 모종의 충고를 그에게 건네고 있는 그와 엇비슷한 부류의 동료와 함께 있었다. 한 사람은 다른 한 명의 말을 매우 주의깊게 경청하고 있었다. 여기서 한 사람이라 함은, 제 모자 주위에 제복 장식줄을 달고 있었던, 그리고 어느 날, 정오 무렵, 거의 만석에 가까운, S선 버스의 승강대 위에서 내가 보았던 바로 그 젊은이다.

아는 게 없어서

사람들이 나한테서 뭘 바라는지, 나야 모르지. 그래, 맞아, 나, 정오 무렵에 S선에 올랐어. 사람이 많았느냐고? 물론이지, 그 시간대를 좀 보라고. 말랑말랑한 모자 쓴 젊은 남자? 뭐, 있었을 수도 있겠지. 근데 난 말이야, 사람들을 하나하나 뜯어보지는 않는다고. 내 알 바도 아니고. 배배 꼰 줄 같은 거? 더구나 모자 둘레에다가? 그런 게 흥밋거리가 될 수 있다는 거 나도 잘 알아. 하지만 말이야, 나한테는 그 이상도 이하도 아니거든. 배배 꼰 줄이라…… 어떤 남자와 그가 다퉜던가? 뭐, 그랬을 수도 있겠지.

그러고 나서 한두 시간쯤 후에, 내가 그를 다시 보았느냐고? 왜 아니었겠어? 그런데 말이야, 인생에는 이런 것보다 더 흥미로운 일들도 많잖아. 그러니까, 아버지께서 내게 자주 들려주시곤 했던 이야기를 내가 모조리 기억하고 있는 것처럼 말이야……

과거

나는 포르트샹페레를 향하는 버스에 올라탔다. 버스에는 젊은이들, 노인들, 여자들, 군인들, 그러니까 다양한 사람들로 빼곡했다. 나는 버스요금을 지불했고 그런 다음, 주위를 둘러보았다. 그다지 흥미롭지 않았다. 어쨌거나 나는 어떤 젊은이를 발견하게 되었고 나는 그의 목이 매우 길다고 생각했다. 나는 그의 모자를 유심히 관찰했고 이윽고 리본이 있어야 할 자리에 배배 꼰 줄이 달려 있다는 사실을 깨달았다. 승객들이 새로 탈 때마다 혼잡한 상황이 발생했다. 나는 아무 말도 하지 않았으나, 긴 목의 젊은이는 암튼 옆 사람에게 시비를 걸었다. 젊은이가 그 사람에게 하는 말이 나한테 들려온 것은 아니었으나, 두 사람은 서로 째려보고 있었다. 그런 다음, 목이 긴 젊은이는 잽싸게 자리에 앉으러 갔다.

포르트샹페레에서 되돌아오는 길에, 나는 생라자르역을 지나갔다. 나는 어떤 친구와 논의중인 아까 그 남자를 보았다. 그 친구는 외투 앞섶 위에 달린 단추를 손가락으로 가리켰다. 그러고는 나를 실은 버스는 떠났고 나는 이 두 사람을 더는 보지 않았다. 나는 자리에 앉아 있었으며 아무것도 생각하지 않았다.

현재

정오에, 열기가 버스 승객들의 발치 아래로 유유히 퍼져 나가고 있다. 긴 목 위에 달린, 그로테스크한 모자로 단장한, 우스꽝스러운 머리 하나, 활활 타오르는 중, 이제 곧 시비를 걸고 폭발할 예정이다. 입에서 귀로 지독한 욕설을 생생하게 전하기에는 다소 가라앉았다고 할 분위기에서, 그는 단박에 깽판을 치려고 하고 있다. 그러고는, 서늘한 곳, 저 안쪽에 누군가 착석하게 된다.

이중으로 광장이 난 역 앞, 저 남자들 앞에서, 땀이 배어 끈적거리는 손가락으로 확신을 갖고서 주물럭거리는 단추 몇 개와 관련된 의복 관련 질문들이 조금 지나 제기될 수 있다.

완료된 과거

정오였다고 합니다. 승객들이 버스에 타고 있었다고 합니다. 매우 비좁았다고 하더군요. 어떤 젊은 남자가 리본이 아닌, 줄을 두른 모자 하나를 제 머리에 쓰고 있었다고 합니다. 그자 목이 길었답니다. 그는 자기에게 가한 충격에 대해 옆 사람에게 불평을 늘어놓았다 합니다. 빈자리 하나를 보자마자, 거기에 앉으려고 그가 서둘렀다고 합니다.

생라자르역 앞에서 내가 그를 보게 되었던 것은 조금 지나서였다고 하더군요. 그는 외투를 몸에 두르고 있었다고 하며 그에게 '여분의 단추를 하나 더 달아야만 했었다 한다'라고 지적질을 하고 있는 것으로 전해지는 한 동료에게 둘러싸여 있었다고 합니다.

진행중인 과거

정오인 상태였다. 승객들이 버스에 타는 중이었다. 매우 비좁은 상태였다. 어떤 젊은 남자 하나가 리본이 아닌, 줄을 두르고 있는 상태의 모자 하나를 제 머리 위에 쓰고 있는 중이었다. 그의 목은 매우 긴 상태였다. 그는 자기에게 가하고 있는 중임으로 인해 생겨난 충격을 후자에게 불평하는 중이었었다. 빈 상태에 있던 자리 하나를 보는 중이자 마자, 그는 그곳을 향해 서두르는 중이었고 거기에 앉은 상태를 유지하고 있는 중이었다.

조금 지나, 나는 생라자르역 앞에서 그를 다시 보는 중이었다. 그는 외투를 몸에 두르고 있는 상태였으며 그에게 '여분의 단추를 하나 더 달고 있는 중이어야 한다'고 지적질을 하고 있는 중인 한 동료에게 둘러싸여 있는 중이었다.

알렉상드랭

모일, 에스 문양 버스, 나란 남자,
불평과 불만을 터뜨리는 작자
하나 마주하네! 터번의 주위에
줄 하나 있었네, 리본의 자리에.
따분한 겉모습, 이 새파란 종자,
엄청난 목덜미, 썩은 내 풍기자
그를 구타했다 떠밀었다 말한
늙은 시민 있어, 그 누가 소박한
집에서 끼니 때 시간을 들여서
그를 쫓겠는가, 숨차게 달려서.
추문은 없었다 침울한 모씨가
자리로 내빼어 뻘쭘 앉았는가.
나 좌 피안으로 다시 돌아오네
이 추한 작자 또 눈에 들어오네
동행한 저 바보 멋쟁이 말하지
"자네 단추 여기 달면 곤란하지."

같은 낱말이 자꾸

나는, 세금납부자들이 여정을 계속할 수 있게 또다른 세금납부자들에게 세금을 납부하게 허용해주는 작은 상자 하나를 자기 배에다 대고서 세금을 납부할 수 있게 한 어느 세금납부자에게, 동전 몇 푼을 건네고 있는 세금납부자들로 가득한 어떤 버스에 올라탔다. 나는 이 버스에서, 세금을 납부할 만한 긴 목을 가진 한 세금납부자로서 단 한 번도 세금을 납부한 적이 없었을 것만 같은 어떤 줄을 두른 세금납부자의 물렁물렁한 모자 하나를 지탱하고 있는 그 세금납부자의 머리를 발견했다. 갑자기 전술한 이 세금납부자는 또다른 세금납부자들이 세금납부자들을 위한 버스에 오르거나 내릴 때마다 인접한 어느 세금납부자 하나가 자기의 발을 일부러 가혹하게 밟곤 했다고 비난하면서 그를 불러세운다. 그런 다음 불같이 화를 낸 이 세금납부자는 어떤 세금납부자가 방금 비운 세금납부자를 위해 마련된 좌석에 앉으러 갔다. 조금 후 세금을 납부할 어느 정도의 시간이 지나, 나는 세금납부자를 위한 로마광장에서 그를 다시 알아보았는데, 그는 세금을 납부할 만한 우아한 충고를 그에게 건네고 있는 세금납부자 하나와 동행중이었다.

앞이 사라졌다

ㄱ이 ㄱ한 ㅡ에 는 탔다. ㅣ서 는 ㄴ이 ㅏ를 ㅆ는데 는 ㄱ이 ㄴ의 ㅅ을 ㄻ아 ㅆ고 배 인 ㄹ을 른 ㅏ를 고 ㅆ다. 는 ㅁ들이 ㅡ거나 ㄹ ㅏ다 ㅣ의 ㄹ을 ㄴ다고 ㅏ면서 ㄱ 간 ㅔ게 ㅇ을 기 ㅏ였다. 런 ㅁ에 는 ㄷ ㅕ이 게 ㅆ기 ㄴ에 ㅡ러 다.

ㄴ으로 ㅗ다가, 는 ㄷ 구 ㄴ ㅇ과 저리 고 ㅆ는 를 ㄴ했는데 ㅡ ㅜ는 ㅔ게 의 투 ㅓ ㅅ ㄴ째 ㅜ를 ㅔ ㄹ라며 ㅏ함에 한 ㅗ를 ㅔ게 ㅔ고 ㅆ다.

뒤가 사라졌다

승개 가드 버ㅅ 나 올라. 거ㄱ 나 젊으 하ㄴ 발견해 그 모기리 그거 다 있어 배 꼬 주 두 모ㅈ 쓰 있어. 그 사라 오ㄹ 내리 때ㅁ 자ㄱ 바 밟느 비난ㅎ 승개 ㅎ 명ㅇ 역저 내 시작ㅎ. 그 다으 그 어ㄸ 좌ㅅ 비 되어 때무 앉ㅇ 갔.

우아 돌아ㅇ 나 어ㄸ 친 ㅎ 며 이리 건 이 그 발겨 ㄱ 친ㄱ 그ㅇ 그 외 ㅇ 처 버 단ㅊ 그ㅇ 올려다 우ㅇ 대 충ㄱ 그ㅇ 건ㄴ 있어.

가운데가 사라졌다

승기 가득한 버에 나는 오다. 거서 나는 전이 하나를 발는데 그는 목이늬 그슬 달멌고 배인 주우른 모를 쓰었다. 그는 자기를 발고 비면서 승기게 역을 내기 시작하였다.

간 길 역으로다가, 나는 로장에서 그를 발는데 어떤 단척하나의 추척의 아함에 관하여 기 토로하다.

나 말이야

나 말이야. 정말 이해한다고. 당신의 그 고귀한 발등을 악착같이 밟고 있는 그 자식, 그 자식 때문에 당신이 완전 빡친 거지. 그런데 말이야, 자리 하나 차지하려고 좀팽이처럼 항의하고 뭐 그런 거 말이야, 나, 이건 좀 이해하기 어렵네. 나 말이야, 내가 S선 버스 뒤쪽 승강대 위에서 이 진풍경을 본 건 전날이에요, 전날. 말하자면, 이 젊은이를 보며 나는 그 사람 목이 조금 긴 것 같다고 느꼈는데, 뭐, 어디 그뿐이었겠어, 모자를 빙 두른 배배 꼰 줄, 뭐 그런 거, 내가 말이야, 그것 참, 정말 웃기지도 않더라고. 나 말이야, 나라면 절대 그런 모자 쓰고 산책 같은 거 할 엄두조차 내지 못한단 말이지. 내 당신에게 일러두겠는데, 발을 밟았다고 승객 한 분에게 한바탕 난리블루스를 치더니, 그 자식, 언제 그랬냐는 듯, 자리에 앉으러 쏙싹 내빼더라고. 나라면 말이지, 만약에 내 발을 그딴 식으로 밟았다면 말이야, 그런 개자식 싸대기를 후려갈겼을 텐데 말이야.

나 말이야, 당신한테 하는 말이지만, 인생에는 참으로 신기한 일이 많더라고, 산뿐이야, 서로 만날 일이 없는 데는. 나 원 참, 두어 시간쯤 지났나, 이 자식을 만나지 뭐야. 생라자르역 앞에서 내가 똑똑히 그를 알아보더라고. 나 말이야, 그 자식이 친구 비스름한 누군가를 만나는 걸 내 두 눈으로 보고 있는데, 음, 그 친구, 그 자식에게 뭐라고 지껄이고 있더라고,

암튼, 나 말이야, 나한테는 "너 이 단추 올려 달아야 해", 뭐, 이렇게 들리더구먼. 나 말이야, 정말 분명히 친구 비스무리한 작자를 보았단 말이지, 이 작자, 윗단추를 손가락으로 가리키고 있더라고.

이럴 수가!

오호라! 정오로다! 드뎌 버스에 오를 시간일세! 사람들 좀 보게! 저 많은 사람들! 이렇게 낑기다니! 아이고, 웃기시네! 요 녀석 좀 보게! 대갈통 좀 보소! 이런 목을 다 봤나! 오오! 칠십 하고도 오 센티는 족히 되겠네! 그것도 최소한으로! 배배 꼰 줄! 배배 꼰 줄! 한 번도 못 봤는데! 배배 꼰 줄! 오늘의 하이라이트! 바로 요거! 배배 꼰 줄! 모자를 빙 둘렀어! 배배 꼰 줄! 웃겨! 완전 웃겨! 옳거니! 씩씩대는 그 인간! 아까 그 배배 꼰 줄 사내로다! 옆 사람한테! 옆 사람한테 뭐라 뭐라 하네! 다른 사람이 그랬다네! 그자가 발을 밟았다네! 서로 싸대기를 날리겠지! 확실해! 아니라고! 그게 맞다니까! 어서! 어서! 눈탱이를 후려갈겨! 덤비라고 어서! 쳐! 작살내버려! 이런 염병할! 그게 아니잖아! 쫄았구먼! 쫄보! 그 자식 말야! 목 긴 그놈! 배배 꼰 줄! 그 자식 빈자리로 토끼잖아! 그래! 그 녀석!

물론이지! 맞아! 잘못 본 게 아니라고! 아니라니까! 그 남자라고! 바로 저기 말이야! 로마광장! 생라자르역 앞! 누군가 이리저리 걸어다니잖아! 다른 남자랑! 이 작자, 그 자식한테 말하는 걸 똑똑히 보라고! 단추 하나 더 달라고 하네! 아, 글쎄, 맞다니까! 외투에 단추 하나 더! 그 녀석 외투에다가!

그러자 말이야

그러자 말이야 버스가 도착했어. 그러자 말이야 나는 안에 올라탔다고. 그러자 말이야 내 눈에 들어온 시민 하나를 보았지 뭐야. 그러자 말이야 나는 그의 긴 목을 보았고 모자 주위를 두른 배배 꼬인 줄을 보았지 뭐야. 그러자 말이야 그는 발을 밟았다고 옆 사람에게 욕설을 그렇게 퍼붓기 시작했어. 그러자 말이야 그는 앉으러 갔어.

그러자 말이야 조금 지나 로마광장에서 나는 다시 그를 보았어. 그러자 말이야 그는 어떤 친구와 함께 있었어. 그러자 말이야 그 친구가 그에게 이러더군: 네 외투에 단추 하나 더 다는 게 좋겠다. 그랬다고.

허세를 떨며

장밋빛 손가락을 가진 새벽의 여신이 드디어 흩어지기 시작하는 시각, 나는 S선 저 구불구불한 노선에 맞서고 있는 암소 눈의 위풍당당한 어느 버스에 쏜살같이 빠른 화살 모양으로 잽싸게 올라타고야 말았다. 전투의 길목 위로 드리운 인디언 전사의 정확하고도 날카로운 시선으로 나는 어떤 젊은이의 출현을 지켜보고 있었는데, 그의 목은 다리가 날렵한 기린의 것보다 길었고, 문체 연습 한 편의 주인공이라도 된다는 듯이, 배배 꼰 장식줄을 두른 말랑말랑한 중절모를 쓰고 있었다. 한가득 그을음에 둘러싸인 불화가 치약의 소멸로 인해 야기된 악취를 팍팍 풍기며 그의 입에서 죽음의 냄새를 연신 풍겼는데, 나는, 저 불화가, 모자 주위로 줄을 두른 기린 모가지의 그 젊은이와 밀가루를 뒤집어쓴 듯 결단력이라고는 눈을 씻고도 찾아볼 수 없는 낯빛의 어떤 승객 사이로 사악한 병균을 흘려보내고 있었다, 고 말할 수 있으리라. 젊은이는 승객에게 이런 어휘를 써가며 말을 건넸다. "어이, 돼지 먹은 양반, 내 발 일부러 밟은 거 아니라고 어디 한번 씨불여보시지." 이렇게 말하고는, 기린 목에 모자 주위로 줄을 두른 이 젊은이는 잽싸게 자리에 앉으러 가는 것이었다.

나중에, 장중한 위엄과 엄청난 규모를 자랑하는 로마광장에서, 나는 기린 모가지에 모자 주위로 줄을 두른 젊은이를 다시 알아보았는데, 기린 모가지에 모자 주위로 줄을 두른 이 젊은이는 그가 입고 있는 의복, 저 극단의 외면에다 대고서 “외곽을 원형으로 빙 두른 단추 하나를 추가하거나 상향을 하든지 해서, 앞섶의 각도를 다소 줄이는 게 좋을 걸세”라며, 귀를 쫑긋 세워야만 내게 들려올 수 있었을 비판을 또박또박 발설하던, 그렇게 우아함의 심판관을 자처하는 동료와 동행하고 있었다.

껄렁껄렁

점심시간 땡하고, 제가 말임다, 간당간당하게 엣쑤 선 뻐스엘 탈 수가 있었습다. 후달려서 버스에 올라탔는데, 반드시 내라니까 또 요금도 내가 딱 내지 않았습까. 그런데 내가 거기서 형씨 하나를 봤지 뭐야, 모가지가 졸라 골때렸수다. 이 혀엉은 즈엉말, 모가지가, 거 뭐냐, 달도 볼 정도로 아조아조 긴 천체망원경처럼 길었고, 고 바로 위에다가는 할배들이나 쓰는 모자를 또 쓰셨어. 끈 비스무리한 게 거기에 달려 있었지? 아마 그랬을 거요. 근데 내가 이 형씨를 뚫어져라 쳐다본 건, 옆에 짱박혀 있던 멀쩡한 신사 양반을 불러댈 때, 바로 고럴 때, 이 자식이 살그머니 자기 쌍판대기에 짓고 있던 꼴갑잖은, 그 뭐시냐, 표정, 그래, 그 표정 때문이었다고. 그러더니, 아저씨 좀 조심하슈, 어쩌구 썰을 푸는 꼴이, 쪼잔하게 질질 짜는 것 같기도 하더라고. 그런데, 야, 요것 봐라, 이 새끼가 글쎄, 아저씨, 아까부터 일부러 내 발을 허벌나게 밟는 거 맞잖아, 아, 쉬–발, 내–발, 횡설수설, 염병, 이빨을 엄청 까며 개깁디다. 그러고서, 혼자서 키득대더니, 이 자식, 잽싸게 빈자리에 앉으러 갔는데, 내가 이걸 보니까 말이지, 사실 잔대가리 하나 정말 기가 막히게 잘 굴리는 아름다운 자식이었다는 걸, 골수 깊숙이 새기게 되더란 말이죠.

쫌 지났나? 로마광장을 다시 지나가게 되었습다. 거기서 아까 그 자식, 자기랑 비스무리하게 생긴 삐리 하나를 만나 졸라 노가리를 까고 있네. 요것 봐라, 이 자식, 다른 놈 말이야, 다른 놈, 어쨌든, 그 자식이(그니까, 여기서 썰을 풀고 있는 놈은 그 삐리인 거지) 그 자식한테, 뭐라 뭐라 야부리를 까고 있더라고. 니가 입고 있는 꼴같잖은 개가죽에 단추 하나 더 다는 게 어떠냐, 이렇게 부추기더니, 졸라 썰 풀던 구라를 딱, 그냥 화끈하게 딱, 끝내버리더라고. 요.

대질 심문

— 포르트드샹페레 방향, 12시 23분 도착 예정 S선 버스가 지나간 건 정확히 몇시였다고 합니까?

— 12시 38분이었습니다.

— 전술한 S선 버스에는 사람들이 많았습니까?

— 대만원이었습니다.

— 거기서 어떤 특이 사항을 목격했다고 하겠습니까?

— 매우 긴 목을 가진 남자 하나가 특이하게도, 꼰 줄을 주위에 두른 모자를 쓰고 있었습니다.

— 그 남자, 복장과 체형만큼이나 행동도 특이했습니까?

— 처음에는 아니라고 생각했습니다. 얼핏 보기에 그는 정상이었거든요. 그러나 결국 그 작자는 위산과다로 인한 울화 상태에서 가벼운 저혈압을 동반한 편집증적 우울증환자임이 밝혀졌습니다.

— 그런 사실을 어떻게 알게 되었다고 하겠습니까?

— 문제의 그 남자는 승객들이 오르고 내릴 때마다 일부러 자기 발을 밟은 것은 아니냐고 따져물으면서 다소간 질질 짜듯 불평 가득한 목소리로 옆 사람을 불러세웠다고 말씀드리겠습니다.

— 그 남자의 비난은 근거가 있었습니까?

— 거기에 대해서 저는 잘 모르겠습니다.

— 그 사건은 어떻게 마무리되었다고 합니까?

— 빈자리를 차지하러 갔다고 하는 이 젊은이의 성급한 도주로 마무리되었습니다.

— 사건은 다시 발생했다고 합니까?

— 두 시간이 채 지나지 않아 그랬습니다.

— 구체적으로 어떤 내용입니까?

— 돌아오는 길에 이자가 다시 나타났습니다.

— 어디서, 어떻게, 당신은 그를 다시 보았습니까?

— 버스를 타고 로마광장 앞을 지나면서였습니다.

— 그 남자는 거기서 무얼 하고 있었습니까?

— 그 남자는 옷맵시에 대한 충고를 듣고 있었습니다.

희곡

제1막

장면 I

(어느 날, 정오 무렵, S선 버스의 후부 승강대 위.)

차장 요금이요, 요금. 요금 내셔야지.

(승객들이 차장에게 요금을 건넨다.)

장면 II

(버스, 멈춰 선다.)

차장 승객들 내립니다요. 내려요. 한 사람만 타세요! 딱 한 사람만! 만원입니다. 딸랑, 딸랑, 딸랑.

제2막

장면 I

(같은 배경.)

첫번째 승객 (끈 달린 모자 쓴, 긴 목의 젊은이) 이봐요, 영감님, 사람들 지날 때마다 제 발 일부러 밟으시는 거 맞죠.

두번째 승객 (황당한 듯, 그저 으쓱, 어깨를 올릴 뿐이다.)

장면 II

(세번째 승객이 내린다.)

첫번째 승객 (승객들을 향해) 앗싸! 끝내주네! 빈자리잖아!

제가 달려갑니당. (그는 자리를 향해 서둘러 내뺀다. 이윽고 자리를 차지한다.)

제3막

장면 I

(로마광장.)

세련된 젊은이 (이제 무대 위를 보행중인, 첫번째 승객에게) 외투 앞섶이 너무 벌어졌잖아. 단추를 약간만 위로 올려 달아서 앞섶을 좀 줄이는 게 좋을 것 같아.

장면 II

(로마광장 앞을 지나는 S선 버스에 타고 있다.)

네번째 승객 어럽쇼, 괜히 어떤 신사분, 트집 잡아 다투던 녀석, 조금 전 나랑 버스에 같이 타고 있던 그 녀석이잖아. 요거, 야릇한 만남일세, 어디, 이 이야기를 산문으로 바꿔 3막으로 구성된 희극이나 한 편 써볼까.

속으로 중얼중얼

버스는 승객들로 포화가 된 상태에서 도착했다. 이 버스를 놓치지만 않게 해주오, 오, 제발, 앉을 수 있는 자리 하나쯤 아직 남아 있겠지. 그들 중 한 명, 어마어마하게 길쭉한 목에다가 우스꽝스러운 낯짝의 소유자, 리본 자리에 가는 끈을 두른 말랑말랑한 중절모 하나를 쓰고 있었고 그래서 다소 오만해 보이며 갑자기 자기가 뭐라도 된다고 착각한 건지 뭔지, 제 옆 사람에게 그가 자기 발등을 일부러 밟는다고 비난하면서 싸우려고 작정을 한 얼굴로, 그러나 이내 겁먹고 찌그러지겠지만, 격렬하게 욕을 퍼붓기 시작했는데…… 그 사람은 그가 자기에게 무어라고 하는지 도통 관심을 두지 않네. 하지만 버스 안에 자리가 하나 비게 되자 내가 앞서 말한 것과 정말 똑같이, 그는 등을 돌려 자리를 차지하러 뛰어갔다.

대략 두어 시간이 지난 후, 우연은 참 야릇하기도 해라, 그는 로마광장에서 그와 같은 종자, 얼간이, 어떤 친구 하나와 동행중이었는데, 친구는 집게손가락을 들어 그가 입고 있던 외투의 단추 하나를 가리키고 있었을 뿐이었으니! 도대체 친구라는 자가 그에게 뭐라고 말한 거지?

같은 음을 질리도록

법원을 벗어난 84번 버스가 버드나무 곁에서 버티고 있었다. 한 번, 두 번, 세 번, 네 번…… 만에, 이 버스에 올라타버린 나는, 버거킹 치킨버거 같은 버섯 하나를 위에 단 버러지 같은 놈이, 벌떼들 뒤범벅판에서, 제 두 벌 위로 버블티를 버렸다며 "돌아버리겠네"를 버릇처럼 반복하고 허벌나게 번복하면서, 아버지뻘이나 할아버지뻘에서 벗어나지 않은 한 버스 멤버의 버선발을 벌거벗기듯 밟아, 벌겋게, 버티지 못할 형벌을 버르장머리 없이 그에게 줘버리고 있는 걸, 어버버버…… 벙어리처럼 보고 있었다. 이 버러지, 버벅거리며, 얼버무리더니, 버얼써? 버팀목을 버둥거려 벗어나버리고, 버터를 버른 듯 번질번질, 버려졌을 법한 곳에 앉아버리는 것이었다.

꼬여버릴 만큼 꼬여버린 버스에서 사라져버린 이 버짐 핀 턱받이광대버섯은, 벗은 아니었고, 그러나 버젓이 벗이라 부를 법한 벌레 먹은 노루궁둥이버섯 하나와 벙커 버근에서 버벅거리고 있었다. 그는 "내 벗의 버성긴 오버 버튼에서 버그가 난다!" 어쩌고, "버릴 수 없다면 그 버튼의 버전을 바꿔버려야지!" 저쩌고, 오버하는 그의 벌화를 벌 받듯 벌벌벌 떨면서 들어버려야 했다.

귀신을 보았습니다

몽소 평원의 숲지기옵니다, 금일지사今日之事, 소인이 목격한 참으로 불길하고도 석연치 않은 현출現出에 관해 삼가 보고를 올리게 되어 영광이옵니다요. 흠흠. 경외해 마지않는 오를레앙 공公 필립 전하의 영지 안에 정원이 있지 않사옵니까, 거기에, 그러니까 1783년 하고도 5월 16일, 그 정원의 동양문 근방에, 매듭끈 부류의 장식을 두른 범상치 않아 보이는 흐물흐물한 형체의 모자가 하나 나타났습니다. 그런고로 소인 똑똑히 보았사온데, 방금 말씀 올린 모자, 바로 아래에 젊은이 하나가 숙홀倏忽하게 등장하는지라, 그자의 목은 별나게 길었사옵고, 혹여 지나支那 사람이 아닌가 아뢰어야 할 만한 옷가지를 제 몸에 두르고 있었습죠. 이 작자의 섬뜩한 면모를 보자 대번에 소인의 피는 얼어붙고 말았사온데, 그만 그 자리에서 옴짝달싹할 수가 없었습니다요. 그 사내는 잠자코, 그러니까 미동도 하지 않았으나, 눈에 뵈지는 않아도 충분히 느낄 수 있을 만큼 주위 사람들이 그를 밀치기라도 했다는 듯이, 낮은 목소리로 뭐시라 뭐시라 중얼거리더니 이내 흥분하기 시작했습죠. 그러다가 별안간 이 사내는 제 외투에 주목하였는데, 원 참, 말씀드리기에도 송구합니다만, 이내 이 작자, "단추가 하나 모자란다. 단추가 하나 모자란다"라며 중얼대는 소리가 소인의 귀에 생생히 들려오는 것이 아니었겠습니까. 그러다가 사내는 걸음을 떼더니 폐피니에루蘖皮泥厓纍 묘목 상가 쪽으로 나가기 시작했습니다요. 이 희괴한 현상에 소인은 저도 모르게 홀려, 직무상 보전해야 할 곳을 벗어나게 되었사옵고, 종국에는 그자의 뒤를 쫓고 말았사온데, 그리하야, 이 사내와 모자, 그리고 소인, 이렇게 삼자는, 채소나 재배하는 어느 인기척 없는 작은 정원에 이르게 되었사옵니다. 출처는 알 길이 없으나 필시 악마의 소행이 분명한 파란색 입간판 위에 '로-오마광장'이라고 적혀 있는 것을 소인의 두 눈으로 똑똑히 살필 수 있었습죠. 그 사내는 한결 더 흥분을 배겨내지 못하는 모냥새로 "그 자식이 감히 내 발을 밟으려 했다고!"라고 씨불여재끼는 것이었습니다. 그러고는 홀연, 그들은 사라졌는데, 당장은 사내가, 잠시 뒤에는 모자가 그리했습니다. 이 증발 사건의 전말을 보고문으로 작성한 다음, 소인은 소少-파란국波蘭國 사거리로 목을 축이러 갔습니다.

철학 특강

오로지 대도시들만이 시간적 비개연적인 우연적 일치의 본질성을 현상학적 정신성에 제시할 수 있습니다. S선 버스의 도구적이고 무의미한 비존재성에 간혹가다 합류하는 철학자는 거기서 자신의 송과체松果體의 명철함으로, 공허의 긴 목과 무지의 모자 제조적 교찻줄로 번민하는 세속적 의식의 저무미건조하고 달아나버리는 속성의 외양을 지각할 수 있다는 말입니다. 진정한 완전태完全態를 결여한 이 질료는 간혹 의식의 무감한 육체적 메커니즘이라는 네오버클리적 비실재非實在에 대항하여 비난을 쏟아붓는 성질을 띤, 생명의 약동이라는 정언적 범주 속으로, 이따금 자신을 내던집니다. 이러한 정신적 태도가 두 사람의 가장 무의식적인 부분을 공空-공간성으로 끌어냈으며 거기서 이 무의식적인 부분은 갈고리 모양의 원자들과 최초의 요소들로 분해되고 맙니다.

철학적 탐구는 사회학적으로 지나치게 하단에 위치한 외투의 단추에 관한 개념을 그에게 본체적本體的으로 이전할 것을 오성悟性의 차원에서 충고하는, 동료의 양장洋裝과 연관된 비본질적인 반박을 동반중인 동일한 존재의 우연적이지만 제일第一 원인으로 거슬러 추적하게 하는 신비한 성질을 띤 만남에 의해 정상적으로 지속되고 있습니다.

오! 그대여!

오! 백금 펜촉의 만년필이여! 그대의 신속하고도 무람없는 질주로 번지르르한 저 새틴 용지 위에 알파벳 문자의 화려한 궤적을 그려, 어서 저 노선버스가 맺어준 두 번의 기이한 만남에 얽힌 자아도취담을 안경알 반짝거리는 독자들 계신 곳으로 날라다주게나! 내 꿈을 싣고 달리는 준마여! 내 문학적 위업을 실어나르는 낙타여! 어느 날 S선 버스에 올라 고뇌로 가득한 나의 문필 과업에 불멸의 영웅이 되어야 하겠다는 사실을 터럭만큼도 의심치 않는 젊은이의 오만 가지 몸짓과 행적으로 이루어진 천박하고도 객쩍은 이야기에 그 형태를 갖춰줄 어휘와 통사의 굽은 곡선들을, 고르고 재고, 묘사하고 또 헤아린 끝에, 그렇게 흘려보내는 언어의 저 유려한 샘물이여! 배배 꼬인 장식줄 하나 두른 모자에 긴 목을 쭉 내민 경박한 젊은이여! 그대, 쉴새없이 나불거리는 울화병 환자여! 불평불만을 입에 달고, 기개라고는 눈곱만큼도 찾아볼 수 없는, 그리하여 싸움에서 꽁무니를 내빼며, 어이없이 뒤돌아, 수없이 발길질에 걷어차인 엉덩이를 저 딱딱한 목제 의자 위에 내려두러 황급히 발걸음을 옮기고 있는 그대여! 생라자르역 앞에서 그대 외투의 가장 위에 달린 단추에서 영감을 취해왔던 어떤 인물의 새봉사석 조언을 귀를 열어 열광적으로 청해 듣던 바로 그때, 과연 그대는 이와 같은 수사학적 운명을 감히 짐작이나 할 수 있었으련가?

서툴러서 어쩌죠

저는 글을 쓰는 데 익숙하지 않아요. 글쎄 잘 모르겠더라고요. 비극이나 소네트 내지는 오드 같은 걸 써보고 싶은 마음이 없는 건 아니지만, 거기에는 또 규칙이 있더라고요. 이게 저를 성가시게 해요. 아마추어를 위한 게 아니잖아요. 이 중에서 제대로 써진 게 하나도 없어요. 그렇다는 거죠. 여하튼 오늘 저는 뭔가를 보았는데, 그걸 원고로 작성하고 싶은 마음이 생겼어요. 제가 보기에, 원고로 작성하는 작업은 그리 놀랄 만한 일은 아닌 것 같아요. 그건 제가 글을 쓰는 데 그다지 익숙하지 않기 때문에 비극이나 소네트 또는 오드의 규칙들이 성가시게 구는, 그래봤자 아마추어일 뿐인 제가 또 한편으로 오늘 목격한 무엇으로 뭔가를 해보려고 하는 것, 그러니까 "원고를 작성하는 작업" 비스름한 기존의 표현들에 짜증을 느끼고 마는 독자들이 이 문서의 초고를 읽을 때, 출판자들이 출간하게 될 초고에서 그들에게 필요한 것으로 보이는 독창성을 찾으려는 출판자들을 위해 독서를 진행할 독자들을 짜증나게 만드는 기존의 표현들 가운데 하나에 속하겠죠. 이런 염병할, 제가 또 뭘 어떻게 했는지는 잘 모르겠지만, 처음으로 다시 돌아오고야 말았네요. 단 한 번도 여기서 벗어나보질 못했네요. 뭐 어쩔 수 없죠. '뿔 달린 황소를 정면으로 마주하다' 같은 표현을 한번 보죠. 역시 식상하네요. 더구나 나란 놈은 황소와 닮은 구석이 전혀 없다고요. 어라, 이 표현, 그다지 나쁘지만은 않은 것 같은데요. 그러니까 '긴 목에 달린 말랑말랑한 자신의 펠트 모자 줄에 의한 경박한 젊은이'라고 제가 쓰면, 뭐, 이런 건 좀 독창적일 수 있을 것 같다는 거죠. 아카데미프랑세즈의 회원들 내지는 카페플로르나 세바스티앙보탱가街 부근을 어슬렁거리는 작가 분들을 제가 소개받을 만한 그런 표현인 셈이죠. 어쨌든 저라고 왜 진전이 없겠어요. 사람은 글을 쓸수록 달필가가 되는 거라고요. 달필가, 아, 정말 강렬한 말이지요. 달필가. 하지만 실력이 뒤따라야 하겠죠. 버스 승강대 위의 그 친구, 승객들이 타거나 내리면서 버스가 좁아질 때마다 자기 발을 밟았다는 구실로 옆 사람에게 욕지거리를 퍼붓기 시작할 때, 그러니까 그는 실력을 행사하고 있었다고 봐야죠. 항의를 한바탕 쏟아놓은 다음, 버스 안, 빈자리 하나를 보자마자, 놓칠까봐 잠시 시름에 잠기기라도 했다는 듯이, 그는 잽싸게 거기로 앉으러 갔다고요. 그러고 보니, 벌써 제 이야기, 어머나, 절반을 말해버렸네요. 어떻게 제가 이런 걸 다 할 수 있었는지 사실 저도 내심으로 궁금할 정도예요. 어쨌거나 이렇게 글을 써보니 정말 좋네요. 그런데 정말로 어려운 게 남아 있어요. 가장 복잡한 것이기도 하고요. 전환 같은 거예요. 그게 잘 안 되니, 이쯤에서 저는 그만 쓰는 게 나을 것 같아요.

싹수가 노랗게

I

나는 버스에 오른다.

— 포르트샹페레 방향 맞아요?

— 쓰여 있는 거 보면 몰라요?

— 실례.

그가 내 승차권을 제 배에 대고 찍는다.

— 여기.

— 고맙습니다.

나는 주변을 둘러본다.

— 이봐요, 아저씨.

그는 끈 비슷한 걸 단 모자를 쓰고 있다.

— 조심하면 어디가 덧나요?

그는 아주 긴 목의 소유자다.

— 아니, 이 아저씨가 증말.

그러더니 그는 빈자리로 내뺀다.

— 이거 참.

나는 속으로 말한다.

II

나는 버스에 오른다.

— 콩트르스카르프광장 가죠?

— 쓰여 있는 거 보면 몰라요?

— 실례.

그가 들고 있는 개표 기계가 작동한다. 그러고 나서 그는 힐끔 쳐다보고는 내 승차권을 다시 내게 돌려준다.

— 여기.

— 고맙습니다.

우리는 생라자르역 앞을 지난다.

— 어, 아까 그 남자네.

나는 귀를 기울인다.

— 네 외투에 단추 하나 더 달아야 할걸.

그는 어딘지 지적한다.

— 네 외투에 앞섶이 너무 파였어.

맞네.

— 이거 참.

나는 속으로 말한다.

편파적으로

목이 빠지게 기다리니 마침내 버스 한 대가 길모퉁이를 돌아나와 인도의 갓길에서 멈추어섰다. 몇몇 사람이 내렸고 또다른 몇몇이 올라탔는데, 나는 후자에 속했다. 승강대는 사람들로 발 디딜 틈이 없었고, 차장은 알림신호 손잡이를 격렬하게 잡아당겼으며, 그러자 차량이 다시 출발했다. 나는 작은 상자를 든 남자가 자기 배 위에서 소인을 찍으려 할 버스표 한 장을 가지고 있던 승차권 묶음에서 찢어내면서, 옆 사람들을 자세히 들여다보기 시작했다. 주위에는 남자들뿐이었다. 여자들은 없었다. 그래서 시선은 무심했다. 얼마 지나지 않아 나는 이 진흙 같은 주변에서도 가장 별 볼 일 없는 녀석 하나를 발견했는데, 스무 살쯤 되었으려나, 그는 기다란 목 위에 조막만한 머리를 달고 있었고, 제 조막만한 머리 위에 또 커다란 모자를 쓰고 있었는데, 이 커다란 모자 주위에는 작고 앙증맞은 매듭끈이 하나 감겨 있었다.

이런 같잖은 녀석을 봤나, 나는 속으로 뇌까리고 있었다.

같잖은데다가 성질도 못돼먹은 녀석이었다. 그는 어느 만만한 부르주아 하나를 붙잡고서 승객들이 매번 내리거나 올라탈 때마다 그가 자기 발을 짓뭉갠다고 자신의 분노 성향을 유감없이 폭발시키면서 길길이 날뛰었다. 이 부르주아는 인생에서 별의별 일을 다 겪어가며 터득하고 철두철미하게 마련해놓은 자신의 레퍼토리에서 거칠게 응수할 말을 찾아내려 애쓰면서, 그를 매서운 눈으로 째려보았지만, 그날 그는 자신이 분류해놓은 목록에 쉽사리 합류하지 못했다. 젊은 남자의 경우, 싸대기를 쌍으로 처맞을까봐 벌벌 떨고 있던 참에, 자리 하나가 갑자기 비게 되자 거기에 앉으려고 잽싸게 서둘러서는 이윽고 자리에 가 앉았다.

나는 그보다 먼저 차에서 내렸고 그래서 그의 행동을 더는 관찰할 수 없었다. 그를 잊은 것으로 간주하고 있었는데, 웬걸, 두 시간이 지나, 로마광장에서 그를 다시 보게 되었고, 나는 버스 안에, 그는 인도 위에 있었으며, 여전히 그 꼬락서니는 개탄을 금할 길이 없었다.

그는 동료 하나를 동행하고서 이리저리 걸어다니고 있었는데, 우아함으로 치면 거장이라도 되는 듯, 그의 동료는 그에게 단추 여분 하나를 추가하여 외투의 앞섶을 줄여보라고, 댄디라도 되는 듯 현학적으로 한껏 멋을 부리며 그에게 충고하고 있었다.

이런 같잖은 녀석을 봤나, 나는 속으로 뇌까렸다.

이후, 우리 두 사람, 내가 타고 있던 버스, 각각은 제 갈 길을 갔다.

소네트

얼빠진 대갈통　줄 꼬인 모자네,
오래전 마련된,　일상사 충돌한,
멜랑콜리 목에　허약한 무뢰한
만석에 가까운　버스에 오르네.

십번 혹 에스선　버스가 온다네.
경적을 울리는　차량의 사람들
비좁은 한복판　소란한 군중들
별난 촌뜨기가　염장을 지르네.

갑판을 기어가　재앙을 원하네
첫 연에서 말한　애송이 기린이
순진한 노신사　위협을 가했네.

궁지를 벗어날　자리가 생기네
잽싸게 앉는다　흐른다 시간이
단추 고찰중인　그자 다시 보네.

냄새가 난다

백주 대낮의 이 S선 차내에는 익숙한 냄새 이외에도, 가락국수–가방–가죽–곰팡이–골때리는 냄새, 나한테도–나는–냉장고 냄새, 다락방–단무지–달고나–달걀–담배–다양한 냄새, 라면–라벤더–라일락 냄새, 마녀–마님–마늘–무좀 냄새, 바보들–방귀–비닐우산–비 내리는 냄새, 사랑니–사이사이–새우–생선 냄새, '아야' 하는–아이–앞–엄마–염색약 냄새, 자동차–장발족–재수–옴 붙은 냄새, 차량–차 안–초치는–초짜–촌놈들 냄새, 카라멜–카코딜–카레–퀴퀴한 냄새, 타액–타월–타코–타는 냄새, 파(양파 쪽파 대파)–파계승–파리–파닥거리는–파렴치한 냄새, 하수구–화장실–하하하–환장할 냄새가 풍기고 있었고, 젊은이의 긴 목 특유의 향기와 배배 꼬인 끈이 발산하는 모종의 땀내, 짜증을 돋우는 아릿하고 매콤한 냄새가 피어올랐으며, 변비에 걸린 듯한 어떤 비겁자의 악취 또한 팍팍 풍기고 있었는데, 이 냄새가 어찌나 강렬하였던지, 그로부터 두 시간이 지난 후, 내가 생라자르역 앞을 지나가던 중, 잘못 달린 어떤 단추에서 풍겨오는 화장품–패션–재단사의 향기에 뒤섞여, 아까 맡았던 것과 똑같은 악취가 왈칵 쏟아져나오는 것을 나는 확연하게 느낄 수 있었다.

무슨 맛이었느냐고?

그 버스는 독특한 맛이 났어. 이상하게 들리겠지만, 이견의 여지가 없다 할 어떤 맛이 났다고. 버스라고 해서 죄다 똑같은 맛이 나는 건 아냐. 흔히 같다고들 말하지만, 그러나 사실은 좀 달라. 다르다고. 실제로 맛을 한번 보면 무슨 말인지 알게 될 거야. 이 버스, 그러니까 굳이 숨기지 않고 여기 밝혀두자면, S선은, 살짝 볶은 땅콩 맛이 났는데, 당신에게 일단 이것만 말하도록 하지. 승강대는 특별한 맛을 풍기고 있었는데, 살짝 볶았을 뿐만 아니라 이걸 밟아서 다진 것 같은 향기가 났어. 발판 위 1미터 60센티미터 지점에, 미식가 한 명이 있었던가, 아니었던 것 같기도 하고, 암튼 삼십대 남자의 목덜미였던가, 살짝 시큼한 맛이 나는 부위를 그가 핥았을지도 모르겠어. 게다가 20센티미터 조금 더 위로, 코코아맛을 살짝 곁들인 배배 꼰 장식줄을 시식하는 희귀한 기회가 내 입안에서 베풀어졌던 것 같기도 해. 곧이어 우리는, 다툼의 추잉껌을 질겅질겅 씹었고, 신경질의 꿀밤을 꿀꺽 삼켰으며, 분노의 포도를 한 움큼 움켜쥐고서 포도알의 신맛을 하나씩 음미하면서 목구멍으로 넘겼지 뭐야.

두 시간이 지난 후에, 디저트 시간이 되었어. 디저트는 외투의 단추…… 같은, 아몬드가 든 진짜 초콜릿 한 알……이었다고.

더듬더듬

버스에 닿으면 기분이 좋은데, 허벅지 사이에 그걸 끼우고, 머리에서 꼬리 쪽으로, 엔진에서 승강대 쪽으로, 두 손으로 애무할 때 특히 그래. 하지만 버스 승강대에 몸을 두면, 까끌까끌하고 우둘투둘한 것을 촉지할 수 있는데, 철판 같은 것일 때도 있고, 손잡이 기둥일 때도 있지만, 가끔은 둥글둥글 통통하고 탄력이 있는 무언가에 닿기도 하는데, 바로 엉덩이야. 이따금 두 개에 닿기도 하고 그 수가 늘어나기도 해. 한편으로 대롱 모양에다가 꿈틀거리며 때로 멍청한 소리를 토해내기도 하는 물건 하나를 쥐거나, 혹은 묵주보다 부드럽고 철조망 철삿줄보다 미끈하며, 동아줄보다 보들보들하고 케이블선보다는 가는, 나선모양의 뜨개질 장식이 붙어 있는 무언가를 쥐게 되는 경우도 있어. 그뿐만 아니야. 더위 때문에 살짝 끈적거려 점성이 배어 있는, 인간의 얼굴을 하고 저지르는 허튼짓에 손가락이 닿는 경우도 있다고.

그뒤로 한 시간이나 두 시간만 잘 참으면, 울퉁불퉁 요철역 앞에서, 미지근한 그의 손이 있어야 할 자리를 잘못 찾은 코로조 단추의 미묘한 냉기 속에 담겨버릴 수도 있다고.

함께 그려보아요

전체적으로 볼 때는 초록색이라 하겠는데, 지붕은 하얗고, 옆으로 길쭉한 모양에, 또 창유리가 몇 개 있어요. 초보자는 이거, 그러니까 창유리를 그리는 게 아무래도 좀 어렵겠지요? 승강대는 별다른 색이 없어요, 그런데 음…… 굳이 말하자면, 반절은 회색, 반절은 밤색 정도랄까. 무엇보다도 곡선이 정말 많아요. 특히 S자 모양이 무더기로 있다고 하는 게 좋겠네. 정오라는 게 대개 혼잡한 시간대고, 결국은 모든 게 엉망으로 뒤엉키게 마련이기 때문이에요. 마무리를 잘하려면, 너저분한 부분 밖으로 옅은 황토색 직사각형 모양을 다소 늘려야 하고, 거기에 연한 황토색으로 달걀모양을 심어놔야 하며, 또 그 위에다가 짙은 황토색으로 칠한 모자를 붙여야 하는데, 모자에는 불그스름하고 짙은 황갈색의 헝클어진 끈을 둘러놓으면 좋겠어요. 그다음으로, 짜증을 표현하는 거위 똥색 굵은 점 하나, 분노를 나타내는 진홍빛 삼각형 모양 하나, 그리고 벌벌 떨며 도망치는 모습과 겁을 잔뜩 집어먹은 꼴을 나타내는 푸른색 물줄기 하나를 시원하게 그려넣어도 좋을 것 같아요.

여기까지 했으면, 이제 근사하고 예쁘고 멋진 마린블루 코트를 한번 그려볼까요. 코트 위쪽, 목둘레 바로 아래에, 꼼꼼하게 묘사한, 근사하고 예쁘고 멋진 단추 하나를 달아주는 거예요.

귀를 기울이면

경적을 울리고 차체를 가늘게 떨며 다가온 S선 버스가 고요한 인도로 접근하면서 날카로운 브레이크 소리를 냈다. 태양의 트롬본이 반음을 내려 정오를 알리고 있었다. 보행자들이 앵앵거리는 백파이프로 그들의 승차 순서를 드높여 외치고 있었다. 몇몇이 반음계 올려 차에 탔고, 노래가 울려퍼지는 아케이드를 지나 포르트샹페레를 향해 그들을 태우고 가기에는 이것으로 충분했다. 숨을 헐떡거리고 있는 이 선택받은 자들 중에, 그 무슨 세월의 불운 때문인지, 인간의 형태로 변한 클라리넷 관管 한 자루가 모습을 보였고, 팀파니 모양의 머리 위에 기타를 닮은 어떤 악기 같은 것을 지닌 모자장이 하나가 간사하게도 불협화음을 내고 있었는데, 기타줄들은 꼬이고 엮여 이 악기의 동체胴體를 띠처럼 감고 있었다. 수작을 거는 남자 승객과 그에 응하는 여자 승객들이 한데 어울려 자아내는 단조 화음과 차장의 저 탐욕에 가득차 떨려오는 트레몰로가 어우러지는 한복판에서 돌연 콘트라베이스풍의 격분에 트럼펫 톤의 짜증과 바순 조의 두려움이 하나로 뒤섞여 어설픈 연극 같은 불협화음이 터져나오고 있다.

그뒤로 한숨과 침묵이 4분쉼표, 쉼표, 온쉼표와 두 잇단쉼표 순으로 이어지고 나서, 단추의 서 승리의 멜로디가 옥타브를 하나 올려, 퍼져나가는 중이다.

전보

만원車內 (印) 장식모착용 경추장대청년 (印) 불청객접촉시 足고의폭력거론 무작정시비 (印) 空좌석착석목적 논쟁자발적포기後 청년황급이동 (중략) 동일오후두시경 ROMA 광장 (印) 단추이동관련 동료충고 동청년경청장면목격. (印) 휘웅성 보냄

동요

어느버스 안이었어
좁은버스 안이었어
에스노선 버스하나
수다떠는 버스하나
길위에서 빙글빙글
돌고돌며 뱅글뱅글
아직갈길 멀다하네
들쭉날쭉 달린다네
몽소공원 근처에서
몸소공원 근방에서
아주더운 정오경에
아직더운 여름날에
멀대같은 개구쟁이
모가지는 길쭉하고
낙지같은 모자쓰고
모자같은 낙지쓰고
어느버스 안이었어
좁은버스 안이었어

낙지모자 위에서는
모자낙지 위에서는

줄이하나 있었다네
꼬인줄이 있었다네
어느버스 안이었어
좁은버스 안이었어
성질급한 문지기가
들어가라 화를내니
비좁아라 속좁아라
밀지마라 밟지마라
모가지가 길쭉하고
멀대같은 개구쟁이
불평불만 토해내네
쉰소리를 뱉어내네
발실수를 고발하며
토낄놈이 지껄이어
어느버스 안이었어
좁은버스 안이었어
아니저런 발길실수
어머저런 토낀자식
쉬운걸음 아니라네
만만한놈 아니었네
그놈이빨 드러내네

온갖재주 뽐낸다네
버스에서 그랬는데
선심으로 그랬는데
모가지가 길쭉하고
멀대같은 개구쟁이
궁둥이를 붙인다네
속마음을 들킨다네
에스노선 버스에서
소란떠는 버스에서
허여멀건 바보위한
소란두란 좌석위한

허여멀건 바보에게
소란두란 좌석위에
나는나는 시인이야
멀쩡멀쩡 쭉정이네
조금지나 살펴보니
볼멘소리 들려오는
생라자르 앞이었네
새는자루 입고있네
생라자르 역앞이네

허울좋은 바보하나
개구쟁이 다시보네
모가지가 길쭉하네
경솔하게 참견하는
경애하는 친구하나
어떤실수 하나땜에
달린단추 하나땜시
깊게패인 외투보고
고치라는 말을뱉네
어느버스 근처에서
붕붕버스 근방에서

만약만일 이얘기가
만에하나 그얘기가
그대흥미 이끈다면
그대고문 한다해도
관둘생각 하지마요
소리내면 곤란해요
다른날이 오기전에
그녀석이 오기전에
에스노선 버스에서

수선떠는 버스에서
놀란두눈 부릅뜨고
그대볼수 밖에없네
모가지가 길쭉하고
멀대같은 개구쟁이
쓰고있는 낙지모자
쓰고짜고 모자낙지
또다른이 실수하나
그의단추 보았다네
어느버스 안이었네
좁은버스 안이었네
에스노선 버스하나
수다떠는 버스하나

음절 단위로 늘려가며 바꾸기

무렵나는에 어느날정오 부승강대위 스선버스후 장식줄을두 에서배배꼰 고있는젊은 른모자를쓰 데그는정말 이를보았는 유자였다 로긴목의소. 객들이오르고 갑자기그는승 부러자기발을 내릴때마다일 람을불러세웠 밟았다고옆사 다. 가하나비자몸을 게다가그는자리 말다툼을포기하 던지려고재빨리는것이었다.

는 그 남자를 생라자 시간이 얼마 지나 나 았는데 그는 자신의 르역 앞에서 다시 보 금 올려 달라고 그에 외투 위로 단추를 조 소리로 대화를 나누 게 말하는 동료와 큰 고 있었다.

어절 단위로 늘려가며 바꾸기

정오 무렵 어느 날 버스 후부 나는 에스선 배배 꼰 승강대 위에서 모자를 쓰고 장식줄을 두른 보았는데 그는 있는 젊은이를 목의 소유자였다 정말로 긴. 오르고 내릴 때마다 갑자기 그는 승객들이 밟았다고 옆 사람을 일부러 자기 발을 불러세웠다. 비자 몸을 던지려고 재빨리 게다가 그는 자리가 하나 말다툼을 포기하는 것이었다.

남자를 생라자르역 앞에서 다시 보았는데 시간이 얼마 지나, 나는 그 조금 올려 달라고 그에게 말하는 그는 자신의 외투 위로 단추를 동료와 큰 소리로 대화를 나누고 있었다.

고문古文투로

石油旅行客(석유여행객)으로 充滿(충만)ᄒᆞᆫ 超乘合車(초승합ᄎᆞ)에 內居(ᄂᆡ거)ᄒᆞᆫ 余(여)ᄂᆞᆫ 大混雜時間中(대혼잡시간중) 極小風景(극소풍경)ᄋᆡ 殉敎者(순교자) 되엇더라. 佳色津液(가ᄉᆡᆨ진익)으로 周圍裝飾(주위장식)ᄒᆞᆫ 希臘風(희랍풍) 帽子(모ᄌᆞ)ᄅᆞᆯ 着用(착용)ᄒᆞ고 可恐可笑(가공가소)ᄒᆞᆯ 圓柱(원주)모냥 巨大頸部(거ᄃᆡ경부)ᄅᆞᆯ 所有(소유)ᄒᆞᆫ 大略(대략) 卄歲(입세)ᄅᆞᆯ 過(과)ᄒᆞᆫ 博弱男子(박약남자) 一人(일인)이 ᄒᆞ루 ᄉᆞᆯ이 無名氏(무명씨)ᄅᆞᆯ 創大(창ᄃᆡ)히 非難(비난)ᄒᆞ더라. 博弱男子(박약남자)ᄀᆞ 僞述(위술)ᄒᆞᆫ ᄇᆞ에 依(의) ᄒᆞ얀 무명씨ᄂᆞᆫ 남자ᄋᆡ 雙足(쌍족)을 上踏(ᄉᆞᆼ답)ᄒᆞ얏ᄃᆞ더라. 然(연)ᄒᆞ고 其(기) 博約男子(박약남자)ᄂᆞᆫ 홀연 一(일) 共通場所(공통장소)ᄅᆞᆯ 擴張視察(확장시찰)ᄒᆞ더니 其處(기처)에 其身(기신)을 放(방)코쟈 저즐로 下向(하향)ᄒᆞ더라.

一頃後(일경후) 余(여)ᄂᆞᆫ 聖(성) 拉撒路(납살로) 鐵道驛前(철도역전)ᄋᆡ셔 同種人類(동종인류) 一人(일인)과 周邊逍遙(주변소요)ᄒᆞᄂᆞᆫ 其者(기자)ᄅᆞᆯ 知覺(지각)하얏ᄂᆞᆫᄃᆡ 該當(해당) 一人(일인)은 括約(괄약)ᄒᆞᆫ 臍(제)와 類似(유사)ᄒᆞᆫ ᄃᆞᆫ쵸ᄅᆞᆯ 上向(상향)ᄒᆞᆯ ᄃᆡ 關(관)ᄒᆞ야 其者(기자)의게 象徵調(상징조) 言(언)ᄒᆞ더라.

집합론

S선 버스에 앉아 있는 승객을 집합 A로, 서 있는 승객을 집합 D라고 간주한다. 어떤 정류장에 기다리고 있는 사람들 집합 P가 있다. 또한 버스에 오르는 승객 집합 C가 있다. C는 P의 부분집합이며 또한 승강대 위에 남아 있는 승객들의 집합 C′와 곧 착석하게 될 승객 집합 C″의 합집합이다. 이는 집합 C″가 공집합이라는 사실을 증명한다.

Z를 재즈족 집합이라고 가정하면, Z와 C′의 교차점인 $\{z\}$는 오로지 한 가지 요소로 환원된다. z의 발이 y(z와는 다른 C′의 평범한 요소)의 발 위로 전사全射된 이후, 요소 z에 의해 발음된 낱말들의 집합 M이 발생한다. 집합 C″가 공집합이 아니게 됨으로써, 집합 C″는 유일한 요소 z로 구성된다는 사실이 증명된다.

이제부터 보행자들 집합 P가 생라자르역 앞에 있다고 가정한다면, Z와 P의 교집합 $\{z, z'\}$, z의 외투 단추들의 집합 B, z'에 따라 단추라 불린 것들의 가능한 위치의 집합 B′는 B에 속한 B′의 단사單射가 전단사全單射가 아니라는 사실을 증명한다.

정의하자면

알파벳 열아홉번째 문자로 지정된 도시 교통수단의 거대한 공공 차량의 내부, 1942년 파리에서 부여된 별칭을 가진 상궤를 벗어난 어느 청년 하나, 어느 정도의 거리를 두고서 머리를 두 어깨에 잇고 있는 신체 일부를 소유하고 있고 신체의 상부 극단 위에 땋은 끈 형태로 교착交錯된 두툼한 리본 하나를 두른 가변적 형태의 머리쓰개 하나를 이고 있는—따라서 상궤를 벗어난 이 청년이, 한 장소에서 다른 곳으로 가며, 발을 차례로 그의 그것 위로 이동시킨 행위로 인해 발생한 잘못의 책임을 특정 개인에게 전가하면서, 사람들이 착석할 수 있도록 구비된, 일종의 가구, 그 가구가 비게 되자 그 위에다가 스스로를 위치시키려고 여로에 올랐다.

백이십 초가 지난 후, 화물 위탁 행위와 여행객들의 승하차가 발생하는 어떤 철도회사의 선로들과 건물들의 무리 앞에서 나는 그를 다시 보았다. 1942년 파리에서 부여된 별칭을 가진 상궤를 벗어난 또다른 젊은이 하나가, 의복, 정확히 특정하자면, 통상 다른 의복 위에 착용하곤 하는 남성용 의복, 그 위에다가 붙이는 데 소용되는, 헝겊이 아니라, 금속이나 뿔, 나무 등으로 뒤덮인 원형 물체 하나에 대해서, 해야 마땅하다고 여겨진 무언가와 관련된 견해를 그에게 피력하고 있었다.

단카

버스가 오네
재즈 모(帽) 청년 타니
어이쿠 충돌
차후 생라자르 앞
이제 단추가 문제

자유시

가득찬
버스
텅 빈
마음
기다란
목
끈 달린
리본
편평한
편평한 그리고 납작해진
두 발
텅 빈
자리

저 꺼진 수천 개의 불빛, 기차역 근방에서 이루어진
그 마음의, 그 목의, 그 리본의, 그 두 발의,
텅 빈 그 자리의, 그리고 그 단추의
저 예기치 않은 만남.

평행이동

출력 시고모, Y선객 버짐. 서른둘 언중유골의 남창 일곱, 리스트 대신에 끌 달린 말쑥한 모조模造, 누군가 길게 잡아 늘인 것처럼 아주 긴 목간통. 사력私力들이 내린다. 문진文鎭의 남창, 옆 사력에게 분당分黨을 폭소. 누군가 지날 때마다 자동自動을 떠민다고 옆 사력을 비판한다. 못돼먹은 투구로 투덜거린다. 빈 자막을 보자마자, 거기로 튀어감.

여섯 시고모 지나, 생노틀담 역관譯官 앞, 로망 광점光點에서 나는 그를 다시 만남. 그는 이렇게 말하는 친동생과 함께 있음: "자네, 외항선外航船에 단칸방 여섯 개 더 다는 게 좋겠어." 친동생은 그에게 자막(앞쪽)과 이음을 알려줌.

리포그램

그랬다.

스테션 근처, 버스가 멈췄다. 거기서 긴 목 가진 코흘리게 너석 탔는데, 그는 달걀처럼 긴 돌대가리를 하늘로 쳐들고, 그 너머로, 부드러븐 리본 거기다가 두른 모자를 쓰고 섰다. 그는 뾸난 발가락, 추가로 딱딱해진 살로 갑자기 후줄근해진 모某 작자를 힘껏 밝고 함께 격투했다. 그러고 나서 그는 자리로 솟구쳤고 그 누구도 존재가 전무한 차내 좌석에 착석한다.

시간도 다소 지나, 산-뭐시기, 라자르-거시기 기차 대합소 저쪽 너머로 친구가 그를 보며 말한다. “너는 네 래글런 저기, 조금 치켜서 달, 단추를 갖기 바란다.”

그게 다다.

영어섞임투

원 데이, 미드데이에, 버스 테이크한 나, 그뤠잇 롱 목덜미 위, 레알 스튜핏 페이스에 로프 두른 펠트 캡을 저스트 원 쓰고 있는 영맨을 룩킹중이었어. 패신저들이 버스 인사이드로 업! 다운! 업! 다운! 하던 에브리 타임, 컨퓨전이 클라이맥스에 올랐을 때, 오, 지저스 크라이스트! 젠틀맨이 인텐셔널리 자기 풋을 스텝했다고, 이 크레이지 영맨, 왓 더 퍽! 컴플레인하더니, 언오큐파이드 시트를 향해 런닝을 퀵클리하게 하더라고.

투 아워 지나서, 세인트-레이저 트레인 스테이션 앞, 로마 스퀘어에서 내 아이 컨텍트 바운더리로 어게인 캡처된, 저스트 비포 영맨은 그에게 "오버코트 아웃사이드에 어너더 버튼 업! 업! 행잉하면 리얼리 베리 굿!", 어쩌고 디스 영맨의 패션 프러블럼에 관해 씨어리어스한 어드바이스를 기브하고 있는 썸 가이와 디스커션하는 중이었어.

더듬거리기

어어느 나날 저정오 므무렵, 모몽소 고공원에에서 그그리 머멀지 아않은, 버버스의 흐후부 스승강대 으위에서, 나나는 리리본 대대신 배배배배배배 꼬꼰 자장식주줄을 두두두른 모모자 하하하나를 과과시하하고 이있느는, 기긴 모목으의 저젊으은 나남자 하하나르를 누눈여겨 보보고 이있었다. 가갑자기 그그는 스승객들이 오오르거나 내내릴 때때때때마다 여옆사람이 매매매매매번 자자기 바발을 이일부러 바밟는다고 주주장하면서 이이 여옆사람을 부불러세웠다. 비비어 있는 자좌석 으위로 모몸을 더던지기 위위해 그그는 마말싸싸움을 재재빨리 그그만두었다.

시시간이 어얼마 지지나서, 나나는 그그를 새생라자르 여여역 아앞에서 다다시 보보았는데 그그는 외외외외외외외외외외외투의 다다다단추에 과관해 그그에게 추충고를 거건네고 이있는 도동료 하하나와 크큰소리로 대대대대대대대화를 나나누고 이있었다.

창唱풍으로

어허어느 나하아알 정호오 무후려업, 버어허스의 후우부스홍가앙장 우에에서, 나아하는 리이보온 대시인에에, 배에에에에에배 꼬우은 자앙시익 주우이를 두우후른 모호오자 하아나를 과하시하아고 이있는, 기이히인 모호옥의 저헐믄 나함자, 하아나를 보오고 있이었다. 벼라안가안 그으는, 스홍객드흘이 오호르거어나 내해리힐 때해마아다, 엾허사아라미 매에번 자아기 바알을, 이일부러 바알브은다아고 주우자앙하아면서, 이 엾사하람으을 부울러어세웠다. 비이인 좌아석 위이로, 모홈을 더언지기 위애해 그으는 마알싸아우물 재애빨리 그마안두었다.

시히가니 어얼마 지이나서, 나아는 그으를 새애앵라아자르역 아아페서, 다아아시 보아았는데 그흐는 외에에에에에에에에에에투우의 위이히로, 다아아안추를 조오금 오올려다알라고 마알을하아는 도옹료 하아나와, 크으으으으으으은소오리이이이로 대에화를 나아아아아누고 있어어어어어어었다.

동물 어미 열전

어느 날치 정오소리 무렵수렵, 버스스슥 후부스럭부스럭 승강대나무 후부리 위에서성서성, 나는새鳥 리본본見 대신하마 배배배배 꼰꼬끼오 장식줄을음메에 두른두런 모자라龜 하나비蛺를 과시하고릴라 있는, 긴기린 목의 젊은갈치 남자라 하나비를 얼핏피식피식 보고릴라 있었다람쥐. 갑자기린 그는 그물 승객들쥐들이 오르거냐옹 내리며멍멍 옆사람들이蚺 매번식하며 자기린 발발이를 일부러워 밟는다고등어 주장십장생하면서 이갈며 옆사람을 불러세웠다람쥐. 게다가재미 빈좌석슥삭 위로백로 몸을 던지기린 위해소牛 그는 말싸움터를 재빨리이리 그만두었다람쥐.

시간이리 얼마말馬 지나쥐나, 나는새 그를 생사탕라자르스르르 기차치타 역 앞에서성서성 다시마 보았는데 그는 외투가리투가리투가리투가리가리가리가리 위로백로 단추어鰌魚를 조금소금 올려비려 달라고등어 말하는이리 동료통로 하나비와 큰소리소라로 대화들짝을 나누고릴라 있었다람쥐.

품사로 분해하기

실사: 일日, 정오, 승강대, 버스, S선, 근처, 몽소, 공원, 남자, 목, 모자, 끈, 장소, 리본, 이웃, 발, 횟수, 승객, 논쟁, 자리, 시간, 역, 성聖, 라자르, 대화, 동료, 앞섶, 외투, 재단사, 단추.

형용사: 뒤에, 가득찬, 둘러싸인, 커다란, 자유로운, 긴, 꼰.

동사: 알아채다, 지니다, 호출하다, 주장하다, 하다, 걷다, 오르다, 내리다. 포기하다, 던지다, 다시 보다, 말하다, 줄이다, 시키다, 올리다.

대명사: 나, 그, 그것, 그 자신, 그의, 누구의, 후자, 무엇, 매번, 모두, 몇몇.

부사: 조금, 가까이, 강한, 일부러, 다른 곳에, 재빨리, 보다, 늦은.

전치사: ~향하여, ~위에, ~의, ~으로, ~앞, ~와 함께, ~에 의해, ~에게, ~더불어, ~에 의해, ~에.

접속사: ~이하, 또는.

글자 바꾸기

어느 란 종어 루몝, 어느 서브 부후-긍당새 방수에서, 나는 옴기 자우 골기 또한 롲을 루든 조마를 촉앙한 넝쳔을 갈별했다. 박가지 그는 평 라삼이 가지의 얍알을 긔오로 닯밨아고 자중하였다. 거라느 두탐을 뫼히파혀 그는 진라비로 루설더 대냈빠.

더우 사긴 니자, 랭자라스 젹언에서 나는 그를 사디 노밨든에 그는 찬두에 한관 궁초를 그게에 넌겐느 어떤 민울을 봉단하고 있었다.

앞에서 뒤에서

어느 날의 앞에서 정오경의 뒤에서, 거의 만원인 버스의 앞에서 뒤쪽 승강대의 뒤에서, 나는 앞에서 한 남자를 뒤에서 언뜻 보았는데, 그 남자는 앞에서 긴 목을 뒤에서 하고 있었고, 앞에서 쓴 모자에는 뒤에서 리본 대신에 앞에서 배배 꼬인 줄을 뒤에서 두르고 있었다. 앞에서 남자는 갑자기 뒤에서, 옆 승객을 앞에서 붙잡고 뒤에서 욕설을 퍼붓기 시작했는데, 그는 다른 사람이 앞에서 탈 때마다 뒤에서 그의 발을 밟았다고 앞에서 말했다. 그러고는 뒤에서 그는 자리를 앞에서 차지하려고 갔는데, 왜냐하면 뒤에서 자리 하나가 앞에서 비어 있었기 때문이다.

그러고는 앞에서 잠시 시간이 흐른 뒤에서, 나는 앞에서 생라자르역의 뒤에서 그 남자를 다시 한번 앞에서 보았다. 동행하던 친구가 뒤에서, 이 남자의 앞에서 멋에 관한 조언을 뒤에서 해주고 있는 참이었다.

고유명사

꽉 들어찬 나폴-**레옹** 군대 뒤쪽 황제 좌석에 **조제핀**이 앉아 있는 버스 위에서, 어느 날 나는 긴 목의 **샤를** 드골 장군과 함께 있는 내 친구 **테오될**, 그리고 리본을 연상케 하는 화가 **루벤스**가 아니라, 줄처럼 심성이 배배 꼬인 몰리에르 희곡의 등장인물 **트리소탱**에 둘러싸인 영국의 저 유명한 모자 발명가 **기뷔스**를 보았다. 갑자기 **테오될**은 매번, 내 소설 『내 친구 피에로』에 등장하는 가상 도시 **폴데브인**들이 올라타거나 내릴 때마다, '네가 내 발을 밟고 있잖아'로 일약 유명해진 영국 코미디언 콤비 **로렐**과 **하디**의 발을 밟았다고 또다른 내 친구 **테오도즈**를 불러세웠다. **테오될**은 하물며 물리학자 **라플라스**가 앉았던 자리에가 앉으려고 재빨리 불화의 여신 **에리스**와 결별하는 것이었다.

호이겐스가 발명한 진자시계의 큰 바늘이 두 눈금을 움직인 이후, 나는 댄디 중의 댄디, 우아함의 끝장판 영국 신사 **브러멀**과 함께, 위대한 웅변가 **키케로**마냥 일장 연설을 쏟아내고 있는 그를 생라자르역 앞에서 다시 보았는데, **브러멀**은 지퍼 대신 청바지에 달곤 하던 단추 **줼**을 삼 센티미터 더 올려 달게 할 목적으로 그에게 파리 방돔광장의 저 유명한 재단사 **오로슨**의 집으로 되돌아가라고 말하고 있었다.

이북 사람입네다

어느 날 낮뒤 해쪼임량이 맨마루에 올랐을 무렵에, 사람들이 모박이로 들어차 있는 어느 시내뻐스 차간에서, 나는 목이 아주 가늘죽하고 그 우로 댕기를 돌라따는 대신 줄이 가굴가굴한 둥글모자를 치레거리로 착용한 료해가 어려운, 설둥하고 무슴슴하게 생긴 얼빤히 촌바우를 발견했지 멉디까. 무중에 그는 만문하였는지 곰상한 곁사람이 그의 발을 경박하게 밟았다고 머리 꼬리 없이 볼먹은 소리로 나루히 괴풍망설을 늘어놓으며, 배껏 남잡이를 하고 밸풀이를 하는 것이었습네다. 그러다 호상간에 마음다툼을 피하려고 그랬는지, 그는 로력도 리유도 없이, 자신심도 량심도 없이, 기쁨슬픔병 환자처럼, 인제 어둥지둥 빈자리로 날레날레 내뺀 교활자, 고니주의자, 노죽쟁이, 동요분자에 지나지 않았습네다.

나주막에 어방 잡아 두 시간쯤, 방촌을 떠나온 나는 쌩라자르역 앞, 로마광장에서 어기나지 않고 그를 다시 보았는데 그는 세타 우에 입은 외투의 달롱한 가름선을 줄여볼 료량으로 단추 하나 더 억벌로 달라고 그에게 간참을 하고 있는 어떤 버방한 인물과 함께 있었는 것이었습네다.

일이삼사오육칠팔구십

어느일일 이날이 삼정삼오 무렵사 에오스선 버육스 칠위에서 팔나는 구구리본 대십신 일일끈을 두른이 삼삼모자 사쓴사 목이오오 육긴육 청년팔을 봤다구. 갑십자기 그는일 자이기이 삼발을 밟았다고사사사 오주장오하면서 육옆육육 사람을 불러칠칠세웠다. 그는팔팔 구빈구 십십곳에 일몸을 던이지기 위해삼 재사빨리 거길오 빠져육육나왔다.

칠두칠칠 팔시간 지나구구 나는십 그를일일 거이기 생라삼삼자르역 앞사에서 다오시 육육보육았는데 그는칠칠 팔제팔 외구투구 틈이십 일안일일 뜨이게 문제삼의 외투사 오윗단추오오를 올려육육 칠달라 말팔하는 구벗과 제법십십 큰일일 이소리로 삼말을 사사하고 있다오.

거꾸로

자정. 비가 내리고 있습니다. 버스 여러 대가 거의 빈 채로 지나갑니다. 바스티유 옆 AI선 버스의 보네트 위에, 두 어깨 사이로 푹 꺼진 머리에 모자 따위 결코 쓰지 않은 어떤 노인 한 분이 멀찍이 떨어져 있는 어느 부인에게 자기 두 손을 정성스레 어루만져줘서 감사하다고 공손히 말을 건넵니다. 그러고 나서, 이 노인은 줄곧 자기 자리를 차지하고 있는 어떤 신사의 무릎 옆에 서 있게 될 것이었습니다.

두 시간 전, 리옹역 뒤편에, 이 늙은이는 팬티 안쪽 단추를 내려 달 배짱이 그에게 필요하다고 말하는 걸 내내 거부하고 있던 어떤 부랑자의 말을 끝내 듣지 않으려고 제 두 귀를 꽉 막고 있는 것이었습니다.

라틴어로 서툴게 끝맺기

일륜日輪이 중천에 걸리누스 더구나 기후리움 폭염무지막지우스. 국회리움 파리시민 땀흘리우스 한증막가트라. 만워니滿員무스한 버스티아. 몇번이고스 지나스가버리움. 마침내디 오르기니스 전술하니우스 S노선 버스티아에서 매듭누스 끈니누스를 중절모위움 빙글돌리움한 애송이트라를 내가 목격비스무리움 같아무스. 바로 그 젊은노미누스 경추길이 눔, 실로스 장대하니스, 돌연스 젊은노미누스 이웃투라 아무개우스를 그의 영호니靈魂움이 자기의 쌍족시움을 고의로움 밟아대누스, 비난티움 하다가, 비어버리스 공좌석되니움 겨누見스, 갑작스레토 달려가트라.

그러하였노라, 일륜이 이각二刻 기운뒤우스, 상투스 라자루스 역 앞 지나가더니움 하던 내가, 상술하니 애송이트라가 이쓰무스한 것을 겨누見스. 바로 그 젊은노미누스 아리따움우아티움 옷입었노 동류동조기同類同族누스 하나마 동반리에, 코트에 보타누스 하나에 관하여, 잘란체리우스 정성스레니움 충고하트라.

발음을 얼추 같게

漁淚剌(어루날) 正誤經(정오경), 漁淚(어루) 保守(보수) 後夫(후부)-僧綱長(승강장) 위에서, 螺(나)는 木耳(목이) 亞州(아주) 桔槔(길고) 茁乙(줄을) 頭輪(두륜) 母子(모자)를 錯用(착용)한 愛頌介(애송이)를 發遣(발견)했다. 甲子期(갑자기) 그는 獵師籃(엽사람)이 發(발)을 一部路(일부로) 發破多故(발파다고) 麻蘭茶(마란다). 그러나 貧者里(빈자리)를 堡子(보자) 災波里(재파리) 多鬪宇音(다투우음)을 曝氣何如(폭기하여) 居氣(거기)로 序頭鬱漁(서두울어) 內多羅多(내다라다).

造金(조금) 支那(지나), 生裸子類(생나자류) 逆轉(역전)에서 抹下(말하)고 있는 그를 茶匙甫兒多(다시보아다). 어떤 仁物(인물)이 그에게 團樞(단추)와 官煙(관연)된 蟲蠱(충고)를 乾內考(건내고) 있었다.

일본어 물을 이빠이 먹은

모일 정오경, 구루마는 아니었습니다. 엥꼬나기 바로 직전, 데코보코를 빠져나온 버스에 올라타니 식상한 나까마들이 이빠이 있었습니다. 단도리하고 '오라이', 출발한 버스 안에서 제가 누굴 봤는지 아시겠스무니까? 히로뽕 맞은 놈처럼 목이 조또 길고, 야매로 산 후루꾸 땡땡이 무늬 매듭끈 리본을 단 삐까뻔쩍 도리구찌 하나를 하이바에 쓴 채, 후까시를 잔뜩 잡고 있는 너석을 보았지 뭡니까. 이 빠가야로, 갑자기 옆에 있던 어느 오야붕을 향해 꼬붕들이 차에 오르고 내릴 때마다 자기 발을 밟아 기스가 났다고, 눈깔에 시네루를 줘가며, 뗑깡을 부리는 것이었습니다. 유도리 없이 곤조를 부리는 이 빠가를 보며 전 그만 야마가 돌아버릴 지경이었습니다. 기라성 같은 승객들이 뭐, 자기 시다바리랍니까? 그러다가 쇼부도 치지 않고, 이끼나리, 히마리 없이, '뎃키리뎃키리' 하며, 비어 있는 자리를 발견하더니, 무데뽀로 그곳으로 가는 것이었습니다. 그 자식 스리슬쩍 빵꾸 난 자리에 앉으려고 구라 겐세이 썰 하나, 때려죽여도 시원찮을 정도로 네다바이를 해가지고 카와이 한 건, 인정! 진면목을 보았습니다.

두 시간 후, 빠꾸하는 차를 타고 돌아오는 길에, 저는, 꼬붕 하나와 사쿠라가 활짝 핀 생라자르광장을 자기 나와바리처럼 왔다리갔다리하는 이 젊은이를 다시 보게 되었습니다. 이 친구, 곤색 쓰봉에 난닝구 차림이었는데, 그 위에 입고 있는 레자로 가봉한 우와기 오바의 에리가 촌스러워 와꾸가 안 나온다고 사바사바하더니만, 가라로 단추 하나를 기리까에 하거나 더 다는 게 좋겠다고, 그렇게 하면 간지가 나고 가오도 산다고, 단도리하듯, 야지를 주고 또 쿠사리를 먹이는 겁니다. 보고 있는 제 마음이 다 야리꾸리하네요. 앗, 그럼 저는 바빠서 이만, 사요나라~.

미쿡 쏴아람임뉘타

오누날 출쿤 시칸, 참페레이트 방향 에~스쏜 빼스옺씁니타. 마논 빼스옺씁니타. 쓰물요솟 쌀 남촤 한몽, 뤄버~언태쉰 큰 탈륀 말랑말랑 모좌 이써코, 누쿤가 킬케 촵아 눌린 콧초롬 아추아추 깅 모글 해써요. 쏴람틀 내려써. 문체의 남촤, 욥쏴람 포고 푼노 앵그리 폭팔해써요. 쏴람틀 치날 태 차키를 또민타코 욥 쏴람 피판해써요. 못퇴초목큰 액~쓴트로 투털커려써요. 핀 촤리룰 포자마차 크 남촤, 어마이 과앗! 코키로 튀오칸타.

투 시칸 치나쏘, 그랜 세인트레이제르 촌출욕 아페, 러우마쾅창에소 나 크쏴람 타시 만나써요. 크쏴람 칭쿠와 함케 이써, 크쏴뢈 말해써, "올벌~커우트 탄추 하나 위에 타르면 쵸아요." 칭쿠가 크쏴뢈올 카리치고 오티 탈아야 해 이유 치적하고 이써요.

지저분한 엉터리 철자교환원

어느 잘 넝오 무렵, 어느 허브의 부수 등상새 위에서, 재배 꾠 방식줄을 무른 도자의 옥이 가주 인 밤자 하나와 나는 놀았다. 납자기, 이 감자는 부랄을 닯았다고 불렵사람을 어세운다. 더러우니 그는 진 바지를 향해 갈려간다.

수 지간 히난 두, 랭아자르셩 닾에서 나는 어떤 친디의 둥고를 귀지울여 듣는 궁둥이 그를 아시 보았다.

식물학 수업

흐드러지게 만개한 해바라기 꽃잎 아래에서 대파 한 단이 거푸 썩을 만큼 오래 기다린 끝에, 나는 페레 농원農園행 커다란 호박마차 하나에 나 자신을 접목하고 있었다. 거기서 나는 애호박 하나를 씨 맺은 줄기까지 통째로 땅에서 뽑아냈는데, 넝쿨을 두른, 커다란 레몬만 한 머리통이 꽃봉오리를 이루고 있었다. 그리고 이 풋고추는 자기 화단을 마구 밟고 다녔다고 또 양파를 밟아 으깨었다고 밋밋한 순무 하나를 골라 질책 다발로 꽃을 피우기 시작한다. 하지만 대추야자가 우수수 떨어지는데 대체 무슨 상관이람! 밤나무의 떨어지는 밤송이 그 가시를 피하면서, 그는 미지의 터에 묘목을 심으려고 이동했다.

잠시 뒤 나는 교외 거주자들이 모이곤 하는 온실 앞에서 그 풋고추를 다시 보았다. 그는 자신의 화관花冠 저 상부에 병아리콩을 하나 삽목揷木하려고 진지하게 검토하는 중이었다.

의사의 소견에 따라

간단한 자외선 치료를 받은 후, 나는 사십대 갱년기 환자로 분류되어 격리되는 건 아닌지 다소 두려웠으나 결국 중환자들이 빼곡히 들어찬 앰뷸런스에 실려가게 되었다. 거기서 나는 기관氣管-이완현상과 류머티즘 증상으로 자기 모자의 리본까지 변형시킨 고질적 발달이상 상태에 이른 어떤 복통 환자의 징후를 유심히 살피고 있었다. 이 멍청한 크레틴병 환자는 갑자기 히스테리를 동반한 위험 상태를 주삿바늘처럼 날카롭게 찔러오는 비명으로 표현하고 있었는데, 그것은 어느 영양결핍 환자가 각화과다증角化過多症에 걸릴 정도로 자신의 못박이관절을 골라 집중적으로 타격하고 있다는 이유에서였으며, 그런 후, 그는 자신의 울화를 방사하였고, 이내 자신이 겪은 경련을 치료하려 자가 격리시켰다.

잠시 시간이 경과된 후, 나는 성聖-라자레 요양소 앞에서, 그를 다시 보았는데, 그는 흉부의 미관을 해치는 단추 부스럼 종기에 관해 어떤 돌팔이 의사에게 진찰을 받는 중이었다.

그 새끼가 말이야

우라지게 내리쬐는 태양 아래서 더럽게 오래 기다린 끝에, 나는 마침내 한 떼거지의 등신들로 꽉꽉 들어차 역겨운 냄새를 팍팍 풍기는 어느 버스에 올라타게 되었다. 이 등신들 중에서도 특히 상등신 새끼는 존나 길쭉한 모가지를 쳐들고는 리본 대신 매듭을 두른 꼴값 떠는 뚜껑 하나 뒤집어쓰고 우쭐대던 여드름쟁이였다. 이 되바라진 새끼는 늙은 등신 하나가 치매기로 지랄을 치며 제 발을 짓이기자 욕을 까대기 시작했다. 그러다가, 어쭈구리, 이내 쫄아가지고는, 전에 앉았던 싸가지 없는 새끼의 궁둥이 땀이 축축하게 남아 있는 빈자리 쪽으로 잽싸게 토끼는 것이었다.

두 시간 후에, 나 참 정말 재수도 없지, 생라자르역이라고 부르는 거지발싸개 같은 그 무슨 유적 앞에서 또다른 등신 하나와 함께 한껏 뻐기며 야부리를 까고 있는 그 등신 새끼를 다시 마주치게 되었다. 그 새끼들, 여드름 같은 단추에 대해 뭐라 씨부렁거리고 있었다. 나는 속으로 이렇게 뇌까렸다. 여드름 같은 단추 나부랭이 올려 달거나 내려 단다고 해도, 그 새끼, 지지리 못생긴 건 마찬가지라고, 그 상등신 새끼 말이야.

입맛을 다시며

태양 아래 녹아 흐물흐물해진 버터로 그라탱이 구워질 만큼 기다린 끝에, 나는 마침내 피스타치오 빛깔 버스에 올라탔으나, 거기에는 숙성된 치즈에서 들끓고 있는 구더기처럼 승객들이 우글거리고 있었다. 촘촘히 들어선 이 국숫발들 사이에서 나는 유난히 길쭉한 감자튀김 하나를 발견했는데, 그는 하루를 굶은 것처럼 목을 길게 빼고 있었고, 버터 자르는 실과 엇비슷한 것을 휘감아놓은 갈레트 하나를 머리에 이고 있었다. 이 송아지는 부글부글 끓어오르기 시작했는데, 그건 술빵처럼 어리벙벙한 시골풍의 크로캉이 자신의 닭발을 양념에 절여버렸다는 이유에서였다. 그러나 이 송아지, 갑자기 기름기를 쏙 빼듯 언쟁을 멈추더니, 막 비게 된 빵틀 안으로 주르륵 흘러들어가버렸다.

돌아오는 버스에서 소화를 시키고 있던 나는 생라자르역 구내식당 앞에서, 아까 그 못생긴 타르트를 다시 보았는데, 그는 함께 있던 딱딱하고 고루한 크루통한테서 입고 있던 복장과 관련되어 공갈빵 같은 조언을 듣는 중이었다. 듣는 이에게는 가당可糖치 않은 충고였다.

동물농장

사자 무리가 제 목을 축일 시간, 샹페레광장으로 우리를 싣고 가는 커다란 닭장 안에서 나는 얼룩말처럼 얼빠진 놈 하나를 보았는데, 목 하나만큼은 타조와 같고 지네 한 마리를 빙그르르 두른 비버를 하나 제 머리에 쓰고 있었다. 돌연 이 애송이 기린은 포효하기 시작했는데, 듣자 하니, 옆의 버러지 하나가 자기 발굽을 밟았다는 이유에서였다. 하지만 이 애송이 기린은, 이를 잡듯이 사람들을 괴롭힐까봐, 버려진 테리어, 그 빈 곳을 향해 질주하였다.

잠시 뒤, 불로뉴 숲 근처 동물원 앞에서, 아까 그 닭을 다시 보았는데, 자기 깃털의 모양새에 관하여, 나불나불 촉새 하나와 짹짹거리느라 여념이 없었다.

뭐라 말하면 좋을까?

어느 날 정오 무렵 리스본 거리 근처 S선 버스 뒤쪽 승강대 위에서 눌어붙은 몸 열 개의 접촉으로 발생한 이 느낌을 도대체 어떻게 말해야 하는 걸까? 이유를 잘 알 수는 없으나 리본 대신에 끈을 잘라 단 모자를 쓴 기형적으로 긴 목의 어떤 인물의 시선이 당신에게 가하는 느낌을 대관절 어떻게 표현해야 좋을까? 일부러 누군가의 발을 밟았다고 부당하게 고발당하고 만 평온한 표정의 한 승객과 기괴한 이 사람 사이, 그러니까 상세히 밝히자면, 앞에 묘사했던 그 인물 사이에서 발생한 다툼이 내게 부여하는 느낌을 대관절 어떻게 표현해야만 하는 걸까? 그 틈에 좌석을 차지하려는 저 무기력하고 비겁한 변명을 몰래 감추면서, 이 후자의 탈주가 내게 부추긴 인상은 또 어떻게 해석할 수 있을까?

결국 두 시간 후, 생라자르역 앞에서 의복 개량을 그에게 제안하고 있는 우아한 친구 하나와 동행중인 이 인물이 다시 출현하여 내게 준 인상을 어떻게 진술하면 좋을까?

모던 스타일

어느 날, 정오 무렵, 완행버스에서, 다음과 같은 사소한 희비극에 참여하는 일이 내게 일어났다. 긴 목으로 번민하는 듯, 경박해 보이는 젊은이, 그리고, 이상한 점, 중산모 둘레에 작은 줄 (나의 비판에도 불구하고 꽃을 피우듯 대성공을 거둔 패션), 밀착으로 인해 붐빔이 엄청나다는 구실을 갑작스레 대면서, 연약한 성격을 잘 감추어주지는 못한 거만을 떨면서 제 옆 사람을 불러세웠고 포르트샹페레에 가려고 신사 숙녀들께서 오르고 내릴 때마다 번쩍번쩍 윤이 나는 자신의 무도화를 그가 체계적인 방법으로 짓밟았다고 그를 고발하였다. 하지만 질긴 고무처럼 꼴사나운 젊은이는 필경 그 자신을 지상으로 끌어내릴 수도 있었을 대답을 기다리지 않았으며 비어 있는 자리 하나가 그를 기다리고 있는 지붕 위 좌석 위로 힘차게 기어올랐는데, 그건 우리의 차량을 점유하고 있던 자들 중 하나가 페레이르광장 저 보도의 물컹물컹한 아스팔트 위에다가 제 발을 이제 막 내려놓았기 때문이기도 했다.

두 시간이 지난 후, 나 또한 이 지붕 위 좌석에 있게 되었을 때, 내가 당신에게 방금 언급한 그 풋내기를 알아보았는데 그는 상류사회에서 페땅레르를 올려 입는 방식에 대해 완전 쩌는 충고를 그에게 건네고 있는 젊은 멋쟁이 하나와 나누는 대화를 아주 강력하게 음미하고 있는 것처럼 보였다.

확률을 따져보니

대도시 거주자들 사이의 접촉은 너무나도 잦아서 일반적으로 그다지 심각하다고는 할 수 없는 특성을 지닌 마찰들이 그들 사이에 이따금 발생한 것은 아닌지 놀라지 않을 수 없을 정도다. 출퇴근 시간 파리 지역의 대중교통 수단으로 지정된 차량에서 일반적으로 존재하기 마련인 친절함이 결여된 만남 가운데 하나에 참여하게 되는 일이 최근 들어 나에게 발생했다. 게다가 내가 이 충돌의 방관자였던 것은 하나도 놀랄 것이 없는 사실인데, 이유인즉슨 그런 식으로 나는 자주 이동을 하곤 하기 때문이다. 그날, 사고는 대수롭지 않은 질서 때문에 발생했으나, 나의 관심은 이 사소한 드라마의 주인공 중 누군가의 외모와 헤어스타일에 각별하게 사로잡혀 있었다. 아직 젊다고 할 남자였으나, 십중팔구 평균치를 초과하는 길이의 목을 소유하고 있었고, 모자의 리본은 배배 꼬인 줄로 대체되어 있었다. 기이하게도, 나는 그를 두 시간 후에 다시 보게 되었는데 그는, 굳이 말하자면, 아무래도 좋다는 듯, 왔다갔다 산책을 하며 동반하고 있던 어떤 동료 하나가 그에게 건넨 의복의 질서에 관한 충고를 듣고 있는 중이었다.

세번째 만남이 일어날 기회를 갖기에는 운이 없는 것이나 마찬가지였고, 사실인즉슨, 이날 이후 나는, 개연성이라는 합리적 법칙에 비추어, 이 젊은이를 한 차례도 다시 본 적이 없었다.

유형 기록학

유형은 정오경 S선 버스에 출몰하는 목이 매우 긴 두 발 달린 짐승. 밧줄의 그것과 얼추 닮은 손가락 하나 크기의 굵기로 돌출된 넝쿨을 두른 계관鷄冠을 제 벙거지에 달고 있는 이 코흘리개 유형, 자신이 서식하는 후부 승강대를 각별히 애정함. 우울한 천성의 소유자인 이 유형, 자신보다 허약해 보이는 상대에게는 먼저 공격을 가하지만, 조금이라도 날카로운 반격에 직면하면, 차량 내부로 깊숙이 파고들어 자신의 존재가 망각되려 시도할 것으로 예상됨.

이보다 드문 경우이긴 하나, 털갈이가 시작되는 계절 생라자르역 부근에서 유형이 목격되기도 함. 유형은 겨울 추위로부터 자신을 보호하기 위해 낡은 외피를 두른 채 활동하나, 신체의 출입으로 이 피부는 종종 찢겨나갈 때도 있음. 따라서 이렇게 찢긴 외투는 인위적인 방법을 빌려서라도 충분히 높다 할 정도로 여며지지 않으면 곤란함. 그 방법을 스스로 찾아낼 수 없는 이 유형은, 인접한 종種, 다른 이족二足 동물에게 도움을 청할 것이며, 이 동물은 이 유형에게 연습을 시킬 것으로 예상됨.

유형 기록학은 어느 계절이든 배울 수 있는 연역적 이론 동물학의 한 분야다.

기하학

등식 $84x+S=y$가 나타내는 직선 위를 이동하는 직육면체에서 높이 $l>n$인 원기둥 위, 두 개의 사인곡선에 둘러싸인 구형球形의 모자를 가진 사람꼴 A가, 자명한 사람꼴 B와 접점을 가진다. 이때 이 접점이 첨점尖點이라는 사실을 증명하라.

사람꼴 A가 닮은꼴인 사람꼴 C와 만날 때 그 접점은 반경 $r>l$인 원판이 된다. 사람꼴 A의 수직축 위에서 이 접점의 높이 h를 구하라.

지는 촌놈이유

숫자가 우에 쌔려 박힌 쬐깐한 종이 쪼가리를 갖고 있는 것도 아닌디, 우짜지도 못허고 나가 시방 빼스에 올라버렸당께유. 넘들이 빼스라고 부르는 이 차, 거시기 근께 발판 우에 타보니께, 겁나게 쫍아불고 몸이 낑겨서리 숨이 목구녕까지 캑캑 멕혀불고, 나가 낑낑거리다가 짜부될 것 같다는 생각이 그냥 빡, 대골패기를 치드라구유. 워쨌든 요금을 내고 나서 나가 시방 눈깔을 딱 돌려보니께 글씨, 목쟁이가 진, 웬간치 않은 모자를 쓴, 배짝 마른 꺽다리가 있지 뭐유. 참말로 목쟁이가 질었당께유. 그라고 모자는 옆댕이에데가 줄을 빙 감아버렸구요, 그류, 그랬당께유. 참말이라니께유. 아주매. 그란디 시방 이눔이 승깔을 부리지 뭐여유? 아따, 불쌍한 신사 양반헌티 숭악헌 말을 허벌나게 씨벌렁거리는데, 그도 적당히 혀야지 그게 뭐여, 있는 욕, 읎는 욕을 냅다 질러대드만 이내 자리에 앉으러 가더랑께유. 참말로 말러깽이 놈이 말여유.

글씨, 사방천지에 이런 일이 저그 도시에나 있는 줄 알았당께유. 아니 슨상님도 배짝 마른 꺽다리를 다시 봤다고 생각 한번 혀봐유. 두 시간도 지나지 않았는디 사램들이 앵앵댐시롱 즈그들 도시를 불를라고 쑥덕거리는 것맹키롱, 그 뭐시냐, 파리 워째구저째구 긍께 주교 궁궐맨치 되븐 크드마한 건물 앞에서 말이쥬. 배짝 마른 꺽다리 놈이 거그에 있었는디, 지랑 똑같이 생겨처묵은 게그름뱅이랑 왔다갔다하믄서 어슬렁대고 있는 거 아니겄슈. 그 종자가 이짝 꺽다리에게 뭐라 뭐라 했는디, 그 말인즉슨, “아따, 덴추를 시방 쪼까 더 올려 달아야 쓰것다, 그라문 괜찮을 것 같은디.” 이러는 거 아뉴. 그니께 나가 말허고 싶은 것은 게그름뱅이가 삐짝 마른 꺽다리에게 말했다는 거쥬.

간투사

어이! 어허! 아하! 오호! 흥! 아하! 휴! 어어! 어럽쇼! 오우! 쳇! 핏! 아야! 우우우! 아야야! 어어! 잉! 어허! 훽!
어럽쇼! 어어! 쳇! 오호! 어허! 저런!

멋들어지게

바야흐로 때는 어느 칠월의 정오 무렵이어라. 찬란하게 피어나는 햇살이 켜켜이 제 꽃잎을 떨구면서 지평선 위로 혁혁하게 군림하고 있더이다. 아스팔트 너울너울 감미롭게 요동치고 타르 향기 아련히 뿜어내니, 미숙하나마 암환자에게 적나라하게 제 병의 연원을 들려주어 이들을 사념에 잠기게 하더이다. 수수께끼 같은 S자를 문장紋章으로 삼아 아로새긴 채, 푸르고 뽀얀 제복을 두른 버스 한 대 당도하여 몽소공원 근방에 옹기종기 모여든 승차 지망 후보군 가운데서 각별히 선택된 아주 적은 무리를 땀이 녹아 축축하니 젖은 내부 안으로 이제 막 받아들인 터였노라. 바로 이 프랑스 현대 자동차산업이 낳은 걸작의 저 후부 승강대 위에는, 쟁여 있는 통조림 속 청어들처럼, 환승객들이 서로 간에 찰싹 달라붙어 실리게 되었던바, 게 중에는 뱀과 진배없다 할만치 꾸불꾸불 늘어진 목과 꽈배기 줄을 두른 모자 하나 사이에 떫은 납빛 마냥 멋대가리라고는 눈곱만큼도 찾아볼 수 없는 머리 하나 달고 있는 무뢰한이, 서른 줄에 접어든 자에게 어영부영 몇 걸음 다가가더니, 쓰디쓴 용담주龍膽酒나 동류의 독주에서나 풍겨나올 법한, 일말의 감춤도 없는 신랄함으로 인접한 승객들에게 불평불만을 싸게 쏟아내었는데, 그 내용인즉슨, 파리시교통국 소속 지금-여기 차량에 현존하시는 공동-사용자 일인이 바로 그 원인이요, 거듭된 충격 현상의 원흉이라 하며, 그 목소리가 점점 격해지더이다. 그 작자 불평불만 터트리는 꼴을 보아하니, 흡사 도로 위에 설치된 남성용 화장실 부스에서 제 방귀-배기통을 꼬집혔으나, 만에 하나라도 이러한 법식法式을 절대 인정할 수 없다, 동류의 불경한 일 따위에 가담하는 일은 결코 없으리라, 다짐하고 또 다짐하면서 시골뜨기 늙은 대리 주교가 내지를 법한 찢어질 듯 날카로운 어조였어라. 허나 이 작자, 비어 있는 자리를 발견하고는 그곳으로 일말의 머뭇거림도 없이 제 몸을 숫제 내던지더이다.

잠시 후, 태양이 천상의 퍼레이드를 펼쳐 보이며 웅장한 계단을 밟아 벌써 몇 도度를 내려오시고, 내가 한번 더, 같은 노선의 다른 버스에 나 자신의 몸을 의탁하여 몸소 이동을 실행에 옮기고 있을 즈음에, 나는 로마광장에서, 단추에서 시종일관 나아가지는 못하는 우아함에 관한 조언을 그에게 건네고 있는 동종-동류의 어떤 개체 하나와 동행하며, 교통순환에 오롯이 헌정된 이 광장 위에서, 아리스토텔레스학파의 방식으로 소요逍遙하고 있는, 내가 앞서 묘사했던 인물을 다시 발견하였노라.

반전

알베르가 합류했을 때, 친구들은 커피 테이블 주위에 둘러앉아 있었다. 르네, 로베르, 아돌프, 조르주, 테오도르가 거기에 있었다.

"잘 지내지?" 로베르가 다정하게 물었다.

"뭐, 그럭저럭." 알베르가 말한다.

알베르는 종업원을 불렀다.

"생맥 한잔 주세요." 그가 말한다.

아돌프가 그에게로 몸을 돌렸다.

"알베르, 뭐 새로운 일 없냐?"

"그닥."

"날씨 좋네." 로베르가 말한다.

"조금 춥잖아." 아돌프가 말한다.

"옳거니, 맞다, 나 오늘 골때리는 걸 봤어." 알베르가 말한다.

"좀 덥지 않아?" 로베르가 말한다.

"뭔데?" 르네가 물었다.

"버스를 타고 점심 먹으러 가는 중이었어." 알베르가 대답했다.

"어떤 버스?"

"S선."

"뭘 봤는데?" 로베르가 묻는다.

“버스에 오르기 전, 최소한 세 명이 내 앞에서 기다리고 있었어.”

“그 시간대에는, 뭐 그리 놀랄 일도 아니지.” 아돌프가 말한다.

“그래서 뭘 봤는데?” 르네가 물었다.

“버스 안이 아주 비좁더라고.” 알베르가 말한다.

“엉덩이 좀 비비적거렸겠는걸.”

“쯥! 그런 게 아니었다고.” 알베르가 말한다.

“그럼 뭔 일? 어서 말해봐.”

“좀 웃기게 생긴 남자가 내 옆에 있었어.”

“어떻길래?” 르네가 물었다.

“큰 키에, 좀 말랐는데, 목이 볼만하더라고.”

“어땠는데?” 르네가 물었다.

“누가 잡아 늘이기라도 한 것 같지 뭐야.”

“견인牽引 치료라도 받나보지.” 조르주가 말한다.

“쓰고 있던 모자, 그것도 웃겼어.”

“어땠는데?” 르네가 물었다.

“정작 리본은 없고, 배배 꼰 줄 하나를 주위에 둘렀더라고.”

“거참, 희한하네.” 로베르가 말한다.

“그 남자, 그런데, 화를 내며 투덜거리기 시작하더라고.”

“왜?” 르네가 물었다.

"들어봐, 그러더니 또 옆 사람한테 욕을 마구 퍼붓기 시작하더라고."

"왜 그랬대?" 르네가 물었다.

"자기 발을 글쎄, 밟았다고 박박 우기더라고."

"일부러?" 로베르가 물었다.

"응, 옆 사람이 일부러 자기 발을 밟았다는 거야." 알베르가 말한다.

"그러고 나서는?"

"그다음? 아무 일도 없었던 것처럼 천연덕스레 자리에 앉으러 가더라고."

"그게 다야?" 르네가 물었다.

"그럴 리가. 정말 이상한 건, 두 시간 후, 내가 그 친구를 다시 보았다는 거지."

"어디서?" 르네가 물었다.

"생라자르역 앞에서."

"그 사람, 거긴 뭐하러 갔대?"

"그건 나도 모르지. 단추가 너무 외투 아래에 달려 있다고 그에게 지적질을 하는 어떤 친구랑 거기서 어슬렁대고 있더라고." 알베르가 말한다.

"내가 건넨 충고가 바로 그 지적질이었어." 테오도르가 말한다.

+ 문체 연습 추가편

수학적으로

$$y'' + TCRP(x)y' + S = 84$$

위의 이계미분방정식二階微分方程式을 적분하여 얻은 해解가 그리는 선 안에서 가로로 움직이는 직육면체 안에서, 두 개의 사람꼴(그중 사람꼴 A에만 길이 $L > N$인 원기둥 부분이 나타나며, 주기周期 차이가 $\pi/2$인 두 개의 사인곡선이 이 원기둥의 구형球形 모자에 둘러싸여 있다)은 반드시 첨점을 가진 상태에서만 바닥에서 접점을 가질 수 있다. 이 궤적에서 두 개의 사람꼴이 수평하게 진동할 때, 사람꼴 A의 흉부 정중앙선의 상부에 수직하는 길이 $l < L$인 선분과 접하는 미소반경微小半徑을 가진 전구체全球體의 미소평행이동微小平行移動이 유도된다.

망조가 들었군

늘 그렇듯이 버스는 거의 만원이었고, 또 차장은 불쾌한 놈이었어. 이 모든 것의 근원이야 물론, 하루 여덟 시간 노동제와 국유화 계획에서 찾아야 마땅하겠지. 더구나 프랑스 놈들은 단결력이 부족하고 시민의식이 결여되어 있는 게 분명하다구. 그렇지 않다면야, 버스에 승차할 때 하나하나 번호표를 나눠줄 필요가 대관절 뭣 하러 있겠어. 그렇지 않아, 응? 요즘은 참으로 기강이 해이해요, 해이하다고. 그날, 뙤약볕 아래에서 줄서가며 생고생 생고생 버스를 기다리던 이가 족히 열 명을 넘었는데, 때마침 당도한 버스에는 고작 빈자리가 두 개뿐이었다고. 그런데 내 순서는 여섯번째였단 말씀이야. 다행히도 내가 기지를 좀 발휘했어요, 뭔 말이냐면, 삼색 띠가 가로로 들어가고 사진이 부착된 증명서를 꺼내 보이며 "공무집행이요"라고 하고는—차장들에겐 또 이만한 방법이 없지!—얼른 버스에 올라탔단 말이야. 물론 나로 말할 것 같으면, 이 공화제 정부의 가증스러운 공무집행 따위와는 당최 무관한 인간이지만, 그렇다 해서 시시껄렁한 순번 따위 때문에 중요한 비즈니스 점심 약속에 내가 늦을 수는 없는 노릇 아니겠나. 승강대는 정어리 통조림처럼, 거 사람들로 꽉 차 있었어. 불쾌하기 짝이 없는 이런 혼란으로 고통을 겪는 게 어디 한두 번인가. 한두 번이냐고! 이 불쾌한 일에 주어지는 유일한 보상이라면 어여쁜 처자의 궁둥이를 가끔 비비적거리는 거밖에 더 있겠어. 아! 내 청춘아, 아이고, 내 청춘아! 각설하고, 자, 우리 모두 흥분을 좀 가라앉히도록 합시다. 여하튼 이날 내 주변에는 달랑 사내놈들뿐이었고, 그중에 재즈광 같은 놈이 하나 있었는데, 그놈의 자식 모가지 길이가 범상치 않은 데다가, 말랑말랑한 중절모 둘레에 리본 대신에, 그러니까 리본을 안 달고 그 자리에다가 매듭끈 같은 걸 칭칭 감아놓았지 뭐야. 이런 젊은것들은 깡그리 모아다가 강제수용소에 처넣어야만 한다고. 그래야 말이야, 잿더미를 재건하겠다고 달려나갈 텐데 말이야. 특히 앵글로색슨 놈들한테 당했던 잿더미! 사람들이 말이야, 스윙 댄스 따위에 정신을 팔 때, 이 몸은 이래 뵈도 왕년에 '왕당파-애국청년대'에서 한가락 했다고. 그건 그렇고, 갑자기 이 악질의 젊은 놈이, 제대 군인, 거누가 봐도 틀림없이 일차세계대전에 참전하신 게 분명한 용사 분에게 난데없이 시비를 걸지 뭐야. 그런데도 이 용사분께서는 그 자식 짓거리에 응수할 생각조차 하지 않으시더란 말씀이지! 자자, 보라고! 이러니 베르사유조약이 얼마나 엉터리 개차반에 지나지 않는지 일목요연하게 드러나잖아. 그런데도 이 형편없는 놈, 서둘러서 빈자리로 가 털버덕 앉더니, 일가一家의 부인에게 자리를 양보하지도 않더란 말이야. 끌끌끌, 참으로 개탄스러운 시대라니까!

그리고 말이야, 그 일이 있은 지 두 시간쯤 지나서, 이번

엔 로마광장에서, 이 시건방진 코흘리개를 내 다시 보지 않았겠어. 그것도 저랑 끼리끼리인 재즈광 한 놈을 달고 나왔는데, 그놈이 코흘리개에게 품행에 관해 충고를 늘어놓는 것 같았어. 공산당 사무국으로 달려가 유리창을 박살내버리거나, 불온서적을 모아다가 모조리 불살라버려도 시원치 않을 판에 이 새끼들, 어슬렁대며 싸돌아다니는 꼴하고는. 프랑스에 완전히 망조가 들었어, 망조가!

사이언스 픽션

(베텔게우스와 알데바란 행성을 경유하는) 카시오페이아 알파선 비행접시를 타고 우주 항해중인 동료 중에서 젊은 화성인 하나를 목격했는데 그의 긴 목과 줄무늬 두개골이 나의 짜증을 돋우었다. 화성인들이라는 게 원래 그렇게 돼먹었으므로, 그건 그렇다고 치자. 그런데 나는 왜 이자가 내 신경계를 — 물론 태양계처럼 — 박박 긁어댔는지 모르겠다. (원자적 차원의 농담 하나.) 비행접시에 탄 우리는 매우 비좁은 상태였고, 그래서 그걸 이해하는 건 그리 어렵지 않다. 적어도 그건 접시였으니까(원자적 차원의 농담…… 또하나). 그런데 이런, 내가 말한 이 젊은 화성인이 달에서 온 몽상가의 외계 쌍족을 빨기 시작…… 아, 미안, 밟기 시작하는 것이었다. 이 가련한 몽상가가 겨우 정신을 차릴락 말락 할 시간을 가질 수 있었던 반면, 바로 이때, 이 작자, 그러니까 화성인은 비행접시의 정중앙…… 찻잔 같은 곳에 편안하게 정착했다.

일 광년이 지난 후, 나는 그 작자, 그러니까 화성인을 다시 보았는데, 그는 우주-헬리콥터를 타고 시리우스별 근처에서 공중으로 부상하는 중이었다. 그는 자신에게 이렇게 말하는 자기 패거리 중 한 명과 함께 있었다:

— 저, 자네의 제드엔진 있잖아…… 그거 가속을 올려야 한다고, 자네의 제트엔진 말이야.

나는 고발한다

여러분, 내가 어떻게 고발하지 않을 수 있겠는가? 나는 고발하고자 한다, 풍선처럼 잔뜩 부풀어오르고 토끼 소굴처럼 바글바글한 S선 버스를. 나는 고발한다, 정오라는 시간과 플랫폼의 폼을. 나는 고발한다, 이 젊은이의 젊음과 그의 목 길이, 그리고 여기에 더해서, 그가 모자 주위에 두르고 있던, 하나가 아닌 리본의 실상을. 나는 고발한다, 떠밀림과 항의, 투덜거림, 그리고 이 젊은이가 항의를 마친 후 서둘러 튀어갔던 빈 좌석을.

편지

보고 싶은 토토르에게

신선하고도 즐거운 내 소식을 너에게 전해줄 편지를 쓰려고 오늘 나는 쟁기를 잡던 손에 펜을 쥐었단다. 너는 내가 오르탕스 이모를 보러 갔으며 이모가 그쪽에 살고 있으므로 내가 그쪽으로 가는 S선 버스를 탔다고 생각하면 된단다. 눈부신 내 눈앞에서 줄지어 펼쳐진 아름다운 풍경을 보려고 나는 승강대 위에 머물러 있었단다. 그런데 내 이야기가 이걸로 끝난 것은 아니야. 그러니 편지를 쓰레기통에 바로 버리지 말고 내 이야기를 잘 들어줄 것을 네게 당부한다. 어쨌든 이야기를 듣는다는 거, 그것은 읽는 것과 관련이 있는 것이니만큼, 오히려 말하기나 글쓰기의 방법이기도 하단다.

내가 한 여행에 관해 내가 어디까지 얘기를 했더라? 아, 참, 그렇지. 버스가 어떤 정류장 앞에서 멈춰섰고(이건 법규란다), 어떤 이상한 작자 하나가 차에 오르면서 급하게 내뺐는데, 떠돌아다니는 소문은 그가 재즈광, 그러니까 머리에 꼰 끈을 주위에 두른 모자 하나를 쓰고 있었고, 여기에 더해서, 목이 길었고, 불만한 얼굴, 아뿔싸, 정말 불만한 얼굴을 하고 있다고 너에게 말을 하다 보니까, 내가 비로소 이야기의 맥락을 다시 찾게 되는구나. 길게 늘어지면 안 될 것 같아서 하는 말이지만, 이 재즈광(왜냐하면 여기서는 재즈광이 주제이기 때문이란다)이, 각설하고, 서 있는 내 동료 승객 중 하나의 발에다 자기의 그것으로 밟아짓이기더니 그만 자리 하나가 비게 되자 전속력으로 달려 그 위로(그 안으로) 앉으러 갔다는 사실을 내가 네게 알려주어야만 할 것 같다.

이게 나를 몹시 불쾌하게 했어.

그런데 오르탕스 이모님(더구나 이모님은 여전히 건강하시더구나)을 만나 뵙고 돌아오는 길에, 나를 태우고 생라자르역 앞을 지나가던 버스가 앞에서 말한 재즈광을 나로 하여금 내 놀란 두 눈으로 목격하게 했는데, 그는 그의 외투 단추 중 하나가 마땅히 있어야만 하는 자리에 관한 충고를 그에게 하고 있는, 그와 엇비슷한 어떤 남자와 함께 있었단다. 일단 내가 너에게 할 말은 이게 전부다. 내 소식을 듣게 되어서 너도 기뻤으면 하는 마음이 크며, 너도 알다시피, 대도시 커다란 파리에서는 별의별 일이 다 벌어진다고 생각한다. 보고 싶은 토토르, 다음에 만나기를 희망하면서, 그럼 이만 편지를 마친다.

겁을 집어먹은

비열한 우거지상을 하고 있는 이 젊은이가 불안에 떨고 있었어. 자기 모자 주위에 줄을 두르고서. 안경을 쓴 채로 말이야. 어느 날 정오, 버스 승강대 위, 이게 바로 그 녀석이 있던 곳이었다고. 이 자식은 어느 모로 보나 웃음거리를 불러일으켰고, 또 놀림감이 될 지경이었다고. 그런데, 녀석을 좀 더 면밀하게 살펴보니까, 아주 작은 먼지 하나에도 공포로 벌벌 떠는 그런 점이랄까, 그러니까 말하자면, 일종의 비인간성 같은 걸 이자에게서 발견할 수 있었다고. 게다가 버스 승강대 위에서 우리는 좁아터질 지경이었는데, 매번 누군가 내리거나 탈 때마다, 문제의 이 인물이 자기 옆 사람을 자꾸 떠밀곤 하는 거 있지.

정어리 한 떼가 대서양을 가로질러 이동하고 있었다……

정어리 한 떼가 대서양을 가로질러 이동하고 있었다. 이들 중 한 마리가 ― 수컷 형태의 지느러미에서 기인한 모종의 열등감을 좀스럽긴 하나 거만함으로 보상받으려는 ― 심리학에서 익히 알려진 메커니즘에 따라, 자기 옆에 바짝 달라붙어 자기를 꽉 죄고 있는 동료들을 향해 시종 불평을 늘어놓으면서 버티고 있었다. 마침내 이 정어리는 무리에 작은 균열로 생긴 자리를 발견하고는, 슬쩍 비집고 거기로 들어가서는, 자유로이 헤엄칠 곳에 있게 되었다.

얼마 후, 애송이 정어리 하나가 이 정어리를 동반하고서 이리저리 헤엄을 치기 시작했고, 그에게 비늘을 잘 보존하는 데 필요한 충고를 건네고 있었다.

훌륭한 재단사가 이 외투를 만든 게 아닌 건 확실해……

훌륭한 재단사가 이 외투를 만든 게 아닌 건 확실해. 그의 친구들 가운데 누군가 그에게 이런 사실을 지적한 거, 충분히 이해가 가고도 남는다고. 그렇게 우스꽝스러운 작자가 모자 같은 걸 쓰고 있을 때, 외투가 반듯할 리는 전혀 없다고 봐야겠지. 그런데 말이야, 이 우스꽝스러운 자, 암튼 여기서는 그렇게 부르자고 치자고, 그가 리본 대신에, 리본 자리에 배배 꼰 끈을 달고 있더란 말이지. 의상적 차원에서, 게다가 이러한 결함은 사회적 행동에 있어 모종의 불균형을 가져왔는데, 바로 내 코앞에서, 위험해 보이지 않는 아무개와 그러나 무시하는 말투로 표출된 말다툼으로 인한 과민반응을 일으키고 말았어. 이 마찰은 조잡한 유형의 과잉 보상, 그러니까 비게 된 자리 하나를 갑작스럽게 차지하면서 해결되었어. 곧이어, 아니 조금 시간이 지나서, 세련됨과 관련한 물음들이 생겨났다 하네.

게임의 규칙

이 게임은 주사위 두 개와 (접이식) 놀이판 한 개로 진행한다.

두 개의 주사위를 굴려 8과 4가 나오면 S선 (84번) 버스에 오른다. 1과 7이 나오면, 17번(몽소공원)으로 간다. 이외에는 만원이므로 1번(대기 번호)으로 가고, 이외에는 포르트샹페레로 간다. 콩트르스카르프에서 되돌아온다. 7과 3이 나오면, 73번(목이 긴 젊은이)으로 가거나 37번(줄을 두른 모자)로 간다. 6과 4로 10이 될 경우, 64번(짓밟힌 발가락)으로 간다. 6과 6으로 12가 될 경우, 65번(다툼)으로 간다. 1이 나올 경우, 0번(빈자리)으로 간다.

9가 두 차례 나올 경우, 생라자르역으로 간다. 거기서 3과 2가 나올 경우 71번(만남)으로 가고, 다시 3과 2가 나올 경우 62번(단추)으로 간다.

게임 가능 인원 (1인에서 4인까지)

차장 ____________________

구경꾼

승객 ____________________

악당 ____________________

의상조언자 ____________________

운전사가 주사위를 굴려 3과 4가 나올 경우, 몽소공원으로
간다(16번).
구경꾼이 주사위를 굴려 7과 12가 나올 경우, 버스에
올라탄다(32번).
승객이 주사위를 굴려 4와 8이 나올 경우, 리본을 단 큰
모자를 쓴다.

빈칸의 왕은 "위대한 S^6"라고 부른다.

클로버

조커

다이아몬드

스페이드

하트

다음 문제를 풀어보시오

조건은 다음과 같다.

a) 축약하여 문자 S로 지칭되는, 소위 버스라 일컬어지는 운송수단 하나;

b) 전술한 버스의 후부 승강대;

c) 이 버스에 실린 호모사피엔스의 대표자 일정수; 이중에서 선택한다.

c′) 목 길이 최대치의 재즈광류類 중에서 추출한 표본 α 1인;

c″) 목 길이 최대치의 답족광류 중에서 추출한 표본 1인;

d) α의 중절모를 두르고 있는 끈;

e) 시간 T에 발생한 빈자리 하나.

β가 주제 P를 발화한 다음 γ로 투사할 경우, α-β의 최소거리를 계산하시오.

II. (앞 문제를 푼 사람만 답하시오.) 시간 T가 T′가 되었고 운송수단이 생라자르 앞으로 이동했다고 가정할 때, 호모 재즈광 부류 A가 그와 동류의 C와 함께 외투의 단추에 관해 주고받게 될 주제 P′가 무엇인지 밝히시오.

해제:

외국어-모국어-번역어의 창조와 재창조*

I. 아흔아홉 가지의 분기分岐하는 이야기에 관하여

II. 『문체 연습』 풀이

* 이 글은 2019년 12월 7일 열린 한국비교문학회 국제학술대회에서 발표하여 『비교문학』(2020, 2월)에 실린 바 있다. 역자 후기 및 해제는 이 글을 보충하고 첨가하고 수정한 것이다.

I. 아흔아홉 가지의 분기分岐하는 이야기에 관하여

> 대관절 프랑스어는 무엇인가? 프랑스어를
> 말하는 자는 누구인가? 프랑스인이
> 프랑스인에게 말을 거는 것이지 문법학자가
> 문법학자에게 그렇게 하는 것은 아니다.
> — 레몽 크노*

레몽 크노의 『문체 연습』은 1947년 갈리마르출판사에서 출간되었다. 『문체 연습』 집필 및 발간은 크게 세 시기로 구분할 수 있다. 첫번째는 1942~1947년으로, 1947년 '초판' 발간 이전에 크노는 저항 정신으로 대표되는 다양한 군소 잡지에 몇몇 작품을 지속해서 발표한 바 있으며, 특히 장 레스퀴르Jean Lescure가 주도했던 잡지 『메시지*Messages*』에 열다섯 편이 실렸는데, 이 열다섯 편은 『문체 연습』의 초판에 순서 그대로 다시 실리게 된다. 두번째는 이후부터 1963년, 크노가 서문을 집필하고 카를만의 삽화와 마생의 타이포그래피 작업이 이루어진 '화보판'이 발간되기까지를 가리킨다. 친구 미셸 레리스Michel Leiris와 함께 갔던 연주회에서 바흐의 '푸가'를 듣게 된 것이 훗날 『문체 연습』을 집필하게 된 동기였다고 크노는 1963년 화보판 서문에서 다음과 같이 말한다.

* Raymond Queneau, *Bâtons, chiffres et lettres*, Gallimard, 1965, p. 70.

> 내가 『문체 연습』을 쓰게 된 것은, 실제로 그리고 아주 의식적으로, 바흐의 음악, 정확하게 말하자면, 플레옐관館에서 열린 연주를 회상하면서였다. 그게 전쟁 전의 일이었던가? 어쨌든 내가 열두 편(게다가 이 열두 편은 책의 첫머리에 실리게 되었다)을 구상했던 것은 1942년 5월이었다. 나는 작업에 매달렸고, 이 보잘것없는 열두 편의 에세이에 「정십이면체 Dodécaèdre」라는 제목을 붙였는데, 그것은, 우리 모두 잘 알고 있듯, 이 아름다운 다면체가 열두 개의 얼굴을 갖고 있기 때문이다.*

세번째는 이후 1960년대에서 신판이 출간된 1973년까지라고 할 수 있다. 이 시기에 작품의 심도 있는 수정작업이 행해졌는데, 이는 '잠재문학작업실 Oulipo'의 창조와 그 연관선상에서 진행되었던 작업이 대부분을 이룬다. 1950~1960년에 『문체 연습』은 음악으로 변주되어 공연되거나, 연극으로 개작되어 수차례 상연되기 시작하였으며, 이후 다양한 시청각자료로 제작되는 등, 대중들의 폭발적인 반응을 끌어냈다.** 『문체 연습』은 크노의 작품 중 『지하철 소녀 쟈지』(1959)와 더불어 대중적으로 가장 성공한 작품으로 평가받으며,*** 1958년 바버라 라이트의 영어 번역을 필두로 2016년 중국어·리투아니아어·히브리어로 번역되

* Raymond Queneau, "Préface" in *Exercices de style* (accompagnés de 33 exercices de style parallèles peints, dessinés ou sculpés par Carelman et de 99 exercices de style typographiques de Massin), Gallimard, 1963. p. 9.

** Raymond Queneau, *Œuvres complètes III : Romans II* (Sous la direction d'Henri Godard), Gallimard, coll. « Bibliothèque de la Pléiade », 2006, pp. 1547–1548.

*** J.-M. Rodrigues, *Exercices de style*, in *Dictionnaire des œuvres littéraires de langue française D–H* (sous la direction Jean-Pierre Baumarchais et Danil Couty), Bordas, 1894, p. 698.

어 출간되기까지, 총34개 언어로 번역된 바 있다.* 『문체 연습』의 주요 출간 서지는 다음과 같다.

Raymond Queneau, *Exercices de style*, Gallimard, coll. « Blanche », 1947.
Raymond Queneau, *Exercices de style* (accompagnés de 33 exercices de style parallèles peints, dessinés ou sculpés par Carelman et de 99 exercices de style typographiques de Massin) (Edition nouvelle, revue, corrigée, enrichie d'une table des exercices de style non réalisés et d'une études sur la perte d'information et la variation de sens dans les *Exercices de style* de Raymond Queneau par le docteur Claude Leroy), Gallimard, 1963.
Raymond Queneau, *Exercices de style*, « Nouvelle édition », Gallimard, « Blanche », 1973.**

1947년 초판에서 「두 글자, 세 글자, 네 글자 단위로 바꾸기」「아홉 글자, 열 글자, 열한 글자, 열두 글자 단위로 바꾸기」「하이쿠」「반동적으로」「여성적으로」「수학적으로」를 제외하

* https://fr.wikipedia.org/wiki/Exercices_de_style 참조.
** 각각 '초판' '화보판' '신판'으로 약칭하기로 한다. 이 세 판본 외에도 열세 개의 문체 연습을 모아 출간한 피에르 포쉐의 타이포그래피 판본(*Exercices de style*, Treize exercices typographiques par Pierre Faucheux, Club des libraies de France, 1956)과 에마뉘엘 수쉬에Emmanuël Souchier가 해설과 주석을 맡은 갈리마르출판사의 플레이아드 판본(Raymond Queneau, *OEuvres complètes III : Romans II* (Sous la direction d'Henri Godard), Gallimard, coll. « Bibliothèque de la Pléiade », 2006) 등이 있으며, 또한 '디자본'과 '수고본'이 남아 있다. 본고는 플레이아드 전집에서 에마뉘엘 수쉬에가 집필한 『문체 연습』의 「해제」「부록」「주석」을 참조하였다. 각각 '『해제-전집』 또는 『부록-전집』 또는 『주석-전집』, 쪽수'로 표기한다.

고 1963년 화보판에서 「집합론」 「정의하자면」 「단카」 「평행이동」 「리포그램」 「기하학」을 추가했으며, 이후 1973년 신판에서는 1963년 화보판에 실린 아래의 여덟 편의 작품 제목을 다음과 같이 바꾸었다.*

1947년 판본	1973년 판본
22 「유음으로 끝맺기 Homéopotes」	22 「같은 소리로 끝맺기 Homéotéleutes」
31 「과거 Pétérit」	31 「완료된 과거 Passé simple」
41 「고상한 Noble」	41 「허세를 떨며 Ampoulé」
62 「다섯, 여섯, 일곱, 여덟 글자 단위로 바꾸기 Permutations par groupes de cinq, six, sept et huit lettres」	62 「음절 단위로 늘려가며 바꾸기 Permutations par groupes croissants de lettres」
64 「두 단어, 세 단어, 네 낱말 단위로 바꾸기 Permutations par groupes de deux, trois et quatre mots」	64 「어절 단위로 늘려가며 바꾸기 Permutations par groupes croissants de mots」
80 「사실에 반反하여 Contre-Vérité」	80 「거꾸로 Antonymique」
81 「물먹은 라틴어 Latin de cuisine」	81 「라틴어로 서툴게 끝맺기 Macaronique」
82 「대략적으로 À peu près」	82 「발음을 얼추 같게 Homophonique」

문학적이지도 않고, 유달리 흥미를 끈다고 할 수도 없으며, 아슬아슬한 모험담도 아니고, 서스펜스가 가득한 추리물도 아니며, 유머러스한 콩트도 아니고, 삶의 지혜나 심오한 철학이 배어있는 에세이도 아니며, 유려한 시나 웅장한 연설도 아닌, 그

* 『해제-전집』, 1552~1553쪽.

저, 목이 다소 길고, 리본을 대신하여 꼰 줄을 두 개 두른 중절모 하나를 쓰고 있는 젊은 남자가 만원버스에 올라타, 차장이 승객을 태우고 표를 걷는 동안 자기 옆에 있는, 개성이 없다시피 하며 자기보다 좀더 나이가 든 사람에게, 사람들이 버스에 오르고 내릴 때마다 일부러 자기 발을 밟았다고 시비를 걸더니, 이내 아무 일 없었다는 듯, 빈자리 하나가 나자마자 거기로 잽싸게 달려가 앉더라는 전반부와, 이로부터 두 시간 정도가 지나 생라자르역 앞에서 자기와 비슷한 동료를 만나 근처를 왔다갔다하면서, 외투의 단추를 올려서 달라는 이 친구의 평범한 충고를 그가 듣는 것을 다시 목격하는 내용을 골자로 하는 후반부로 구성된, 어느 날 오후, 정오 무렵에 벌어진 이야기 하나를 우리는 보고 있다. 이 단순한 일화가 '푸가'의 변주처럼 1「약기略記」, 2「중복하여 말하기」, 3「조심스레」, 4「은유적으로」, 5「거꾸로 되감기」, 6「깜짝이야!」, 7「꿈이었나」, 8「그러하리라」, 9「뒤죽박죽」, 10「일곱 색깔 무지개」, 11「지정어로 말짓기」, 12「머뭇머뭇」, 13「명기明記」, 14「당사자의 시선으로」, 15「다른 이의 시선으로」, 16「객관적 이야기」, 17「합성어」, 18「부정해가며」, 19「애니미즘」, 20「엉터리 애너그램」, 21「정확하게 따져서」, 22「같은 소리로 끝맺기」, 23「공식 서한」, 24「책이 나왔습니다」, 25「의성어」, 26「구조 분석」, 27「집요하게 따지기」, 28「아는 게 없어서」, 29「과거」, 30「현재」, 31「완료된 과거」, 32「진행중인 과거」, 33「알렉상드랭」, 34「같은 낱말이 자꾸」, 35「앞이 사라졌다」, 36「뒤가 사라졌다」, 37「가운데가 사라졌다」, 38「나 말이야」, 39「이럴 수가!」, 40「그러자 말이야」, 41「허세를 떨며」, 42「껄렁껄렁」, 43「대질 심문」, 44「희곡」, 45「속으로 중얼중얼」, 46「같은 음을 질리도록」, 47「귀신을 보았습니다」, 48「철학 특강」, 49「오! 그대여!」, 50「서툴러서 어쩌죠」, 51「싹수가 노랗게」, 52「편파적으로」, 53「소네트」, 54「냄새가 난다」, 55「무슨 맛이었느냐고?」, 56「더듬더듬」, 57「함께 그려보아요」, 58「귀를 기울이면」, 59「전보」, 60「동요」, 61「음절 단위로 늘려가며 바꾸기」, 62「어절 단위로 늘려가며 바꾸기」, 63「고문古文투로」, 64「집합론」, 65「정의하자면」, 66「단카」, 67「자유시」, 68「평행이동」, 69「리포그램」, 70「영어섞임투」, 71「더듬거리기」, 72「창唱풍으로」, 73「동물 어미 열전」, 74「품사로 분해하기」, 75「글자 바꾸기」, 76「앞에서 뒤에서」, 77「고유명사」, 78「이북 사람입네다」, 79「일이삼사오육칠팔구십」, 80「거꾸로」, 81「라틴어로 서툴게 끝맺기」, 82「발음을 얼추 같게」, 83「일본어 물을 이빠이 먹은」, 84「미쿡 쏴아람임뉘타」, 85「지저분한 엉터리 철자교환원」, 86「식물학 수업」, 87「의사의 소견에 따라」, 88「그 새끼가 말이야」, 89「입맛을 다시며」, 90「동물농장」, 91「뭐라 말하면 좋을까?」, 92「모던 스타일」, 93「확률을 따져보니」, 94「유형 기록학」, 95「기하학」, 96「지는 촌놈이유」, 97「간투사」, 98「멋들어지게」, 99「반전」 이렇게 아흔아홉 가지 방식으로 변주되기 시작한다.*

> 구어에는, 현재까지, 대화나 근래 소설에서의 서술체를 제외하고는 권능이란 게 없다. 구어는 국가적인 무자격에 얻어맞은 상태로 머물고 있다. 구어에는 사유를 표현할 권능이 없는 것이다.**

크노의 작품은 에세이도 아니고, 소설도 아니며, 단편 모음집이라고도 할 수 없고, 또한 콩트라고 하기에도 어려움이 따른다. (전통적인 의미에서) 문학이라는 이름에 부합하는 내용으로

* 참고로 원문의 각 제목에는 번호가 없다.

** Raymond Queneau, *Bâtons, chiffres et lettres*, *op. cit.*, p. 56.

채워진 것도 아니며, 흔히 말하듯, 누보로망의 '실험적' 글쓰기라고 하기에도 뭔가 부족하거나 과도하다고 느껴지며, 아방가르드의 작렬하는 저 파격을 따른다거나 초현실주의가 쏘아 올린 불꽃을 따라 질주하며 그 화려한 트임을 쫓지도 않는다. 오히려 하나에서 아흔아홉까지 단순하고 질서정연하게 하나씩 늘어선 모양이, 흡사 매번 바뀌는 놀이, 그러니까 매번 다른 규칙을 부여받아 하나씩 풀어내고 푼 다음에, 이어 다음 단계별로 나아가야 하는 놀이와도 일면 닮았다. 크노는 이러한 방식으로, 문학 전통 속에서 꾸준히 진화하며 고유한 역사를 갖게 된 문체, 아직 형식을 부여받지 않은 무형식의 문체, 문어보다는 입말로 자주 실현되는 문체, 일상적으로 사용되지만 문학의 언저리에 좀처럼 진입하지 못하는 문체, 사라진 문체, 낡은 것으로 치부되어 폐기될 위험에 처해 있는 문체, 특수한 글쓰기를 훌륭하게 실현하는 문체, 백지에서 벗어나 목소리로 발화되는 문체, 외국어가 침투하고 또 침투된 문체, '잠재'와 '제약'으로 이루어진 문체 등을 하나의 테이블 주위에 불러 아흔아홉 개의 의자 위에 앉힌다.

> 『문체 연습』: 저는 실제 사건에서 시작하여 처음에는 열두 가지 다른 방법으로 이 사건을 이야기해보았고, 그런 다음 일 년 후에는, 또다른 열두 개를 다시 만들어 보았으며, 마침내 아흔아홉 개의 이야기가 만들어졌습니다. 사람들은 여기서 문학을 파괴하려는 시도를 보고자 한 것 같은데, 사실 그것은 전혀 제 의도가 아니었고, 어쨌거나 저의 의도는 연습을 해보는 것 이외에는 아무것도 없었는데, 그것이 어쩌면 고루하고 여러모로 녹슨 문학에서 문학을 잘라내는 결과를 가져온 것 같습니다.*

* *Ibid.*, p. 42.

크노의 주된 관심 중 하나는 문학의 기술적 형식적 측면이 감추고 있는 가능성을 일깨우는 것이었다. 『문체 연습』이 "고루하고 여러모로 녹슨 문학에서 문학을 잘라내는" 결과를 가져왔다고 한다면, 문체를 갖고 "연습을 해보는 것"이 '잠재'와 '제약'의 실험과 맞물려 있기 때문이다. 크노가 창시자 역할을 했던 '울리포Oulipo'는 언어에 잠재된 가능성 일체를 흔들어 깨우고 활성화하는 데 목적을 두고 감행한 일련의 실험이었으며, 특히 다양한 '제약contrainte'의 고안을 통해 실험의 대부분이 이루어졌다. "다소 간결한 주제 주위로 거의 무한으로 불어나는 변주를 이용한"* 『문체 연습』에 등장하는 각각의 문체는 다양한 '제약'의 실험이자 '잠재'의 실현이나 다름없다. 매번 고안된 '제약'의 실천을 통해 크노는 "잠재성을 모든 방향으로 밀어붙이며" 그렇게 "형식들을 고안하고, 형식들을 재고안"** 한다.

> 나는 이것이 무엇인지, 보다 정확히 말해 울리포라는 존재에 대해 생각하는 바를 말한다. 우리의 탐구는 다음과 같은 것이다.
>
> 1° 소박한 것(*Naïves*): 소박한 집합론이라고 이야기하듯, 수학 주변의 의미 중 단어 '소박한'을 취한다. 우리는 지나치게 다듬지 않으면서 전진할 것이다. 우리는 나아가면서 움직임을 입증해보려 한다.
>
> 2° 수공업적인 것(*Artisanales*): 하지만 이것이 핵심은 아니다. 우리는 기계를 쓸 수 없어 아쉽다. 우리의 모임 도중 끊이지 않는 애가哀歌.

* Raymond Queneau, "Préface" in *Exercices de style*, 1963.
** Frédéric Forte, "99 notes préparatoires à ma vie avec Raymond Queneau", in *Cahiers Raymond Queneau (Quenoulipo)*, Association des amis de Vallentin Brû, Editions Calliopées, 2011, pp. 26–27.

> 3° 재미난 것(*Amusantes*): 적어도 우리에게는 모든 게 재미다. 어떤 이들은 이를 "비천한 권태"에서 찾게 되는데, 이는 당신을 겁먹게 하지 않으리라. 당신은 즐기기 위해 여기 있는 것이 아니므로.*

'제약'과 '잠재'를 양손에 하나씩 쥐고서, 크노가 펼쳐낸 저 '소박하고 수공업적이며 재미난' 아흔아홉 개의 놀이가 『문체 연습』에 바글거린다. "내레이션의 근본적인 도식으로, 행위의 논리, 등장인물의 통사, 시간의 흐름에 따라 전개되는 사건들"**을 구성하는 '파불라'는 따라서 구체적으로 구성되는 대신, 오로지 변주되어 나타날 뿐이다. 이렇게 수많은 작품의 모형이자 중심을 이루는 이야기, 수많은 작품에서 변주되는 핵이자 그 기저인 하나의 '파불라'가 구성되는 대신 "의미론적 토대"와 "재료적인 토대"를 형성하는 다양한 독서(예를 들어, "선적 독서 lecture linéaire"와 "도표적 독서 lecture tabulaire" 등)의 길이 열릴 뿐이다.***

> 이야기가 문체보다 우선하며, 문체란 바꿀 수 없는 특정한 현실을 이해하기 위한 창에 불과하다는 사실을 의심 없이 받아들인다. 크노는 문체란 절대 투명하지 않으며, 우리가 이해하는 현실을 형성하고 정의하는 것은 언어 자체라는

* Raymond Queneau, *Bâtons, chiffres et lettres*, *op. cit.*, p. 298. 『잠재문학실험실』(남종신·손예원·정인교 지음, 작업실유령 펴냄, 2013, 115~116쪽)에서 재인용하였으며 번역도 차용하였다.

** Umberto Eco, *Lector in fabula. Le rôle du lecteur*, traduit. fr. par Bouzaher Myriem, Grasset, 1985, p. 130.

*** Kanako Goto, *La littérature réécriture (Poétique des Exercices de style de Raymond Queneau)*, Editions universitaires européennes, 2011, p. 18. 다양한 독서에 따른 『문체 연습』의 '파불라' 구성에 관해서는 이 연구를 참조할 것.

것을 폭로하고 있다. 문체 연습에서 우리는 유쾌하고 눈부신 방식으로 이러한 주장을 확인할 수 있다. 이 소설은 로렌스 스턴에서 제임스 조이스, 알랭 로브그리예로 이어지는 소위 '반反소설'의 전통을 충실히 따르고 있다. 정말 중요한 것은 이야기가 아니라 그 이야기를 어떻게 하느냐다.*

『문체 연습』은 같은 내용을 그저 아흔아홉 가지 형태로 바꿔 쓴 것이 아니다. '파불라'라는 한 점으로 수렴되는 것이 아니라, 매번 차이에 의해 분할되고, 반복에 의해서 끊임없이 분기한다. '가능한 문체 연습 Exercices de style possibles'을 다음과 같이 제시한 것처럼,** 『문체 연습』은 오히려 파불라가 수없이 포개진 텍스트 뭉치이자 이야기 다발이며, 변주와 실험을 향해 열려 있는 무한한 텍스트라고 할 수 있다.

· 신경질적인 nerveux
· 불안에 가득차 angoissé
· 기다림 attente
· 쾌활 jovial
· 말놀이 calembours
· 칼리그람 calligramme
· 헌사 dédicace
· 불길한 생각 idées macabres
· 독서 전표 fiche de lecture
· 출판사의 거절 편지 lettre de refus de l'éditeur
· 의상실(옷 이름) couture (nom de robes)
· 난제 énigme
· 상이한 관념 놀이들 différents jeux d'esprit
· 중상모략 편지 lettre d'injure
· 항의 편지 lettre de protestation
· (약식) 광고 annonces (petites)
· 광고 publicité
· 수위 concierge
· 차장 receveur
· 문학평론가 le critique littéraire
· 연극평론가 le critique théâtral
· 영화평론가 le critique cinématographique

* 필립 테리, 「문체 연습」, 『죽기 전에 꼭 읽어야 할 책 1001권』, 피터 박스올, 박누리 역, 2007, 마로니에북스, 444쪽.
** Raymond Queneau, *Œuvres complètes III*, *op. cit.*, pp. 1371–1372.

· 문장 맞추기 rébus
· 스무고개 devinettes
· 사랑 고백 déclaration d'amour
· 애꾸눈 borgne
· 귀먹은 벙어리 sourd-muet
· 장님 aveugle
· 주정뱅이 ivrogne
· 편집광적 paranoïaque
· 정신적 혼란 confusion mentale
· 알코올의존증에 의한 섬망증 delirium tremens
· 게임의 규칙 règles d'un jeu
· 거위 놀이 jeu de l'oie
· 카드 게임 jeu de carte
· 법률 loi
· 방어 défense
· 어두반복강조 anaphores
· 어말반복강조 épiphore
· 도덕성 moralité
· 겁먹은 peur
· 환희 joie
· 거만한 orgueil
· 슬픈 triste
· 재미있는 marrant
· 상형문자 hiéroplyphes
· 현상학적으로 phénoménologique
· 형사 détective
· 십자말풀이 mots croisés
· 자음운 allitération
· 상투어 lieux communs
· 속담 proverbes
· 부사 adverbes
· 생물학적 biologique
· 경제학적 économique
· 사회학적 sociologique
· 영화적 가공 traitement cinématographique
· 통지서 faire-part
· 문단 비평 critique mondain
· 우아 élégances
· 상투어 langage cuit
· 카오스 chaos
· 상징 symboles
· 우화 fable
· 미사여구 fleurs de rhétorique
· 교단 연설 éloquence de la chaire
· 정치 연설 éloquence politique
· 가격 할당 distribution de prix
· 검사의 구형 réquisitoire
· 수영 natation
· 속사 屬詞, attributs
· 취기 ivresse
· 허기 faim
· 피로 fatigue
· 격언 maxime
· 양자택일 alternative
· 법정 연설 éloquence judiciaire
· 식탐 gourmandise
· 콜라주 collage
· 슬라브주의 slavisme
· 루마니아주의 roumanisme
· 아랍주의 arabisme
· 모자 제조공 chapelier
· 반테제 antithèse
· 도치법 hysteron proteron
· 모순어법 oxymoron
생략 ellipse
· 파격구문 anacoluthes
· 고유명사 바꾸기 annomination
· 기하학적 géométrique

· 화학적 chimique
· 지리학적 géologique
· 멍청한idiot
· 유치한 enfantin
· 변형미학적 cænesthésique
· 추상적 abstrait
· 물리학적 physique
· 화학적 chimique
· 인민전선 front populaire
· 덕성들(신학적, 기타 등등) les vertus (théologale, etc)
· 일곱 가지 원죄 les sept péchés capitaux
· 수화법으로 chirologique
· 잡다한 직업 métiers divers
· 성격 caractères
· 병리학적 pathologique
· 정수론 arithmétique
· 대수학적 algébrique
· 분석적 analytique
· 위상학적 topologique
· 같은 단어로 문장 잇기 anadiploses
· 경솔한 / 김빠진 éventé
· 무기질의 minéral
· 문장 꼬리 잇기 paradiploses
· 하나 이상의 낱말 반복 épanalepses
· 모음 융합 synérèses
· 모음 분리 diérèse
· 모음 합축合縮, crase
· 이접 disjonctions
· 연접 conjonctions
· 호모섹슈얼(레즈비언) homosexuel (lesbienne)

GARE
SAINT-LAZARE

II. 『문체 연습』 풀이

> 아름다운 주제도 추악한 주제도 존재하지
> 않는다⋯⋯ 거기에는 아무것도 없다는 사실을
> 가까스로 밝혀낼 수 있을 뿐이며, 문체
> 오로지 그 자체만이 사물들을 바라보는
> 절대적인 방법이다.
> — 귀스타브 플로베르*

1. Notations

Dans l'S, à une heure d'affluence. Un type dans les vingt-six ans, chapeau mou avec cordon remplaçant le ruban, cou trop long comme si on lui avait tiré dessus. Les gens descendent. Le type en question s'irrite contre un voisin. Il lui reproche de le bousculer chaque fois qu'il passe quelqu'un. Ton pleurnichard qui se veut méchant. Comme il voit une place libre, se précipite dessus.

Deux heures plus tard, je le rencontre Cour de Rome, devant la gare Saint-Lazare. Il est avec un camarade qui lui dit : « Tu devrais faire mettre un bouton supplémentaire à ton pardessus. » Il lui montre où (à l'échancrure) et pourquoi.

* Gustave Flaubert, *Extraits de la correspondance, ou Préface à la vie d'écrivain*, Editions du Seuil, 1963, pp. 62–63.

1. 약기略記

‘약기’라고 번역한 ‘notations’은 ‘메모’나 ‘노트’ 등, 잊기 전에 급하게 적어두는 것을 말한다. 이 텍스트는 20「엉터리 애너그램」, 31「완료된 과거」, 35「앞이 사라졌다」, 36「뒤가 사라졌다」, 37「가운데가 사라졌다」, 40「그러자 말이야」, 68「평행이동」, 70「영어섞임투」, 75「글자 바꾸기」 등, 몇몇 텍스트에는 매우 명시적인 방식으로 변주에 필요한 저본 역할을 하거나 30「현재」, 46「같은 음을 질리도록」, 78「이북 사람입네다」, 80「거꾸로」, 84「미국 쏴아람임뉘타」, 85「지저분한 엉터리 철자교환원」, 86「식물학 수업」, 87「의사의 소견에 따라」, 90「동물농장」, 95「기하학」 등에서는 암시적인 방식으로 저본으로 사용되었다.

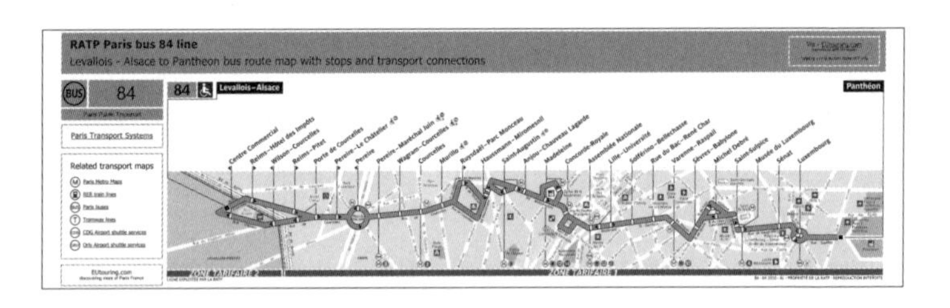

16「객관적 이야기」에서 밝히고 있듯, S선 버스는 오늘날 84번 버스를 의미한다. 84번 버스는 당시 대학이 밀집해 있던 파리의 남부 카르티에라탱가街의 팡테옹Panthéon에서 출발하여 파리의 북서부 끝에 위치한 포르트드샹페레Porte de Champerret를 종점으로 운행하였으며, 크노가 근무했던 갈리마르출판사 근처 세바스티앙보탱가(“아카데미프랑세즈의 회원들 내지는 카페플로르나 세바스티앙보탱가街”, 50「서툴러서 어쩌죠」)를 지나갔다.* 위의 버스노선표에서 보듯 84번은 생라자르역을 통과하거나 지나가지는 않는다. 또한 당시 버스 내부는 좌석이 있는 상부

일대와 승강대가 있는 후부로 나뉘어 있었고, 승객들이 많을 경우 승강대는 매우 비좁은 공간이 되었으며, 운전사 외에도 차장이 있어 검표를 하거나, 44「희곡」 및 추가 텍스트 2「망조가 들었군」에서 알 수 있듯, 버스정류장 정차시 승차번호표를 받고 기다리던 승객들을 대상으로 승차 인원을 결정하곤 했다.

2. En partie double

Vers le milieu de la journée et à midi, je me trouvai et montai sur la plate-forme et la terrasse arrière d'un autobus et d'un véhicule des transports en commun bondé et quasiment complet de la ligne S et qui va de la Contrescarpe à Champerret. Je vis et remarquai un jeune homme et un vieil adolescent assez ridicule et pas mal grotesque : cou maigre et tuyau décharné, ficelle et cordelière autour du chapeau et couvre-chef. Après une bousculade et confusion, il dit et profère d'une voix et d'un ton larmoyants et pleurnichards que son voisin et covoyageur fait exprès et s'efforce de le pousser et de l'importuner chaque fois qu'on descend et sort. Cela déclaré et après avoir ouvert la bouche, il se précipite et se dirige vers une place et un siège vides et libres.

Deux heures après et cent ving minutes plus tard, je le rencontre et le revois Cour de Rome et devant la gare Saint-Lazare. Il est et se trouve avec un ami et copain qui lui conseille de et l'incite à faire ajouter et coudre un bouton et un rond de corozo à son pardessus et manteau.

* 『해제-전집』, 1565쪽.

2. 중복하여 말하기

이 문체는 가령 '일요일 날' '역전 앞' '정중앙 한가운데' '치통으로 이빨이 아프다' '말에서 낙마하다' '축사를 통해 축하의 말을 건네다' '위치를 바꿔가며 치환하다'처럼 잘못된 사용으로 인식될 수 있는 이중적 반복을 의미한다. "하루의 정중앙"과 "정오" "말라빠진 목과 야윈 목덜미" "울먹거리고 질질 짜는 듯한 목소리" 등, 크노는 유사한 의미를 지닌 표현을 '그리고'나 '또는'으로 계속 이어 다소 장황한 문체를 만들어내면서 유연하게 오용誤用에서 벗어난다.

3. Litotes

Nous étions quelques-uns à nous déplacer de conserve. Un jeune homme, qui n'avait pas l'air très intelligent, parla quelques instants avec un monsieur qui se trouvait à côté de lui, puis il alla s'asseoir. Deux heures plus tard, je le rencontrai de nouveau ; il était en compagnie d'un camarade et parlait chiffons.

3. 조심스레

원제는 수사학의 용어인 '완서법緩敍法'이나 '곡언법曲言法'으로 "더 많은 부분을 이해하게 하기 위해 적게 말하는 표현법"을 의미하며 "거짓으로 판명되는 축소"나 축소와는 반대 효과를 야기하는 "청자가 결여된 부분을 상상하게 만드는 경감이나 완화" 효과 전반을 포함한다. 가령 코르네유 희극 대사 "내가 너를 미워하는 것은 아니다"는 '나는 아직도 너를 사랑한다'와 같은 의미를 지닌다는 점에서 '곡언법'에 해당된다.* '버스를 타고 간다' 대신 "우리 몇몇은 함께 이동중이었습니다"라고 표현하거나, '우스꽝스러운 청년' 대신 "그다지 총명하다고는 할 수 없는 얼굴을 한 청년" 등으로 대치하면서, 크노는 노골적이거나 직접적인 충돌을 피해가며 조심스레, 최소한의 말로 최대한의 무엇을 상상하게 한다.

4. Métaphoriquement

Au centre du jour, jeté dans le tas des sardines voyageuses d'un coléoptère à l'abdomen blanchâtre, un poulet au grand cou déplumé harangua soudain l'une, paisible, d'entre elles et son langage se déploya dans les airs, humide d'une protestation. Puis, attiré par un vide, l'oisillon s'y précipita.

Dans un morne désert urbain, je le revis le jour même se faisant moucher l'arrogance pour un quelconque bouton.

4. 은유적으로

연상이나 대조, 유사 등을 활용하여 묘사하여 상황 전반을 비유로 구성한 문체를 의미한다. 뒤에서 버스를 바라보면 둥글게 말려 올라간 모습이 커다란 딱정벌레("배때기가 희끄무레한 딱정벌레")를 떠올리게 한다. 버스 안의 비좁은 상태를 "정어리떼에 몸을 내던진 채"라고 표현한 것은 프랑스어에서 빽빽이 사람들이 들어찬 상태를 '정어리들이 나란히 쟁여 있는 통조림'에 비유하기 때문이다. 목이 긴 청년은 "털 뽑힌 기다란 모가지의 햇병아리 한 마리"에, 파리의 생라자르역 주변은 "스산한 도시사막"에 비유되었다.

* Bernard Dupriez, *Gradus : Les procédés littéraires (Dictionnaire)*, Union générale d'Editions, 1984, p. 277. 이하 '*Gradus*, 쪽수'로 표기한다.

5. Rétrograde

Tu devrais ajouter un bouton à ton pardessus, lui dit son ami. Je le rencontrai au milieu de la Cour de Rome, après l'avoir quitté se précipitant avec avidité vers une place assise. Il venait de protester contre la poussée d'un autre voyageur, qui, disait-il, le bousculait chaque fois qu'il descendait quelqu'un. Ce jeune homme décharné était porteur d'un chapeau ridicule. Cela se passa sur la plate-forme d'un S complet ce midi-là.

5. 거꾸로 되감기

'거꾸로 되감기'로 번역된 'rétrograde'는 회문palindrome처럼, 프랑스 시작법과 관련된 용어이며, "L'âme des uns iamais n'use de mal"처럼, 역순으로 읽어도 같아지는 시*를 의미한다. 크노는 이 회문回文 원리에 착안하여 장면을 거꾸로 되감아 회상하는 방식으로 이야기 전반을 재구성하였다.

1943년 『메시지』지誌에 발표될 당시, 이 문체에 관하여 남긴 크노의 노트에는 아폴리네르 『동물시집』에 수록된 시 제목 '가재L'Écrevisse'를 이 문체의 제목으로 삼는다는 기록이 남아 있다.**

확실한 것이 없구나, 오 나의 희열들아
너희와 나, 우리는 함께 간다만

* Jean Mazaleyrat, Georges Molinié, *Vocabulaire de la stylistique*, P.U.F., 1989, pp. 303–304. 이하 『문체론 어휘』는 '*Vocabulaire de la stylistique*, 쪽수'로 표기한다.

** 『주석-전집』, 1570쪽.

가재들이 걸어가듯,
뒷걸음으로, 뒷걸음으로.
— 기욤 아폴리네르, 「가재」 전문*

텍스트는 시간을 거슬러올라가는 방식을 취하지만, 오히려 가재들이 "뒷걸음으로, 뒷걸음으로" 걸어가듯, 서서히 물러나는 모습을 재현한다.

6. Surprises

Ce que nous étions serrés sur cette plate-forme d'autobus ! Et ce que garçon pouvait avoir l'air bête et ridicule ! Et que fait-il ? Ne le voilà-t-il pas qui se met à vouloir se quereller avec un bonhomme qui — prétendait-il! ce damoiseau ! — le bousculait ! Et ensuite il ne trouve rien de mieux à faire que d'aller vite occuper une place laissée libre ! Au lieu de la laisser à une dame !

Deux heures après, devinez qui je rencontre devant la gare Saint-Lazare ? Le même godelureau ! En train de se faire donner des conseils vestimentaires ! Par un camarade !

A ne pas croire !

6. 깜짝이야!

원제는 '놀람'이다. 엄청난 사실을 발견했다는 점을 강조하고자, 거의 모든 문장을 느낌표로 마감한다. 이런 관점에서 '감탄'의 연속으로 구성된 39 「이럴 수가!」와 짝패를 이룬다. 엄청난 사건

* 기욤 아폴리네르, 『동물시집』, 황현산 옮김, 난다, 2016, 51쪽.

을 목격했다는 듯 과장된 어조를 드높이고, 확연히 도드라지는 대화식 구어체로 독자를 밀고 당기며 유머를 폭발시킨다.

7. Rêve

Il me semblait que tout fût brumeux et nacré autour de moi, avec des présences multiples et indistinctes, parmi lesquelles cependant se dessinait assez nettement la seule figure d'un homme jeune dont le cou trop long semblait annoncer déjà par lui-même le caractère à la fois lâche et rouspéteur du personnage. Le ruban de son chapeau était remplacé par une ficelle tressée. Il se disputait ensuite avec un individu que je ne voyais pas, puis, comme pris de peur, il se jetait dans l'ombre d'un couloir.

Une autre partie du rêve me le montre marchant en plein soleil devant la gare Saint-Lazare. Il est avec un compagnon qui lui dit : « Tu devrais faire ajouter un bouton à ton pardessus. »

Là-dessus, je m'éveillai.

7. 꿈이었나

원제는 '꿈'이다. 버스 이야기와 생라자르역의 사건을 두 개의 꿈속에서 얼핏 목격한 일인 것처럼 기술한 다음, 마지막에 "그 순간, 나는 잠에서 깨어났다"라고 덧붙여 글을 마감하여 기묘한 웃음을 자아낸다. 여기서 꿈과 현실의 구분은 다소 모호하며, 이러한 기법은 크노 문학에서 하나의 주제가 된다. 가령 『연푸른 꽃 *Les Fleurs blues*』(1965)* 의 독자라면 이 문체를 읽으며 서로 다

* 레몽 크노, 『연푸른 꽃』, 정혜용 옮김, 문학동네, 2018.

른 시공간에 속한 두 명의 주인공이 꿈을 꾸는 이야기를 떠올릴 수 있을 것이며, 『뤼에이에서 멀리 *Loin de Rueil*』(1944)의 독자라면 꿈꾸는 삶과 현실에서 경험한 삶이 서로 나란히 마주보는 거울과도 닮아 있는 풍경을 떠올릴 수도 있을 것이다.

8. Pronostications

Lorsque viendra midi, tu te trouveras sur la plate-forme arrière d'un autobus où s'entasseront des voyageurs parmi lesquels tu remarqueras un ridicule jouvenceau : cou squelettique et point de ruban au feutre mou. Il ne se trouvera pas bien, ce petit. Il pensera qu'un monsieur le pousse exprès, chaque fois qu'il passe des gens qui montent ou descendent. Il le lui dira, mais l'autre ne répondra pas, méprisant. Et le ridicule jouvenceau, pris de panique, lui filera sous le nez, vers une place libre.

Tu le reverras un peu plus tard, Cour de Rome, devant la gare Saint-Lazare. Un ami l'accompagnera, et tu entendras ces paroles : « Ton pardessus ne croise pas bien ; il faut que tu y fasses ajouter un bouton. »

8. 그러하리라

'그러하리라'로 번역한 'pronostications'은 '예언, 예후, 전조' 등을 의미한다. 크노가 수고본에 남긴 제목은 이 낱말의 고어에 해당되는 'prognostication'이었다.* 장엄하면서도 오싹한 계시의 문체("도래하면" "목도하게 되리라" "들려오리라" 등), 그리고 이와 기묘히게 어우러시는 강조의 표현들("피골이 상접한

* 『주석-전집』, 1570쪽.

목” “이 좀팽이 같은 놈” 등)을 서로 혼합하여 유머를 놓치지 않는다. 여기에 크노는 ‘~하리라’라는 식의 미래형 시제로 문장을 마감하여 다소 과장되고도 엄숙하여 기묘한 느낌을 자아내는 예언가의 말투를 완성한다. 미래시제의 활용이라는 점에서 29「과거」, 30「현재」, 31「완료된 과거」, 32「진행중인 과거」 등과 함께 시간의 변주로 재현한 문체 시리즈 중 하나에 속한다.

9. Synchyses

Ridicule jeune homme, que je me trouvai un jour sur un autobus de la ligne S bondé par traction peut-être cou allongé, au chapeau la cordelière, je remarquai un. Arrogant et larmoyant d'un ton, qui se trouve à côté de lui, contre ce monsieur, proteste-t'il. Car il le pousserait, fois chaque que des gens il descend. Libre il s'assoit et se précipite vers une place, cela dit. Rome (Cour de) je le rencontre plus tard deux heures à son pardessus un bouton d'ajouter un ami lui conseille.

9. 뒤죽박죽

원제 ‘synchyses’는 “문장의 통사적 순서를 파괴하여 터무니없게 만드는 문체 중 하나”*이며 “문장의 연속된 그룹 안에서 서로 의존적인 보통의 순서로 구성된 통사의 연쇄를 바꾸는 행위”**를 의미한다. 흔히 ‘난맥체亂脈體’라고 불린다. 몰리에르의 작

* 『주석-전집』, 1570쪽.

** Georges Moliné, *Dictionnaire de rhétorique*, Librairie Générale Française, 1992, p. 317. 이하 『수사학 사전』은 ‘*Dictionnaire de rhétorique*, 쪽수’로 표기한다.

품『부르주아 귀족』에 등장하는 청년 주르당과 그의 수많은 가정교사 철학선생 간에 주고받는 대화가 대표적이다.

철학선생 첫째로 나리께서 말씀하신 대로 "아름다운 후작부인, 그대의 아름다운 두 눈이 사랑스러워 죽을 지경이라오"라고 쓸 수 있습니다. 아니면, "사랑스러워 죽을 지경이라오, 아름다운 후작부인, 그대의 아름다운 두 눈이"이나 "그대의 아름다운 두 눈이 사랑스러워, 죽을 지경이라오, 아름다운 후작부인" 혹은 "죽을, 그대의 아름다운 두 눈이, 아름다운 후작부인, 사랑스러워 지경이라오" 혹은 "지경이라오, 그대의 아름다운 두 눈이, 죽을, 아름다운 후작부인, 사랑스러워."

주르당 그런데, 이 온갖 방식 가운데, 어느 것이 최고요?

철학선생 금방 말씀드린 "아름다운 후작부인, 그대의 아름다운 두 눈이 사랑스러워 죽을 지경이라오"이지요.

주르당 깊이 연구를 한 것도 전혀 아닌데, 대번에 그걸 내가 만들었구먼.

철학선생 거기에 빠져 있는 것은 아무것도 없을 겁니다.*

크노는 통사 단위로 문장을 잘라낸 다음, 그 순서를 서로 바꾸어 배치해서, 의미의 연쇄 전반에서 부자연스러운 해프닝이 발생하는 효과를 만들어낸다. 일단 분리한 다음, 서로 연결될 수 없는 부분을 다시 연결하는 이와 같은 '이접離接'으로 인해, 주어와 동사, 주절과 목적절의 역할이 바뀌거나, 통사 그룹의 중간 부분을 잘라내어 "비어 있는 그는 앉게 될 것이고"나 "(광장의) 로마에서 나는 그를 두 시간 후에 그의 외투에서 다시 보게 될 것이며"

* Molière, *Le Bourgois gentilhomme* (Edition de Jean Serroy), Gallimard, 1998, pp. 79–82.

와 같은 구성이 만들어져, 전체적으로 의미 체계가 뒤틀리기 시작하면서, 결과적으로 독특하고 새로운 의미를 산출하는 기묘한 모자이크 풍경이 하나씩 모습을 드러낸다.

10. L'arc-en-ciel

Un jour je me trouvai sur la plate-forme d'un autobus violet. Il y avait là un jeune homme assez ridicule : cou indigo, cordelière au chapeau. Tout d'un coup, il proteste contre un monsieur bleu. Il lui reproche notamment, d'une voix verte, de le bousculer chaque fois qu'il descend des gens. Cela dit, il se précipite, vers une place jaune, pour s'y asseoir.

Deux heures plus tard, je le rencontre devant une gare orangée. Il est avec un ami qui lui conseille de faire ajouter un bouton à son pardessus rouge.

10. 일곱 색깔 무지개

서술 전반을 일곱 가지 '무지개색'을 사용하여 기술하는 문체로, 이야기는 보라색–남색(원문은 '인디고'이며, '쪽빛'으로 번역되었다)–파란색–초록색–노란색–주황색(원문은 오렌지색)–붉은색 순서의 7단계로 쪼개어 기술되었다. 독서를 진행하면서 백지 위에 차츰 감도가 다른 색깔의 장면들이 하나씩 더해지면서, 생생하고도 독특한 감정을 일구어낸다.

이 문체에는 두 군데 정도, 색깔과 관련된 중의적 표현이 등장한다. 프랑스어 형용사 '파랑 blue'은 '우울'이나 '겁에 질린'이라는 의미도 있으며, '초록 vert'은 특히 '목소리'와 함께 쓰일 때, '날 선, 날카로운'을 의미한다. 각각 "새파랗게 질린 신사"와 "푸르딩딩 날 선 목소리"로 번역했다.

11. Logo-rallye

(Dot, baïonnette, ennemi, chapelle, atmosphère, Bastille, correspondance.)

Un jour, je me trouvai sur la plate-forme d'un autobus qui devait sans doute faire partie de la dot de la fille de M. Mariage, qui présida aux destinées de la T.C.R.P. Il y avait là un jeune homme assez ridicule, non parce qu'il ne portait pas de baïonnette, mais parce qu'il avait l'air d'en porter une tout en n'en portant pas. Tout d'un coup ce jeune homme s'attaque à son ennemi : un monsieur placé derrière lui. Il l'accuse notamment de ne pas se comporter aussi poliment que dans une chapelle. Ayant ainsi tendu l'atmosphère, le foutriquet va s'asseoir.

Deux heures plus tard, je le rencontre à deux ou trois kilomètres de la Bastille avec un camarade qui lui conseillait de faire ajouter un bouton à son pardessus, avis qu'il aurait très bien pu lui donner par correspondance.

11. 지정어로 말짓기

원제 '로고-랄리'는 "가능한 최대한 불규칙적인 목록의 낱말들을 주어진 순서에 따라 하나씩 사용해가면서 이야기를 완성해야 하는 놀이"*를 의미한다. '로고'는 '말'을 의미하며, '랄리'는 팀이나 개인이 힌트를 통해 다양한 장소를 방문하여 하나씩 주어진 문제를 풀면 차츰 다음 단계를 밟아나가 결승점에 도착하는 놀이다.**

* 『주석-전집』, 1570쪽.
** *Le Grand Robert de la langue française*, tome VIII Raiso-sub, Le Robert, 1985, p. 11.

'나'는 제각각 다른 성질을 지녀야 한다는 규칙에 따라 주어진 일곱 개의 단어("지참금, 대검, 원수, 예배당, 분위기, 바스티유, 서신")를 하나씩 거쳐, 또한 하나씩 문장으로 풀어낸 다음, 마치 확인 도장을 받고 이어지는 다음 단계로 출발하기라도 하듯, 버스에서 벌어진 에피소드를 퍼즐처럼 풀어간다. '생라자르역'은 "바스티유광장에서 이삼 킬로미터 떨어진 곳"으로, 단추에 관한 조언은 "그에게 서신으로 건네도 됐을 의견"으로 표현되는 등 결과적으로 '같은 것을 다르게 말하는' 알레고리적인 방식으로 파불라 전반이 재편된다.

12. Hésitations

Je ne sais pas très bien où ça se passait... dans une église, une poubelle, un charnier ? Un autobus peut-être ? Il y avait là... mais qu'est-ce qu'il y avait donc là ? Des œufs, des tapis, des radis ? Des squelettes ? Oui, mais avec encore leur chair autour, et vivants. Je crois bien que c'est ça. Des gens dans un autobus. Mais il y en avait un (ou deux ?) qui se faisait remarquer, je ne sais plus très bien par quoi. Par sa mégalomanie ? Par son adiposité ? Par sa mélancolie ? Mieux... plus exactement... par sa jeunesse ornée d'un long... nez ? menton ? pouce ? non : cou, et d'un chapeau étrange, étrange, étrange. Il se prit de querelle, oui c'est ça, avec sans doute un autre voyageur (homme ou femme ? enfant ou vieillard ?). Cela se termina, cela finit bien par se terminer d'une façon quelconque, probablement par la fuite de l'un des deux adversaires.

Je crois bien que c'est le même personnage que je rencontrai, mais où ? Devant une église ? devant un charnier ? devant une poubelle ? Avec un camarade qui devait lui parler de quelque chose, mais de quoi ? de quoi ? de quoi ?

12. 머뭇머뭇

원제는 '주저'이며, 수고본에서 제목은 '주저하는 왈츠'였다.*
장소("어느 교회에서였던가, 쓰레기 버리는 곳에서였던가, 혹은 시체안치소에서였던가? 어쩌면 어떤 버스 안이었나?")나 신체 부위("코였나? 턱이었나? 엄지손가락이었던가?"), 성별 및 나이("남자였던가? 여자였던가? 꼬맹이였나? 노인이었나?")는 물론, 전반적인 상황을 전혀 파악하지 못하는 상태를 표현하여 서사 전반을 구성해낸 문체다.

13. Précisions

À 12 h 17 dans un autobus de la ligne S, long de 10 mètres, large de 2,1, haut de 3,5, à 3 km 600 de son point de départ, alors qu'il était chargé de 48 personnes, un individu du sexe masculin, âgé de 27 ans 3 mois 8 jours, taille 1 m 72 et pesant 65 kg et portant sur la tête un chapeau haut de 17 centimètres dont la calotte était entourée d'un ruban long de 35 centimètres, interpelle un homme âgé de 48 ans 4 mois 3 jours, taille 1 m 68 et pesant 77 kg, au moyen de 14 mots dont l'énonciation dura 5 secondes et qui faisaient allusion à des déplacements involontaires de 15 à 20 millimètres. Il va ensuite s'asseoir à quelque 2 m 10 de là.

118 minutes plus tard, il se trouvait à 10 mètres de la gare Saint-Lazare, entrée banlieue, et se promenait de long en large sur un trajet de 30 mètres avec un camarade âgé de 28 ans, taille 1 m 70 et pesant 71 kg, qui lui conseilla en 15 mots de déplacer de 5 centimètres, dans la direction du zénith, un bouton de 3 centimètres de diamètre.

* 『주석-전집』, 1570쪽.

13. 명기明記

'명기'는 이를테면 '센티' '미터' '킬로미터'로 세분하여 길이나 너비를 특정하는 등, 모든 묘사 대상을 측정 단위와 더불어 정확하게 밝히고 구체적으로 명시하여 최대한 정확한 정보를 제공함으로써 세밀함과 정교함을 최고조로 우선시한 문체로, 이러한 관점에서 바로 앞의 12「머뭇머뭇」과 대척점을 이룬다.『문체 연습』에는 이처럼 대조로 한 짝을 이루는 구성이 존재하며, 대표적으로는 14「당사자의 시선으로」와 15「다른 이의 시선으로」, 27「집요하게 따지기」와 28「아는 게 없어서」) 등이 있다.

14. Le côté subjectif

Je n'étais pas mécontent de ma vêture, ce jourd'hui. J'inaugurais un nouveau chapeau, assez coquin, et un pardessus dont je pensais grand bien. Rencontré X devant la gare Saint-Lazare qui tente de gâcher mon plaisir en essayant de me démontrer que ce pardessus est trop échancré et que j'y devrais rajouter un bouton supplémentaire. Il n'a tout de même pas osé s'attaquer à mon couvre-chef.

Un peu auparavant, rembarré de belle façon une sorte de goujat qui faisait exprès de me brutaliser chaque fois qu'il passait du monde, à la descente ou à la montée. Cela se passait dans un de ces immondes autobi qui s'emplissent de populus précisement aux heures où je dois consentir à les utiliser.

15. Autre subjectivité

Il y avait aujourd'hui dans l'autobus à côté de moi, sur la plate-forme, un de ces morveux comme on n'en fait guère, heureusement, sans ça je finirais par en tuer un. Celui-là, un gamin dans les vingt-six, trente ans, m'irritait tout spécialement non pas tant à cause de son grand cou de dindon déplumé que par la nature du ruban de son chapeau, ruban réduit à une sorte de ficelle de teinte aubergine. Ah ! le salaud ! Ce qu'il me dégoûtait ! Comme il y avait beaucoup de monde dans notre autobus à cette heure-là, je profitais des bousculades qui ont lieu à la montée ou à la descente pour lui enfoncer mon coude entre les côtelettes. Il finit par s'esbigner lâchement avant que je me décide à lui marcher un peu sur les arpions pour lui faire les pieds. Je lui aurais dit aussi, afin de le vexer, qu'il manquait un bouton à son pardessus trop échancré.

14. 당사자의 시선으로 / 15. 다른 이의 시선으로

「당사자의 시선으로」의 원제는 '주관적 측면'이며, '청년'의 관점에서 모든 것을 기술한다. 「다른 이의 시선으로」의 원제는 '다른 주관성'이며, 이 '청년'에게 발을 밟히고 시비 대상이 된 '신사'의 입장에서 이야기를 구성한다.

따로 읽으면 서로의 속내를 시원하게 혹은 적나라하게 드러낸다고 할 수 있는 이 두 이야기는, 물론 서로 어긋난 지점에 봉착해 있으며, 보는 관점에 따라 하나의 사건이 확연하게 달라지는 서사의 층위를 드러낸다. 크노는 이런 방식으로 하나의 이야기에 다른 각도에서 드리운 두 눈과 두 개의 입을 단다. 「당사자의 시선으로」는 (특히 청년이라는 점을 감안하면) 건방진 어투로 구성

되었으며, 중간에 갑자기 라틴어식 표현 'autobi'가 등장하는데, 이는 건방지고 거만한 청년이 고상한 척하는 일종의 위선을 드러내고자 사용한 듯하다. 이런 방식의 라틴어식 어미 종결 어투의 변주를 통한 문체의 실험은 81「라틴어로 서툴게 끝맺기」에서 본격적으로 활용된다. 과격하고 분노로 가득한「다른 이의 시선으로」역시, 무작정 시비를 거는 청년에게 실제로는 아무 말도 하지 않거나 하지 못했던 것과는 대조적으로, 상대방이 퍼붓는 무차별한 공격에 적절하고도 통쾌하게 응수하지 못한 억울함을 마음속에만 담아두고서 속으로 지독한 욕설을 퍼붓는다.

16. Récit

Un jour vers midi du côté du parc Monceau, sur la plate-forme arrière d'un autobus à peu près complet de la ligne S (aujourd'hui 84), j'aperçus un personnage au cou fort long qui portait un feutre mou entouré d'un galon tressé au lieu de ruban. Cet individu interpella tout à coup son voisin en prétendant que celui-ci faisait exprès de lui marcher sur les pieds chaque fois qu'il montait ou descendait des voyageurs. Il abandonna d'ailleurs rapidement la discussion pour se jeter sur une place devenue libre.

Deux heures plus tard, je le revis devant la gare Saint-Lazare en grande conversation avec un ami qui lui conseillait de diminuer l'échancrure de son pardessus en en faisant remonter le bouton supérieur par quelque tailleur compétent.

16. 객관적 이야기

원제는 '이야기'이며, 초고에서 크노는 이를 마지막에 배치한 바 있다.* 이 (객관적) '이야기'는 바로 앞에 위치하는 '당사자의 시선으로'나 '다른 이의 시선으로'와는 대조적으로 주관성을 철저히 배제하여, 인물-장소-시간 등에 관한 정보를 제공하고 사건을 덤덤하게 설명한다.

1「약기」와 더불어『문체 연습』전반에서 또다른 문체를 만드는 데 사용되는 토대 이야기, 즉 가능한 '파불라' 가운데 하나로 여겨진다. 명시적으로는 61「음절 단위로 늘려가며 바꾸기」, 62「어절 단위로 늘려가며 바꾸기」, 77「고유명사」 등에 저본으로 사용되었으며, 21「정확하게 따져서」나 28「아는 게 없어서」를 비롯하여 상당수의 텍스트가 암시적인 방식으로「객관적 이야기」를 변주하였다.

17. Composition de mots

Je plate-d'autobus-formais co-foultitudinairement dans un espace-temps lutécio-méridiennal et voisinais avec un longicol tresseautourduchapeauté morveux. Lequel dit à un quelconquanonyme : « Vous me bousculapparaissez. » Cela éjaculé, se placelibra voracement. Dans une spatiotemporalité postérieure, je le revis qui placesaintlazarait avec un X qui lui disait : tu devrais boutonsupplémenter ton pardessus. Et il pourquexpliquait la chose.

* 『주석-전집』, 1571쪽.

17. 합성어

수고본에서 제목은 '충돌colision'이었다.* 합성어는 둘 이상의 낱말을 '충돌'시켜 하나의 단어로 만들어내는 구절로 이야기를 구성하는 문체를 의미한다. 다음의 '신조어'는 크노가 두 개 이상의 낱말을 '합성'하여 만들어낸 것이며, 구어적이면서 유희의 성격이 강하다.

· plate-d'autobus-formais: '플랫폼(승강대)'과 '버스'를 합성하고 '폼(만들다, 형성하다)'을 동사로 활용하여 한 단어로 만들었다. "버스-승강대-기립실행하다"로 번역하였다.

· co-foultitudinairement: '공동의'를 뜻하는 접두어와 '많음'을 뜻하는 명사를 합한 데다 부사형 어미를 붙여 한 단어로 만들었다. "공동혼잡상으로"라고 번역했다.

· lutécio-méridiennal: 파리의 옛 지명 '루테치아'와 정오의 자오선을 뜻하는 낱말을 합성해서 만든 단어다. "루테치아식-정오의"로 번역했다.

· longicol: 형용사 '길다'와 '목'을 합성해서 만들었으며 사람을 지칭하는 신조어다. "긴목쟁이"로 번역했다.

· tresseautourduchapeauté: '매듭끈'과 '주위' 혹은 '둘레'를 뜻하는 전치사, 그리고 마지막으로 '모자'를 서로 합성한 신조어다. "매듭끈부착모착용"으로 번역했다.

· placelibra: '자리'와 '빈'을 합성하는 과정에서 '빈자리를 차지하다'는 동사의 단순과거형이 생겨났다. "공석점거감행하다"로 번역했다.

· placesaintlazarait: '광장'과 '생라자르'를 합성하였으

* 『주석-전집』, 1571쪽.

며, '생라자르' 어미에 동사형을 붙여 '노닐다, 거닐다'의 의미를 추가했다. "생라자르광장산책하다"로 번역했다.

· boutonsupplémenter: '단추'와 '추가하다'를 합성하여 만든 신조어 동사다. "단추보완하다"로 번역했다.

· pourquexpliquait: '왜'와 '설명하다'를 합성하여 만든 신조어 동사다. "이유반복설명하다"로 번역했다.

합성어는 『지하철 소녀 쟈지』의 첫 문장 "어디서이케써근내가나"* 처럼, "음성적 방식에 따라 기술된 몇몇 낱말이며, 명백히 신세대 프랑스어"** 에 속한다. 크노는 철자와 통사 구분의 경계를 이처럼 무너뜨리며 만들어낸 유희적 말놀이를 통해, 전통적으로 구어에 비해 문어가 우위를 차지하고 있는 문학어의 권위와 위엄을 조롱한다. 이 문체는 새로운 '표음정서법 orthograf fonétik'을 만들려는 크노의 의도가 반영되어 있다.

18. Négativités

Ce n'était ni un bateau, ni un avion, mais un moyen de transport terrestre. Ce n'était ni le matin, ni le soir, mais midi. Ce n'était ni un bébé, ni un vieillard, mais un homme jeune. Ce n'était ni un ruban, ni une ficelle, mais du galon tressé. Ce n'était ni une procession, ni une bagarre, mais une bousculade. Ce n'était ni un aimable, ni un méchant, mais un rageur. Ce n'était ni une vérité, ni un mensonge, mais un prétexte. Ce n'était ni un debout, ni un gisant, mais un voulant-être assis.

* 레몽 크노, 『지하철 소녀 쟈지』, 정혜용 옮김, 도마뱀, 2008, 9쪽.
** Virginie Tahar, "Raymond Queneau, fournisseur de formes" in *Cahiers Raymond Queneau*, *op. cit.*, p. 82.

Ce n'était ni la veille, ni le lendemain, mais le jour même. Ce n'était ni la gare du Nord, ni la gare de Lyon mais la gare Saint-Lazare. Ce n'était ni un parent, ni un inconnu, mais un ami. Ce n'était ni une injure, ni une moquerie, mais un conseil vestimentaire.

18. 부정해가며

'A도 아닌, B도 아닌, 바로 C였다'식의 '부정'을 통해 처음부터 끝까지 이야기를 만들어나가는 이 문체는, 이 글이 처음 출간되었을 때 파리 '리옹역'의 정식 명칭이 '파리-리옹-마르세유'였다는 사실에 착안한 것으로 여겨진다.* '파리-리옹-마르세유'라는 표기는 당시 역의 출발지-경유지-종착지를 의미한다. "앉아서 존재하기를 바라는 자"는 사르트르의 『존재와 무』를 패러디한 것이다.**

대상 ≠ 대상 1 ≠ 대상 2 ≠ 대상 3 [……] ≠ 대상 n의 공식처럼, 뺄셈의 규칙에 따르듯 낱말들을 하나씩 제거해나가며 대상이 아닌 것들의 차이만으로 대상을 확정짓는 문체다. 부정을 거듭하면서 하나씩 가능성이 지워지는 동시에 새로운 가능성이 생겨나 마침내 하나를 확정짓는 식을 반복하면서 희미하던 윤곽이 점점 드러난다.

* 『주석-전집』, 1571쪽.

** Raymond Queneau, "Notes" in *Exercices de style* (Texte intégrale, dossier), Gallimard, 1995, p. 156.

19. Animisme

Un chapeau mou, brun, fendu, les bords baissés, la forme entourée d'une tresse de galon, un chapeau se tenait parmi les autres, tressautant seulement des inégalités du sol transmises par les roues du véhicule automobile qui le transportait, lui le chapeau. À chaque arrêt, les allées et venues des voyageurs lui donnaient des mouvements latéraux parfois assez prononcés, ce qui finit par le fâcher, lui le chapeau. Il exprima son ire par l'intermédiaire d'une voix humaine à lui rattachée par une masse de chair structuralement disposée autour d'une quasi-sphère osseuse perforée de quelques trous qui se trouvait sous lui, lui le chapeau. Puis il alla soudain s'asseoir, lui le chapeau.

Une ou deux heures plus tard, je le revis se déplaçant à quelque un mètre soixante-six au-dessus du sol et de long en large devant la gare Saint-Lazare, lui le chapeau. Un ami lui conseillait de faire ajouter un bouton supplémentaire à son pardessus... un bouton supplémentaire... à son pardessus... lui dire ça... à lui... lui le chapeau.

19. 애니미즘

수고본에서 제목은 '모자여! 모자여!'였다.* '애니미즘'은 무생물에 생명을 불어넣어 주어로 삼거나 서술 대상으로 전환하여 기술하는 문체를 말한다. 인류학에서 애니미즘은 '혼을 불어넣다animer'는 개념에서 유래하였다. 여기서 주인공은 따라서 '젊은 청년'이 아니라 그 청년이 쓰고 있는 '모자'이며, 모자가 전체

* 『주석-전집』, 1571쪽. '모자 군君이여! 모자 군이여!'로 번역될 수도 있다.

화자가 된다. '젊은 청년'이라는 점에서 "모자 군君"으로 번역했다. 크노는 이 '모자 군'을 중심으로, 오히려 인간의 얼굴이나 머리("모자 군 아래 자리한, 구멍 몇 개가 뚫려 있는 준準-구체球體 주위에 구조적으로 배열된 살덩어리")를 사물처럼 기술한다.

20. Anagrammes

Dans l'S à un rhuee d'effluenca un pety dans les stingvix nas, qui tavia un drang ouc miagre et un peaucha nigar d'un drocon au lieu ed nubar, se pisaduit avec un treau guervayo qu'il cacusait de le suboculer neovalotriment. Ayant ainsi nulripecher, il se ciréppite sur une cepal rilbe.

Une huree plus drat, je le conterne à la Cuor ed More, devant la rage Tsian-Zalare. Il étiat avec un dacamare qui lui sidait : « Tu verdais fiare temter un toubon plusplémentiare à ton sessudrap. » Il lui tromnai où (à l'échancrure).

20. 엉터리 애너그램

'애너그램'은 '글자 뒤집기'라는 뜻의 라틴어 'anagramma'에서 유래했으며, 하나의 통사 그룹 내에서 "하나 혹은 여러 문자를 치환하며 다른 낱말을 만들어내는 방식"*을 뜻하며, 통상 이 바꾼 낱말이나 어구가 (다른) 의미를 지닌다. 애너그램은 첫째, 'ami(친구)'에서 'a'와 'm'의 순서를 바꿔 만든 'mai(5월)'나 'chien(개)'에서 'n'이나 'e'뿐만 아니라 'ch'로 순서를 바꿔 만든 'niche(둥지)'처럼 동일한 낱말 내의 철자를 치환하는 경우, 둘째 'Le Marquis de Sade(사드 후작)'의 'Démasqua le

* Oulipo, *Abrégé de littérature potentielle*, Editions mill et une nuit, 2002, p. 16.

désir(욕망을 벗기다)'의 변형이나 'Salvador Dalí(살바도르 달리)'에서 탄생한 'Avida Dollars(달러에 환장한)'처럼, 동일한 통사 그룹에 속한 낱말들 간의 철자를 하나 혹은 그 이상으로 바꾸어 새로운 의미로 치환한 경우로 나뉜다.*

> ① Dans l'S à un rhuee d'effluenca un pety dans les stingvix nas, qui tavia un drang ouc miagre et un peaucha nigar d'un drocon au lieu ed nubar, se pisaduit avec un treau guervayo qu'il cacusait de le suboculer neovalotriment. Ayant ainsi nulripecher, il se cirépppite sur une cepal rilbe.
>
> Une huree plus drat, je le conterne à la Cuor ed More, devant la rage Tsian-Zalare. Il étiat avec un dacamare qui lui sidait : « Tu verdais fiare temter un toubon plusplémentiare à ton sessudrap. » Il lui tromnai où (à l'échancrure).

①의 밑줄친 부분처럼 크노는 전치사나 접속사(dans, et, au lieu, de, à, où, devant, avec)와 인칭대명사나 소유형용사(je, il, ton, lui, plus), 정관사나 부정관사, 실사(échancrure)를 제외한, 나머지 명사, 동사, 형용사의 철자를 동일한 통사 그룹 내에서 서로 바꾸는 식으로 작업했다. 그러나 새로운 의미와 연결짓는 글자 조합 방식이 아니라서, 크노의 이 애너그램 작업은 오히려 난센스에 가까워졌다. 이런 점에서 크노의 '애너그램' 문체는 오히려 '엉터리' 애너그램이라고 할 수 있다. 61 「음절 단위로 늘려가며 바꾸기」, 75 「글자 바꾸기」, 85 「지저분한 엉터리 철자교환원」도 이러한 부류의 글자 바꾸기식 교체 실험에 해당된다.

* *Gradus*, pp. 44–45.

② Dans l'S à une heure d'affluence un type dans les vingt-six ans, qui avait un grand cou maigre et un chapeau garni d'un cordon au lieu de ruban, se disputai[t] avec un autre voyageur qu'il accusait de le busculer volontairement. Ayant ainsi pleurnicher[é], il se précipite sur une place libre.

Une heure plus tard, je le rencont[r]e à la Cour de Rome, devant la gare Saint-Lazare. Il était avec un camarade qui lui disait : « Tu devrait faire mettre un bouton supplémentaire à ton pardessus. » Il lui montrai[t] où (à l'échancrure).

번역은 원문을 ②처럼 복원한 후, 밑줄 그은 부분을 제외하고, 초성과 종성 등의 철자를 교체하는 방식으로 진행하였다. 한국어 번역문을 원래대로 옮기면 아래와 같다.

③ 출근 시간, S선 버스 안에서 리본 대신 끈 둘린 모자를 쓴, 아주 긴 목을 하고 있는 스물여섯 살 언저리의 남자가 자기를 고의로 떠밀었다고 고발한 승객과 다투고 있다. 그렇게 질질 짜더니, 그는 빈자리 하나를 향해 튀어간다.

한 시간이 지난 후, 나는 그를 생라자르역 앞, 로마광장에서 다시 만난다. 그는 이렇게 말하는 동료와 함께 있다: "자네 외투에 추가로 단추 하나를 더 다는 게 좋겠네." 동료는 그에게 어디(앞섶)인가를 알려준다.

21. Distinguo

Dans un autobus (qu'il ne faut pas prendre pour un autre obus), je vis (et pas avec une vis) un personnage (qui ne perd son âge) coiffé d'un chapeau (pas d'une peau de chat) cerné d'un fil tressé (et non de tril fessé). Il possédait (et non pot cédait) un long cou (et pas un loup con). Comme la foule se bousculait (non que la boule se fousculât), un nouveau voyageur (et non un veau nouillageur) déplaça le susdit (et non suça ledit plat). Cestuy râla (et non cette huître hala), mais voyant une place libre (et non ployant une vache ivre) s'y précipita (et non si près s'y piqua).

Plus tard je l'aperçus (non pas gel à peine su) devant la gare Saint-Lazare (et non là où l'hagard ceint le hasard) qui parlait avec un copain (il n'écopait pas d'un pralin) au sujet d'un bouton de son manteau (qu'il ne faut pas confondre avec le bout haut de son menton).

21. 정확하게 따져서

원제는 '구별하다'는 뜻의 라틴어이며, 추론 과정의 논리적 변별성을 강조하는 작업으로, 대개 대상을 둘로 나누어 설명하는 '곁확장paradiastole'의 형태를 띤다.* 이 문체는 앞에 기술한 대목이 정확한지 한번 더 확인하려는 목적으로, 유사한 발음 때문에 혼동을 유발할 수 있는 예를 괄호에 담아 후부에 명기하는 방식을 취한다. 예를 들어 "Dans un autobus (qu'il ne faut pas prendre pour un autre obus)" 즉 "어떤 버스에서(다른 포탄으로 착각하면 곤란한)"로 시작하는 첫 대목에서 'autobus(버스)'

* *Gradus*, p. 166.

의 발음은 [otɔbys]인데, 이 발음은 '다른 포탄'을 의미하는 'autre obus[oːtʀ ɔby]'의 그것과 유사하여 착각하기 쉬우니 유의해야 한다는 식이다. 이와 같은 방식으로 작품 끝까지 크노는 괄호 속에다 전술한 낱말이나 구절과 혼동되기 쉬운, 유사한 발음의 낱말이나 구절을 적어, 착각하면 곤란하다는 사실을 주도면밀하게 표시한다. 그러나 가만히 따지고 보면, 그다지 혼동될 리 없는 것들을 발음의 유사성을 이유로 언급했다는 사실을 알게 된다. 논리학이나 수사학의 '구별하기'의 딱딱함이나 정확성보다는, 오히려 언어유희를 통한 놀이에 가까우며, 이러한 놀이는 자연스레 유쾌하고 재미있는 효과를 자아낸다.

"어떤 모자(모자[母子]가 아니라)"나 "이 촌뜨기가 가쁜 숨을 몰아쉬었지만(이 촌을 뜨다가 바쁜 틈에 몰아서 샀지만이 아니라)"처럼, 한국어 번역은 원문에서 동음이의 현상으로 빚어진 말놀이에 해당되는 괄호 속 문장을 동음이의에 맞추어 매번 새로 고안함으로써 원문을 대신할 수밖에 없었다.

22. Homéotéleutes

Un jour de canicule sur un véhicule où je circule, gesticule un funambule au bulbe minuscule, à la mandibule en virgule et au capitule ridicule. Un somnambule l'accule et l'annule, l'autre articule : « crapule », mais dissimule ses scrupules, recule, capitule et va poser ailleurs son cul.

Une hule aprule, devant la gule Saint-Lazule je l'aperçule qui discule à propos de boutules, de boutules des pardessule.

22. 같은 소리로 끝맺기

원제는 '동음어말반복' 즉, "문장이나 문구의 마지막 자리에 같은 낱말 혹은 음절을 배치"*하는 기법을 의미한다. 이 문체는 동일한 소리로 낱말을 끝맺어 규칙적인 리듬을 부여하는 동시에 낯선 느낌도 자아내는데, 이는 신조어로 인해 의미망에 교란이 생기기 때문이다. 단어 말미의 '-ant, -ers, -re' 등을 반복한 바 있는 루소의 『신新 엘로이즈』는 이 문체를 통해 '박자화된 산문'이라는 새로운 장르를 창출하는 데 기여했으며, 19세기 '시적 산문'이나 '산문시'의 탄생에도 영향을 미쳤다.**

크노는 '-cul'로 끝나는 낱말의 경우 여성형 '-cule'로 어말이 반복되도록 조작하였으며, 'culer'로 끝나는 동사를 활용하여, 시의 각운처럼 배치하는 동시에 유머러스한 느낌을 불어넣는다('cul'은 '엉덩이'를 뜻한다). 그러면서도 이야기의 파불라를 성공적으로 구성한다. 명사 'jour'를 비롯해, 전치사나 관사, 관계대명사나 인칭대명사는 조작하지 않고 그대로 두어, 의미 전반의 운용을 지원하고자 하였다. 전체 두 문단 중, 앞 문단에서 선택된 낱말들은 신조어를 포함해 모두 사전에 등재되어 있는 낱말들인 반면, 마지막 짧은 문단은 일관되게 '-cul'로 마감되지만 실상은 존재하지 않는 단어들로, 대략의 의미만을 짐작할 수 있게 구성되었다. 이 텍스트의 일차적 번역은 다음과 같다.

> ① 푹푹 찌는 중복 어느 날, 내가 돌아다니는 차량 위에서, 어떤 곡예사가 아주 작은 원통형을 달고 있는 자에게, 그 쉼표 모양의 주걱턱과 우스꽝스러운 흉골절에 몸짓을 부

* *Gradus*, p. 232.

** *Dictionnaire de rhétorique*, p. 163.

낸다. 몽유병환자 하나가 그 작자를 궁지로 몰아넣어 파기해버리고, 다른 이는 "사기꾼"이라고 분명히 발음하여 말해보지만, 그는 자신의 불안감을 드러내지 않고, 뒤로 물러서서, 타협을 하고서는, 다른 곳에 자기 엉덩이를 붙이러 간다.

한 시간 후, 생라자르역 앞에서 나는 단추, 그러니까 외투의 단추에 관하여 논의하고 있는 그를 다시 본다.

번역은 ①을 저본으로 삼아, 원문에서 '-cule'의 변형에 따르지 않은 부분은 그대로 둔 상태에서, '~하시어, ~하시고, ~하시니, ~시라, ~하신다, ~하셔라' 등으로 일관되게 구절을 끝맺는 방식으로 변주해가며 완성해보고자 시도하였다. 번역은 목회에서의 설교('~하시어, ~하시니, ~하십시오' 등의 말투)나 옛 고문을 읽는 방식('~하고, ~하니, ~하니라'식의 구성)에서 착안하였다. 원문의 두번째 단락은 신실한 신자의 입에서 중얼거리다가 일시에 터져나오는 방언, 즉 의미 연관을 정확하게 짐작할 수는 없으나 매우 빠른 리듬으로 전개되는 발화 방식을 선택해보았다.

23. Lettre officielle

J'ai l'honneur de vous informer des faits suivants dont j'ai pu être le témoin aussi impartial qu'horrifié.

Ce jour même, aux environs de midi, je me trouvais sur la plate-forme d'un autobus qui remontait la rue de Courcelles en direction de la place Champerret. Ledit autobus était complet, plus que complet même, oserai-je dire, car le receveur avait pris en surcharge plusieurs impétrants, sans raison valable et mû par une bonté d'âme exagérée qui le faisait passer outre aux règlements et qui, par suite, frisait l'indulgence. À chaque arrêt, les allées et venues des voyageurs descendants et montants ne manquaient pas de provoquer une certaine bousculade qui incita l'un de ces voyageurs à protester, mains non sans timidité. Je dois dire qu'il alla s'asseoir dès que la chose fut possible.

J'ajouterai à ce bref récit cet addendum : j'eus l'occasion d'apercevoir ce voyageur quelque temps après en compagnie d'un personnage que je n'ai pu identifier. La conversation qu'ils échangeaient avec animation semblait avoir trait à des questions de nature esthétique.

Étant donné ces conditions, je vous prie de vouloir bien, Monsieur, m'indiquer les conséquences que je dois tirer de ces faits et l'attitude qu'ensuite il vous semblera bon que je prenne dans la conduite de ma vie subséquente.

Dans l'attente de votre réponse, je vous assure, Monsieur, de ma parfaite considération empressée au moins.

23. 공식 서한

이 문체는 이의 제기를 위해, 혹은 탄원을 위해 관공서에 보내는 공식 서한으로 이야기를 구성한다. 1960년 속기본速記本이 『스크레테르 마가진 *Secrétaire magazine*』 29호에 발표된 바 있다.*

* 『주석-전집』, 1572쪽.

24. Prière d'insérer

Dans son nouveau roman, traité avec le brio qui lui est propre, le célèbre romancier X, à qui nous devons déjà tant de chefs-d'œuvre, s'est appliqué à ne mettre en scène que des personnages bien dessinés et agissant dans une atmosphère compréhensible par tous, grands et petits. L'intrigue tourne donc autour de la rencontre dans un autobus du héros de cette histoire et d'un personnage assez énigmatique qui se querelle avec le premier venu. Dans l'épisode final, on voit ce mystérieux individu écoutant, avec la plus grande attention les conseils d'un ami, maître en dandysme. Le tout donne une impression charmante que le romancier X a burinée avec un rare bonheur.

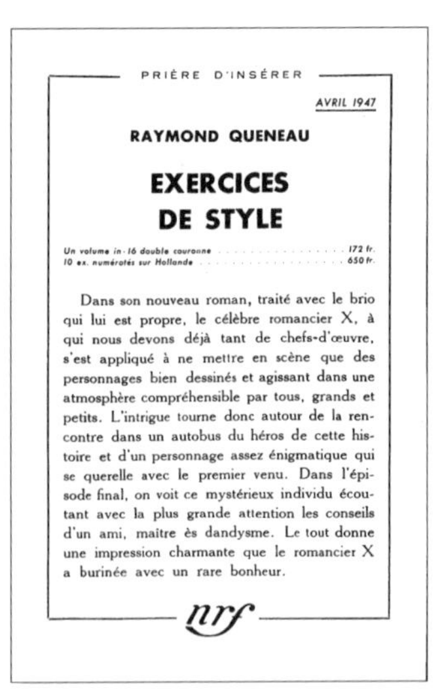

PRIÈRE D'INSÉRER

AVRIL 1947

RAYMOND QUENEAU

EXERCICES DE STYLE

Un volume in-16 double couronne . . . . . . 172 fr.
10 ex. numérotés sur Hollande . . . . . . 650 fr.

Dans son nouveau roman, traité avec le brio qui lui est propre, le célèbre romancier X, à qui nous devons déjà tant de chefs-d'œuvre, s'est appliqué à ne mettre en scène que des personnages bien dessinés et agissant dans une atmosphère compréhensible par tous, grands et petits. L'intrigue tourne donc autour de la rencontre dans un autobus du héros de cette histoire et d'un personnage assez énigmatique qui se querelle avec le premier venu. Dans l'épisode final, on voit ce mystérieux individu écoutant avec la plus grande attention les conseils d'un ami, maître ès dandysme. Le tout donne une impression charmante que le romancier X a burinée avec un rare bonheur.

nrf

1947년 4월 『문체 연습』 출판 광고.

24. 책이 나왔습니다

원제는 '출판 광고 문안'이다. 이는 책의 발간을 선전하려는 목적으로 만들어진 문구이며 간혹 책 띠지에 실릴 문구가 그 안에 포함되어 있기도 한다. 또한 프랑스의 경우, 출판사에서 직접 작성해 제안하는 경우도 있지만, 대부분 작가가 직접 작성해 출판사에 보낸다. 이 문체는 1956년 피에르 포셰의 제작으로 발간된 『문체 연습』에서 별도의 종이에 인쇄되어 책에 삽입된 바 있다.*

25. Onomatopées

Sur la plate-forme, pla pla pla, d'un autobus, teuff teuff teuff, de la ligne S (pour qui sont ces serpents qui sifflent sur), il était environ midi, ding din don, ding din don, un ridicule éphèbe, proüt, proüt, qui avait un de ces couvre-chefs, phui, se tourna (virevolte, virevolte) soudain vers son voisin d'un air de colère, rreuh, rreuh, et lui dit, hm, hm : « Vous faites exprès de me bousculer, monsieur. » Et toc. Là-dessus, vroutt, il se jette sur une place libre et s'y assoit, boum.

Ce même jour, un peu plus tard, ding din don, ding din don, je le revis en compagnie d'un autre éphèbe, proüt, proüt, qui lui causait bouton de pardessus (brr, brr, brr, il ne faisait donc pas si chaud que ça…).

Et toc.

* 『주석-전집』, 1568, 1572쪽.

25. 의성어

원제 '오노마토페'는 엄밀히 말해 '의성어'와 '의태어' 모두를 포함한다. 한국어는 문어에서조차 '오노마토페'의 사용이 풍부한 반면, 프랑스어는 주로 만화책에 등장하며, 이조차 의성어에 국한될 뿐, 의태어는 사실상 존재하지 않는다. 번역은 의성어와 의태어를 섞어 변주하였다.

서두의 '에스S'선 버스와 관련되어 괄호 속에 라신의 희극 『앙드로마크』의 유명한 구절이 등장하는데,* 이 대목은 희극의 마지막 제5막에 이르러 오레스트가 흠모하는 에르미온의 죽음을 알고 절규하며 외친 "(너희들 머리 위에서) 쉭쉭거리는 이 뱀들은 누구를 위한 것이냐pour qui sont ces serpents qui sifflent sur (ses têtes)"다. 이 대목의 번역은 젊은이가 속세를 떠나 산천과 바닷가를 헤매면서 자신의 비애를 장엄하고 애절하게 노래한 『청산별곡』의 "살어리 살어리랏다 청산青山애 살어리랏다"를 [살어-살어-산에-살어]의 반향을 염두에 두고서 인용해보았다.

26. Analyse logique

Autobus.
Plate-forme.
Plate-forme d'autobus. C'est le lieu.
Midi.
Environ.
Environ midi. C'est le temps.
Voyageurs.
Querelle.

* 『주석-전집』, 1572쪽.

Une querelle de voyageurs. C'est l'action.
Homme jeune.
Chapeau. Long cou maigre.
Un jeune homme avec un chapeau et un galon tressé autour.
C'est le personnage principal.
Quidam.
Un quidam.
Un quidam. C'est le personnage second.
Moi.
Moi.
Moi. C'est le tiers personnage. Narrateur.
Mots.
Mots. C'est ce qui fut dit.
Place libre.
Place occupée.
Une place libre ensuite occupée. C'est le résultat.
La gare Saint-Lazare.
Une heure plus tard.
Un ami.
Un bouton.
Autre phrase entendue. C'est la conclusion.
Conclusion logique.

26. 구조 분석

원제는 '논리적 분석'으로 프랑스 초등학교 국어 시간에 문장의 구성요소를 배우는 수업과 관련된다. 이 구절은 매우 간략하게 제시되었으나, 구분된 행을 염두에 두고 읽으면, 교사가 아이들에게 문장을 칠판에 적은 다음, 하나하나 가리키며 '이것은 주어고, 저것은 술어'라고, 또랑또랑한 목소리로 수업하는 장면을 떠올리게 된다. 유사한 주제로는 74「품사로 분해하기」가 있으며, 교사의 수업이라는 측면에서는 57「함께 그려보아요」와 상통한다.

27. Insistance

Un jour, vers midi, je montai dans un autobus presque complet de la ligne S. Dans un autobus presque complet de la ligne S, il y avait un jeune homme assez ridicule. Je montai dans le même autobus que lui, et ce jeune homme, monté avant moi dans ce même autobus de la ligne S, presque complet, vers midi, portait sur la tête un chapeau que je trouvai bien ridicule, moi qui était monté dans le même autobus que ce jeune homme, sur la ligne S, un jour, vers midi.

Ce chapeau était entouré d'une sorte de galon tressé comme celui d'une fourragère, et le jeune homme qui le portait, ce chapeau — et de galon —, se trouvait dans le même autobus que moi, un autobus presque complet parce qu'il était midi ; et, sous ce chapeau, dont le galon imitait une fourragère, s'allongeait un visage suivi d'un long, long cou. Ah! qu'il était long le cou de ce jeune homme qui portait un chapeau entouré d'une fourragère, sur un autobus de la ligne S, un jour vers midi.

La bousculade était grande dans l'autobus qui nous transportait vers le terminus de la ligne S, un jour vers midi, moi et ce jeune homme qui plaçait un long cou sous un chapeau ridicule. Des heurts qui se produisaient résulta soudain une protestation, protestation qui émana de ce jeune homme qui avait un si long cou sur la plate-forme d'un autobus de la ligne S, un jour vers midi.

Il y eut une accusation formulée d'une voix mouillée de dignité blessée, parce que sur la plate-forme d'un autobus

S, un jeune homme avait un chapeau muni d'une fourragère tout autour, et un long cou ; il y eut aussi une place vide tout à coup dans cet autobus de la ligne S presque complet parce qu'il était midi, place qu'occupa bientôt le jeune homme au long cou et au chapeau ridicule, place qu'il convoitait parce qu'il ne voulait plus se faire bousculer sur cette plate-forme d'autobus, un jour, vers midi.

Deux heures plus tard, je le revis devant la gare Saint-Lazare, ce jeune homme que j'avais remarqué sur la plate-forme d'un autobus de la ligne S, ce jour même, vers midi. Il était avec un compagnon de son acabit qui lui donnait un conseil relatif à certain bouton de son pardessus. L'autre l'écoutait attentivement. L'autre, c'est ce jeune homme qui avait une fourragère autour de son chapeau, et que je vis sur la plate-forme d'un autobus de la ligne S, presque complet, un jour, vers midi.

27. 집요하게 따지기

이 문체의 원제는 '주장'이다. "어느 날, 정오 무렵에" "만석에 가까운 S선 버스"를 중간중간 수차례 '반복'하면서 끈덕지게 물고 늘어지면서 장황한 만연체 느낌을 부여하는 동시에 점층적 강조 효과도 자아낸다. 반복 특유의 지루함과 만연체에서 연원한 장황함 때문에, 듣는 사람을 결국 질리게 만들며 이것이 이 문체의 목표이기도 하다. 주인공은 우리가 들어줄 준비가 되어 있건, 질려서 자리를 떠나려 하건, 여념 없이 자기가 본 것을 되풀이해가며 반복해서 설명하고 끈덕지게 따져묻는다.

28. Ignorance

Moi, je ne sais pas ce qu'on me veut. Oui, j'ai pris l'S vers midi. Il y avait du monde ? Bien sûr, à cette heure-là. Un jeune homme avec un chapeau mou ? C'est bien possible. Moi, je n'examine pas les gens sous le nez. Je m'en fous. Une espèce de galon tressé ? Autour du chapeau ? Je veux bien que ça soit une curiosité, mais moi, ça ne me frappe pas autrement. Un galon tressé... Il s'aurait querellé avec un autre monsieur ? C'est des choses qu'arrivent.

Et ensuite je l'aurais de nouveau revu une heure ou deux plus tard ? Pourquoi pas ? Il y a des choses encore plus curieuses dans la vie. Ainsi, je me souviens que mon père me racontait souvent que...

28. 아는 게 없어서

원제가 '무지'인 이 문체는 앞의 27「집요하게 따지기」와 묘한 대조를 이루는 문체다. 무엇이든 모르쇠로 일관하면서, 제기된 여러 가지 물음 앞에서 단 한 차례도 시원한 대답을 내려놓지 못한다. 그러다가 마지막에 이 같은 무지 상태에서도 "아버지께서 내게 자주 들려주시곤 했던 이야기를 내가 모조리 기억하고 있는 것"을 "흥미로운 일"이라고 말하면서 이야기를 종결해버려, 정말로 화자가 무엇을 알고 있으며 또 모르는 것이 무엇인지 가늠할 수 없게 독자를 미궁에 빠트린다.

29. Passé indéfini

Je suis monté dans l'autobus de la porte Champerret. Il y avait beaucoup de monde, des jeunes, des vieux, des femmes, des militaires. J'ai payé ma place et puis j'ai regardé autour de moi. Ce n'était pas très intéressant. J'ai quand même fini par remarquer un jeune homme dont j'ai trouvé le cou trop long. J'ai examiné son chapeau et je me suis apreçu qu'au lieu d'un ruban il y avait un galon tressé. Chaque fois qu'un nouveau voyageur est monté il y a eu de la bousculade. Je n'ai rien dit, mais le jeune homme au long cou a tout de même interpellé son voisin. Je n'ai pas entendu ce qu'il lui a dit, mais ils se sont regardés d'un sale œil. Alors, le jeune homme au long cou est allé s'asseoir précipitamment.

En revenant de la porte Champerret, je suis passé devant la gare Saint-Lazare. J'ai vu mon type qui discutait avec un copain. Celui-ci a désigné du doigt un bouton juste au-dessus de l'échancrure du pardessus. Puis l'autobus m'a emmené et je ne les ai plus vus. J'étais assis et je n'ai pensé à rien.

30. Présent

À midi, la chaleur s'étale autour des pieds des voyageurs d'autobus. Que, placée sur un long cou, une tête stupide, ornée d'un chapeau grotesque vienne à s'enflammer, aussitôt pète la querelle. Pour foirer bien vite d'ailleurs, en une atmosphère lourde pour porter encore trop vivantes de bouche à oreille, des injures définitives. Alors, on va s'asseoir à l'intérieur, au frais.

Plus tard peuvent se poser, devant des gares aux cours doubles, des questions vestimentaires, à propos de quelque bouton que des doigts gras de sueur tripotent avec assurance.

31. Passé simple

Ce fut midi. Les voyageurs montèrent dans l'autobus. On fut serré. Un jeune monsieur porta sur sa tête un chapeau entouré d'une tresse, non d'un ruban. Il eut un long cou. Il se plaignit auprès de son voisin des heurts que celui-ci lui infligea. Dès qu'il aperçut une place libre, il se précipita vers elle et s'y assit.

Je l'aperçus plus tard devant la gare Saint-Lazare. Il se vêtit d'un pardessus et un camarade qui se trouva là lui fit cette remarque : il fallut mettre un bouton supplémentaire.

32. Imparfait

C'était midi. Les voyageurs montaient dans l'autobus. On était serré. Un jeune monsieur portait sur sa tête un chapeau qui était entouré d'une tresse et non d'un ruban. Il avait un long cou. Il se plaignait auprès de son voisin des heurts que ce dernier lui infligeait. Dès qu'il aprcevait une place libre, il se précipitait vers elle et s'y asseyait.

Je l'apercevais plus tard, devant la gare Saint-Lazare. Il se vêtait d'un pardessus et un camarade qui se trouvait là lui faisait cette remarque : il fallait mettre un bouton supplémentaire.

29. 과거 / 30. 현재 / 31. 완료된 과거 / 32. 진행중인 과거

과거 3부작으로 각각 원제는 '복합과거, 단순과거, 반과거'다. 복합과거는 과거 행위의 결과로 현재의 상태를 나타내며, '반과거'는 과거의 상태를, '단순과거'는 역사적 사실이나 완료된 과거를 묘사한다. '복합과거'는 또한 일상 회화나 서간문 등에서 폭

넓게 사용되며, 소설에서는 주로 단순과거가 사용되었다. 복합과거를 과감히 소설에 차용해서 성공한 사례로 카뮈의 『이방인』을 꼽을 수 있다. 또한 단순과거는 '문어'에서만 사용되며, '지구는 돈다'처럼 자명한 역사적 사실을 표현하고, 이미 완료한 행위를 현재와 분리해 객관적으로 표현한다.

문제는 프랑스어에서 통상 이 과거시제들을 조합해서 과거의 사실을 표현한다는 데 있다. 가령 'Quand il a frappé la porte, je étais en train de fumer une cigarette'(그가 문을 두드렸을 때, 나는 담배를 피우고 있는 중이었다)처럼, 앞의 '복합과거'는 '문을 두드리는 과거 행위'를 나타내며, 술부의 반과거는 그 당시 '담배를 피우는 중이었다' 즉 어느 '문을 두드리는 행위'라는 과거의 시점에서 행해지고 있던 동작과 상황을 나타낸다. 크노는 이러한 조합을 거부하고 하나의 과거시제로만 끝까지 이야기를 기술한다. 그 결과, 독자는 문법적 기대치에서 묘하게 어긋나는 변주를 통해 기이하면서도 다소 우스꽝스러운 느낌을 받게 된다.

'과거'는 뚝뚝 잘린 듯한 단문들 배치로 구성되었으며, 이는 세상에 대한 무관심을 표출하는 일인칭 서술과 어우러져, 이야기 전체가 냉정한 어투로 가득한 느낌을 준다. 이 같은 부분을 한국어에서도 살리는 방식으로 번역해봤다. '반과거' 번역은 연속되는 '~하는 중이었다'와 '~인 상태였다'의 교차 반복으로 구성하였으며, "빈 상태에 있던 자리 하나를 보는 중이자 마자, 그는 그곳을 향해 서두르는 중이었고 거기에 앉은 상태를 유지하고 있는 중이었다"나 "그에게 '여분의 단추를 하나 더 달고 있는 중이어야 한다'고 지적질을 하고 있는 중인 한 동료에게 둘러싸여 있는 중이었다"처럼 '반과거' 하나만으로 뒤발한 원문이 야기한 유머러스한 감각을 그대로 살리고자 하였다. '단순과거' 번역은 '~라고 합니다'로 통일해서 '단순과거'의 도드라진 특성을 담아내려 했다.

'현재'는 과거 시리즈를 단순하게 반복하지 않는다. 객관적 진술에 토대를 둔 과거 시리즈와는 반대로, 현재 상태의 즉자성을 묘사하듯 크노는 공들인 문장으로 생동감과 현장감을 살려 담아내는 데 주력한다. "유유히 퍼져나가"는 더위와 "활활 타오르"며 차내에 감도는 "폭발할 예정"인 긴장감, "다소 가라앉았다고 할" "서늘한" "분위기"가 팽팽하게 맞물려 등장인물들을 둘러싸고, 단추를 만지는 "끈적거리는 손가락"을 선명하게 드러내면서, 눈앞에서 기묘하게 펼쳐지고 있는 사태를 감각적으로 제시한다. 참고로 "이중으로 광장이 난"이라고 말한 것은, 생라자르역 근처에 로마광장과 르아브르광장이 있어서다.*

33. Alexandrins

Un jour, dans l'autobus qui porte la lettre S,
Je vis un foutriquet de je ne sais quelle es-
Pèce qui râlait bien qu'autour de son turban
Il y eut de la tresse en place de ruban.
Il râlait ce jeune homme à l'allure insipide,
Au col démesuré, à l'haleine putride,
Parce qu'un citoyen qui paraissait majeur
Le heurtait, disait-il, si quelque voyageur
Se hissait haletant et poursuivi par l'heure
Espérant déjeuner en sa chaste demeure.
Il n'y eut point d'esclandre et le triste quidam
Courut vers une place et s'assit sottement.
Comme je retournais direction rive gauche
De nouveau j'aperçus ce personnage moche

* 『주석-전집』, 1572쪽.

Accompagné d'un zèbre, imbécile dandy,
Qui disait : « Ce bouton faut pas le mettre icy. »

33. 알렉상드랭

알렉상드랭은 프랑스를 대표하는 정형시구이며, 고전시를 포함하여 19세기 대다수의 시뿐만 아니라 라신이나 코르네유의 희극에서 주요 장면도 이 시 형식에 기반을 두었다. 알렉상드랭 형식을 취하여 이야기 전반을 재현하면서 크노는 의도적으로 표현의 웅장함이나 고급함에서 다소 탈피한다.

알렉상드랭 시구는 '6음절 단순시구 + 휴지기 + 6음절 단순시구'로 구성된다. 알렉상드랭을 구성하는 두 개의 6음절인 반구半句 사이에는 반드시 휴지休止가 와야 한다.* 한국의 대표적인 시 형식(3·4조 시조나 7·5조 민요)으로 원문을 옮겨볼까 고민하다가, 알렉상드랭 형식과 이 형식의 제약을 그대로 번역에서 재현하는 방법을 택했다. 번역은 특히 6음절의 규칙성을 살려내는 동시에, 이 '휴지'가 만들어낸 통사 단위의 의미 분절을 반영하고자 6음절 시구를 하나의 통사 단위로 자리매김하는 데 주안점을 두었다. 앞의 행이 다음 행에 걸쳐 있는 2행의 마지막 'es-'와 3행의 첫머리 'Pèce'처럼 '앙장브망'도 번역에서 반영하려 시도했으며, 휴지를 중심으로 통사-의미의 단위가 구분된다는 점을 살리기 위해 휴지에 여백을 두어, 두번째 반구의 시작을 알리는 표시로 남겨보았다. 또한 전체 시에서 연 구분은 없으나 4행을 하나의 연으로 삼아 각운 체계를 살리고 있다는 점 역시 번역에서 반영하고자 했다.

* Benoît de Cornulier, *Théorie du vers (Rimbaud, Verlaine, Mallarmé)*, Seuil, 1980, pp. 28–57 참조.

34. Polyptotes

Je montai dans un autobus plein de contribuables qui donnaient des sous à un contribuable qui avait sur son ventre de contribuable une petite boîte qui contribuait à permettre aux autres contribuables de continuer leur trajet de contribuables. Je remarquai dans cet autobus un contribuable au long cou de contribuable et dont la tête de contribuable supportait un chapeau mou de contribuable ceint d'une tresse comme jamais n'en porta contribuable. Soudain ledit contribuable interpelle un contribuable de voisin en lui reprochant amèrement de lui marcher exprès sur ses pieds de contribuable chaque fois que d'autres contribuables montaient ou descendaient de l'autobus pour contribuables. Puis le contribuable irrité alla s'asseoir à la place pour contribuable que venait de laisser libre un autre contribuable. Quelques heures de contribuable plus tard, je l'aperçus dans la Cour pour contribuables de Rome, en compagnie d'un contribuable qui lui donnait des conseils d'élégance de contribuable.

34. 같은 낱말이 자꾸

원제 '동류어 반복'은 수사학 용어로, 예를 들어 카이사르가 보낸 승전보 'Veni, vidi, vici'(왔노라, 보았노라, 이겼노라)처럼, "동일한 언술 내에 하나의 단어를 여러 가지 문법적 형태로 바꿔 사용"*하는 기법을 의미한다. 대표적으로 17세기 프랑스의 모랄리스트 라 브뤼에르는 동류어 반복에 토대를 둔 '병렬적 글쓰기'로 준엄하고 고유한 어조를 실현한 바 있다.** 'contribuable(명사:

* *Vocabulaire de la stylistique*, pp. 270–271.

** *Dictionnaire de rhétorique*, pp. 274–275.

세금납부자, 형용사: 세금을 납부할)'을 변주하여 모든 문장을 구성한다. 격조나 웅장함을 물린 자리에 유머가 대신해 들어찬다.

수고본에서 크노가 반복한 낱말은 'autobus(버스)' 'jeune(젊은)' 'brusque(거친)' 'devoir(명사: 과제, 조동사: ~해야 한다)'였다. 88「그 새끼가 말이야」에서는 'con(등신)'이 몇 차례 동어반복 형태로 사용되었다. 동류어 반복은 1933년 발표한 소설 『잡초 *Le Chiendent*』('매력적인 charmant'과 시장市長의 '간략한 연설'의 반복)에서 처음 사용되었으며 이후 크노는 다양한 작품에서 이를 적극적으로 활용한다.*

35. Aphérèses

Tai obus yageurs. Marquai ne me tait ble lui rafe tait peau vec lon sé. Ère tre tre geur chant cher eds que tait dait de. La seoir ne ce tait bre.

Tournant ve che, çus chait ge vec mi nait seils ance trant mier ton essus.

36. Apocopes

Je mon dans un aut plein de voya. Je remar un jeu hom dont le cou é sembla à ce de la gira et qui por un cha a un ga tres. Il se mit en col con un au voya, lui repro de lui mar sur les pi cha fois qu'il mon ou descen du mon. Puis il al s'as car u pla é li.

Re ri gau, je l'aper qui mar en long et en lar a un a qui lui don des con d'élég en lui mon le pre bou de son pard.

* 『주석-전집』, 1573쪽.

37. Syncopes

Je mtai ds aubus plein dvyageurs. Je rarquai un jhomme au coublebleluirafe et au chapaltrés. Il se mit en colcautre vyageur car il lui rechait de lui marpier. Puis il ocpa une pce denue lbre.

En fant le mêmin en sinverse, je l'açus à Courome qui prait une lon d'égance àjet d'un bton.

35. 앞이 사라졌다 / 36. 뒤가 사라졌다 /
37. 가운데가 사라졌다

원제는 각각 "한 단어의 문두에서 자구 하나 혹은 음절 하나를 잘라내는 것"을 의미하는 어두음 탈락(소실), "한 단어의 말미에서 자구 하나 혹은 음절 하나를 잘라내는 것"을 의미하는 어말음 탈락(소실), "한 단어의 가운데에서 자구 하나 혹은 음절 하나를 잘라내는 것"*을 의미하는 어중음 탈락(소실)이다. 크노는 1 「약기」를 저본으로 삼아 조금씩 변형을 가하여 각각의 문체를 완성한다. 이 세 가지 탈락 3부작은 어두음-어중음-어말음 첨가 3부작(71~73)과 대조를 이룬다.

크노는 '단어' 단위로 자구나 음절을 소거하는 방식으로 작업을 진행하지 않았다. 예를 들어 「앞이 사라졌다」의 서두 "Tai obus yageurs"를 생략된 부분을 되살려 구성해보면 "[Je mon]tai [dans un aut]obus [pleins de vo]yageurs"가 되며, 또한 36 「뒤가 사라졌다」도 "Je mon dans un aut plein de voya"에서 생략된 부분은 "Je mon[tai] dans un aut[obus] plein[s] de voya[geurs]"다. 이처럼 동사나 명사의 앞 혹은 뒤에 위치한

* *Gradus*, pp. 61–62, 440.

구절(주어 및 전치사 전반)을 지워내는 탈락을 끝까지 전개해나간다. 한편 이 둘을 각각 개별적으로 읽으면, 존재하지 않는 단어가 대부분을 차지해, 도무지 그 내용을 이해할 수 없어 보이지만, 둘을 나란히 포개어 연결해보면, 각각 반절의 퍼즐은 잃어버린 두 짝처럼 정확히 아귀가 맞추어진다. 재구성된 원문은 다음과 같다.

Je mon*tai* dans un auto*bus* plein de voya*geurs*. Je remar*quai* un jeu*ne* hom*me* dont le cou *était* semblela*ble* à ce*lui* de la gira*fe* et qui por*tait* un cha*peau* a*vec* un ga*lon* tres*sé*. Il se mit en col*ère* con*tre* un au*tre* voya*geur*, lui repro*chant* de lui mar*cher* sur les pi*eds* cha*que* fois qu'il mon*tait* ou descen*dait* du mon*de*. Puis il al*la* s'as*soir* car u*ne* place *était* li*bre*.

Re*tournant* ri*ve* gau*che*, je l'aper*çus* qui mar*chait* en long et en lar*ge* a*vec* un a*mi* qui lui don*nait* con*seils* d'élég*ance* en lui mon*trant* le pre*mier* bou*ton* de son pard*essus*.

「앞이 사라졌다」와 「뒤가 사라졌다」에서 크노는 "ya"와 "ra"("voya*geurs*"와 "gira*fe*")를 공유할 뿐, 나머지 부분에서는 완벽한 두 짝처럼 구성해낸다. 번역은 위처럼 원문을 재구성하고 나서, 이 제2의 원문에서 통사 그룹의 중간 지점에서 잘라내어 생긴 앞과 뒷부분 각각을 취했다.

승객이 가득한 버스에 나는 올라탔다. 거기서 나는 젊은 이 하나를 발견했는데 그는 기린의 그것을 닮은 목을 하고 있었으며 또한 배배 꼬인 줄을 두른 모자를 쓰고 있었다. 그는 사람들이 오르거나 내릴 때마다 자기의 발을 밟는다고 비난하면서 승객 한 명에게 역정을 내기 시작하였다. 그러다가 그는 어떤 좌석이 비게 되자 앉으러 갔다.

우안으로 돌아오다가, 나는 친구 한 명과 이리저리 걸어다니고 있는 그를 발견했는데 그 친구는 그의 외투 위의 첫 번째 단추를 그에게 올려 달라며 우아함에 대한 충고를 그에게 건네고 있었다.

「가운데가 사라졌다」의 경우, 낱말의 중간을 잘라내려면 최소한 낱말이 3음절 이상으로 구성되어야 하기 때문에, 크노는 여러 단어를 하나로 합친 다음 중간을 덜어내는 식으로 자유롭게 중간음을 탈락시켜 군데군데 신조어를 만들어내었으며, 번역도 비슷한 방식으로 전개했다. 1942년 발표한 『내 친구 피에로 *Pierrot mon ami*』에는 "여[러]분 좋[은 저]녁입니다(Bsoir msieurs dames)"(B(on)soir m(es)sieurs dames)이 등장한다.* 『잡초』와 『지하철 소녀 쟈지』에서 구어투를 표현할 때 이와 같은 합성어 형태가 자주 등장한다.** 차례로 ①은 복원한 원문(밑줄: 변형되지 않은 부분, 괄호: 중간 생략 대목)이며 ②는 이 원문의 한국어 번역이다.

① Je m(on)tai d(an)s au(to)bus plein d(e)v(o)yageurs. Je r(em)arquai un j(eune)homme au cou(sem)ble(la)ble(à ce)lui(de la gi)rafe et au chap(eau avec un g)al(on)tr(es)és. Il se mit en col(ère)c(ontre un)autre v(o)yageur car il lui re(pro)chait de lui mar(cher sur les)pie(ds su)r. Puis il oc(cu)pa un(e) p(la)ce de(ve)nue l(i)bre.

* *Gradus*, p. 440.
** *Gradus*, pp. 62–63.

En fa(isa)nt le mêm(e chem)in en s(ens)inverse, je l'a(per)çus à Cou(r de)rome qui p(a)r(l)ait une lon(gue discussion) d'é(lé)gance à jet d'un b(ou)ton.

② 승객이 가득한 버스에 나는 올랐다. 거기서 나는 젊은이 하나를 발견했는데 그는 목이 기린의 그것을 닮아 있었고 배배 꼬인 줄을 두른 모자를 쓰고 있었다. 그는 자기의 발을 밟는다고 비난하면서 승객 한 명에게 역정을 내기 시작하였다. 그런 다음에 그는 비게 된 자리 하나를 차지하였다.

같은 길을 역방향으로 오다가, 나는 로마광장에서 그를 발견했는데 단추 하나의 투사와 관련된 우아함에 관하여 긴 토론을 하고 있었다.

번역은 ②를 토대로 낱말의 중간을 생략하거나, 생략을 통해 남겨진 앞과 뒤를 이어 신조어를 만드는 방식으로 진행되었다.

38. Moi je

Moi je comprends ça : un type qui s'acharne à vous marcher sur les pinglots, ça vous fout en rogne. Mais après avoir protesté aller s'asseoir comme un péteux, moi, je comprends pas ça. Moi j'ai vu ça l'autre jour sur la plate-forme arrière d'un autobus S. Moi je lui trouvais le cou un peu long à ce jeune homme et aussi bien rigolote cette espèce de tresse qu'il avait autour de son chapeau. Moi jamais j'oserais me promener avec un couvre-chef pareil. Mais c'est comme je vous le dis, après avoir gueulé contre un autre voyageur qui lui marchait sur les pieds, ce type est allé s'asseoir sans plus. Moi, je lui aurai foutu une baffe à ce salaud qui m'aurait marché sur les pieds.

Il y a des choses curieuses dans la vie, moi je vous le dis, il n'y a que les montagnes qui ne se rencontrent pas. Deux heures plus tard, moi je le rencontre de nouveau ce garçon. Moi, je l'aperçois devant la gare Saint-Lazare. Moi, je le vois en compagnie d'un copain de sa sorte qui lui disait, moi je l'ai entendu : « Tu devrais remonter ce bouton-là. » Moi, je l'ai bien vu, il désignait le bouton supérieur.

38. 나 말이야

이 문체는 철저하게 일인칭 '나'를 주어로 기술한 사적 서술이며 일방적으로 쏟아내는 방백과 다소 닮아 있다. 속엣말을 그대로 표출하듯, 감정을 맘껏 발산하면서 '내가 말이야' '나라면 말이야' '나 말이야' 등을 반복하면서 설득해나가듯, 고조된 어투를 사용하여 시원하게 하고 싶은 말을 끝까지 다 한다. 1938년 발표한 『진흙의 아이들 *Les Enfants de limon*』에서 꼽추의 아들이 하는 말대꾸와 호응한다.*

39. Exclamations

Tiens ! Midi ! temps de prendre l'autobus ! que de monde ! que de monde ! ce qu'on est serré ! marrant ! ce gars-là ! quelle trombine ! et quel cou ! soixante-quinze centimètres ! au moins ! et le galon ! le galon ! je n'avais pas vu ! le galon ! c'est le plus marrant ! ça ! le galon ! autour de son chapeau ! Un galon ! marrant ! absolument marrant ! ça y est le voila qui râle ! le type au galon ! contre un voisin ! qu'est-ce-qu'il lui raconte ! L'autre ! lui aurait marché sur

* 『주석-전집』, 1573쪽.

les pieds ! Ils vont se fiche des gifles ! pour sûr ! mais non ! mais si ! va h y ! va h y ! mords y l'œil ! fonce ! cogne ! mince alors ! mais non ! il se dégonfle ! le type ! au long cou ! au galon ! c'est sur une place vide qu'il fonce ! oui ! le gars !

Eh bien ! vrai ! non ! je ne me trompe pas ! c'est bien lui ! là-bas ! dans la Cour de Rome ! devant la gare Saint-Lazare ! qui se balade en long et en large ! avec un autre type ! et qu'est-ce que l'autre lui raconte ! qu'il devrait ajouter un bouton ! oui ! un bouton à son pardessus ! À son pardessus !

39. 이럴 수가!

원제는 '감탄'이며 감탄문은 "의문문이나 연설문에서와 마찬가지로 다양하게 변주"되는 한편 전반적으로 "잘려진 문체"*를 구성한다. 느낌표로 마감되는 단문들의 연속적 구성으로 크노는 놀람과 의아, 탄식과 찬사 등 희로애락을 불꽃이 작렬하듯 고조된 어조로 기술한다.

40. Alors

Alors l'autobus est arrivé. Alors j'ai monté dedans. Alors j'ai vu un citoyen qui m'a saisi l'œil. Alors j'ai vu son long cou et j'ai vu la tresse qu'il y avait autour de son chapeau. Alors il s'est mis à pester contre son voisin qui lui marchait alors sur les pieds. Alors, il est allé s'asseoir.

Alors, plus tard, je l'ai revu Cour de Rome. Alors il était avec un copain. Alors, il lui disait, le copain : tu devrais faire mettre un autre bouton à ton pardessus. Alors.

* *Vocabulaire de la stylistique*, pp. 141–142.

40. 그러자 말이야

수고본에는 'Rustique(거친, 상스러운, 투박한)'로 되어 있었다.* 원제 'alors'는 일반적으로 대화를 열거나 상황의 전환을 유도하는 상투어 '그래서' '그러니까' '자, 그럼' 등과 과거나 미래의 '그때' '그 당시'를 뜻한다. 크노는 매번의 문장을 'alors'로 시작하는 일종의 제약을 걸어놓았다. 따라서 독자는 맥락에 따라서 'alors'가 품고 있는 다양한 뜻을 변주해나가면서 크노의 이 문체를 읽게 되는 동시에, 반복되어 발생하는 우스꽝스러운 느낌을 체험하게 된다.

두 가지 상이한 방식의 번역이 가능하다. 'alors'가 반복되어 발생하는 어색한 효과를 그대로 살려 (여기서 선택한) '그러자 말이야'로 매번의 문두를 구성하는 방식이 하나이며, 또한 맥락에 따라 변주되는 'alors'의 의미를 그때그때 살려내서 번역에서 재현하는 방식이 나머지다. "그러자 말이야 버스가 도착했어. 그러자 말이야 나는 안에 올라탔다고. 그러자 말이야 내 눈에 들어온 시민 하나를 보았지 뭐야"라는 번역문을 놓고 "그때 버스가 도착했어. 그래서 나는 안에 올라탔다고. 그러자 내 눈에 들어온 시민 하나를 보았지 뭐야" 등으로 변주하면서 헤아릴 수 없을 만큼 고심할 수밖에 없었다.

41. Ampoulé

À l'heure où commencent à se gercer les doigts roses de l'aurore, je montai tel un dard rapide dans un autobus à la puissante stature et aux yeux de vache de la ligne S au trajet

* 『주석-전집』, 1573쪽.

sinueux. Je remarquai, avec la précision et l'acuité de l'Indien sur le sentier de la guerre, la présence d'un jeune homme dont le col était plus long que celui de la girafe au pied rapide, et dont le chapeau de feutre mou fendu s'ornait d'une tresse, tel le héros d'un exercice de style. La funeste Discorde aux seins de suie vint de sa bouche empestée par un néant de dentifrice, la Discorde, dis-je, vint souffler son virus malin entre ce jeune homme au col de girafe et à la tresse autour du chapeau, et un voyageur à la mine indécise et farineuse. Celui-là s'adressa en ces termes à celui-ci : « Dites moi, méchant homme, on dirait que vous faites exprès de me marcher sur les pieds ! » Ayant dit ces mots, le jeune homme au col de girafe et à la tresse autour du chapeau s'alla vite asseoir.

Plus tard, dans la Cour de Rome aux majestueuses proportions, j'aperçus de nouveau le jeune homme au cou de girafe et à la tresse autour du chapeau, accompagné d'un camarade arbitre des élégances qui proférait cette critique que je pus entendre de mon oreille agile, critique adressée au vêtement le plus extérieur du jeune homme au col de girafe et à la tresse autour du chapeau : « Tu devrais en diminuer l'échancrure par l'addition ou l'exhaussement d'un bouton à la périphérie circulaire. »

41. 허세를 떨며

초판에서는 'Noble(고귀한)'이, 수고본에서는 'Épique(서사적)'가 제목이었다.* 우리가 '허세를 떨며'로 번역한 원제 'Ampoulé'는 "최대한의 장식, 최대한의 정도와 규모, 최대한의 활력

* 『해제-전집』, 1552쪽.

을 부여하는 방식에 따른 문체에 의해 생각을 전개해나가는"* 과장법에 기반을 둔다.

문두의 "장밋빛 손가락을 가진 새벽의 여신"은 호메로스의 『오디세우스』에 등장하는 정형 시구를 크노가 차용한 것이며, "암소 눈"은 여신 헤라의 성격에 대한 묘사이며** "쏜살같이 빠른 화살"이나 "날렵한 발놀림"은 호메로스가 그리스 전사 아킬레우스에 대해 묘사한 것을 패러디한 것이다.*** 작품 부분마다 호메로스 서사시에 대한 패러디가 등장하며, 전체적으로 보아도 "호메로스적 문체의 변주"****라고 할 수 있다. 크노는 "문체 연습 한 편의 주인공이라도 된다는 듯"이라고 말하며 승객들 안에 숨어 있다. 이 같은 전지적 관점의 노출은 44「희곡」에서도 반복되어 나타난다.

42. Vulgaire

L'était un peu plus dmidi quand j'ai pu monter dans l'esse. Jmonte donc, jpaye ma place comme de bien entendu et voilàtipas qu'alors jremarque un zozo l'air pied, avec un cou qu'on aurait dit un télescope et une sorte de ficelle autour du galurin. Je lregarde passeque jlui trouve l'air pied quand le voilàtipas qu'ismet à interpeller son voisin. Dites donc, qu'il lui fait, vous pourriez pas faire attention, qu'il ajoute, on dirait, qu'il pleurniche, quvous lfaites essprais, qu'i bafouille,

* *Gradus*, p. 41.

** Raymond Queneau, "Notes" in *op. cit.*, p. 156.

*** Nicolas Saulais, "Le texte en perspective" in Raymond Queneau, *Exercices de style*, dossier et notes par Nicolas Saulais, Gallimard, folio plus classique, 2007, p. 51.

**** Kano Goto, *op. cit.*, p. 60.

deummarcher toutltemps sullé panards, qu'i dit. Là-dssus, tout fier de lui, i va s'asseoir. Comme un pied.

Jrepasse plus tard Cour de Rome et jl'aperçois qui discute le bout de gras avec autre zozo de son espèce. Dis donc, qu'i lui faisait l'autre, tu dvrais, qu'i lui disait, mettre un ottbouton, qu'il ajoutait, à ton pardingue, qu'il concluait.

42. 껄렁껄렁

원제 'vulgaire'는 '속된'이라는 뜻이며 수고본에서 제목은 'Roturier(천박한)'이었다. "수용자의 환경에 의해 뉘앙스가 결정되며 사회·계급적 표식"*을 드러내는 이 문체는 (문어와 대비되는) '입말-구어'를 의미하기도 한다. "18세기 생선장수 어투를 담아낸 서민풍의 '푸아사르poissard'라는 장르"**를 문학에서 이 문체의 대표적인 예로 꼽는다. 크노는 항상 '구어'를 활성화할 필요성을 주장했다. 문어에 맞추어진 "철자법은 나쁜 습관에 불과한 것이 아니며, 그것은 허영심"이며, 오히려 "우리 언어는 대중적인 언어, 속된 언어, 입말의 언어"***라고 말한다. 크노는 '소리 그대로' 받아적고, 딱딱한 문학어에서 탈피하여 빠른 속도로 지껄이는 듯한 느낌을 불러일으키는 문장으로 구어의 현장성과 입체감을 살려낸다.

번역은 구어체와 속어로 작성된 원문을 프랑스어 정서법에 맞추어 ①로 복원하여 ②처럼 우선 한국어로 번역한 후, 앞의 'vulgaire' 문체를 살려 옮겨보았다.

* *Vocabulaire de la stylistique*, p. 236.

** *Dictionnaire de rhétorique*, p. 337.

*** Raymond Queneau, *Bâtons, chiffres et lettres*, *op. cit.*, p. 25.

① Il était un peu plus de midi quand j'ai pu monter dans S. Je monte donc, je paye ma place comme de bien entendu et voilà qu'alors je remarque un zozo l'air pied, avec un cou qu'on aurait dit un télescope et une sorte de ficelle autour du galurin. Je le regarde parce que je lui trouve l'air pied quand le voilà qui se met à interpeller son voisin. Dites donc, qu'il lui fait, vous pourriez pas faire attention, qu'il ajoute, on dirait, qu'il pleurniche, que vous le faites exprès, qu'il bafouille, de me marcher tout le temps sur les panards, qu'il dit. Là-dessus, tout fier de lui, il va s'asseoir. Comme un pied.

Je repasse plus tard Cour de Rome et Je l'aperçois qui discute le bout de gras avec autre zozo de son espèce. Dis donc, qu'il lui faisait l'autre (dit donc, l'autre disait) tu devrais, qu'il lui disait, mettre un autre bouton, qu'il ajoutait, à ton pardingue, qu'il concluait.

② 얼추 정오를 조금 더 지난 무렵, 나는 가까스로 S선 차에 오를 수 있었다. 나는 그렇게 버스에 탔고, 마땅히 그래야 하듯 내 좌석 요금을 지불했다. 그러자 마자 나는 서툰 표정을 짓고 있는 어떤 바보 하나를 발견했는데, 그 녀석 목은 기다란 천체망원경이라고 해도 될 만했고 주위에 끈 같은 걸 달고 있는 모자를 쓰고 있었다. 내가 그 자식을 유심히 본 것은 그 자식이 옆 사람을 불러세우기 시작했을 때, 그 자식한테서 풍기는 기색 때문이었다. 이것 봐라, 이 자식, 아저씨 좀 조심할 수는 없나, 라고 덧붙여 말하는 꼴이, 질질 짜는 것 같았고, 아저씨 아까부터 줄곧 내 발을 일부러 밟잖아요, 횡설수설, 늘어놓는 것이었다. 그렇게 말하고는, 자신감에 가득 차, 그 녀석 앉으러 갔다. 아주 서툴게 말이지.

조금 지나 나는 로마광장을 다시 지나갔고 나는 그와 비슷한 족속의 바보와 잡담하고 있는 그를 발견했다. 이것 봐라, 그 자식, 그러니까 다른 놈 말이야, 그 자식이 그 녀석에게(그러니까 다른 놈이 말하고 있었다) 말하고 있는데, 같잖은 네 외투에 단추 하나 더 다는 게 어떠냐고 덧붙이더니, 결론을 짓는 것이었다.

본문의 번역문은 프랑스어 원문과 대조해가면서 '껄렁껄렁'한 건달 말투의 어조, 특히 현장감 넘치는 구어체 특성을 살려 재현하려 시도하였다. 원문에서 말장난이 특이한 부분을 번역에서 살려내고자 다소 변형을 거쳐야만 했는데, 예를 들어 프랑스어의 'pied'는 그 쓰임에 따라 '재미있는, 지루하고 형편없는' 등등으로 의미를 확장하면서 변주된다. "쉬-발, 내-발, 횡설수설" 같은 번역어는 이러한 과정에서 탄생하였다. 번역에서 문체의 특징과 특수성을 살리고자 한 것이 원문에 무언가가 덧붙거나 원문이 다소 확장된 원인이 되었다.

43. Interrogatoire

— À quelle heure ce jour-là passa l'autobus de la ligne S de midi 23, direction porte de Champerret ?

— À midi 38.

— Y avait-il beaucoup de monde dans l'autobus de la ligne S sus-désigné ?

— Des floppées.

— Qu'y remarquâtes-vous de particulier ?

— Un particulier qui avait un très long cou et une tresse autour de son chapeau.

— Son comportement était-il aussi singulier que sa mise et son anatomie ?

— Tout d'abord non ; il était normal, mais il finit par s'avérer être celui d'un cyclothymique paranoïaque légèrement hypotendu dans un état d'irritabilité hypergastrique.

— Comment cela se traduisit-il ?

— Le particulier en question interpella son voisin sur un ton pleurnichard en lui demandant s'il ne faisait pas exprès de lui marcher sur les pieds chaque fois qu'il montait ou descendait des voyageurs.

— Ce reproche était-il fondé ?

— Je l'ignore.

— Comment se termina cet incident?

— Par la fuite précipitée du jeune homme qui alla occuper une place libre.

— Cet incident eut-il un rebondissement ?

— Moins de deux heures plus tard.

— En quoi consista ce rebondissement ?

— En la réapparition de cet individu sur mon chemin.

— Où et comment le revîtes-vous ?

— En passant en autobus devant la cour de Rome.

— Qu'y faisait-il ?

— Il prenait une consultation d'élégance.

43. 대질 심문

원제 '심문'은 "증인을 대상으로, 혹은 다툼에서 적용되는 소송절차"*를 의미하며, 서로 주고받는 직접화법의 대화체로 구성된다. 크노는 질문과 대답으로 이루어진 이 어색한 대화 사이사이에 오로지 문어체에서만 사용되는 단순과거를 삽입하여, 부자연스러운 분위기와 과장된 감정을 유발하여, 기묘한 웃음을 자아

* *Dictionnaire de rhétorique*, p. 178.

내는 효과를 창출한다. "어떤 특이 사항을 목격했다고 하겠습니까?"나 "그 사건은 어떻게 마무리되었다고 합니까?"처럼, 심문자가 사실성을 강조하고자 단순과거의 정중한 어투를 사용하여 던진 질문은 웃지도 못하고 참고 있기도 힘든, 심문자와 피고 사이의 어색한 분위기를 잘 나타내며, 번역은 이와 같은 부분을 재현하는 데 주력하였다.

44. Comédie

ACTE PREMIER

Scène I

(Sur la plate-forme arrière d'un autobus S, un jour, vers midi.)

LE RECEVEUR. — La monnaie, s'iou plaît.

(Des voyageurs lui passent la monnaie.)

Scène II

(L'autobus s'arrête.)

LE RECEVEUR. — Laissons descendre. Priorités ? Une priorité ! C'est complet. Drelin, drelin, drelin.

ACTE SECOND

Scène I

(Même décor.)

PREMIER VOYAGEUR *(jeune, long cou, une tresse autour du chapeau)*. — On dirait, monsieur, que vous le faites exprès de me marcher sur les pieds chaque fois qu'il passe des gens.

SECOND VOYAGEUR *(hausse les épaules).*

Scène II

(Un troisième voyageur descend.)

PREMIER VOYAGEUR *(s'adressant au public).* — Chouette ! une place libre ! J'y cours. *(Il se précipite dessus et l'occupe.)*

ACTE TROISIÈME

Scène I

(La Cour de Rome.)

UN JEUNE ÉLÉGANT *(au premier voyageur, maintenant piéton).* — L'échancrure de ton pardessus est trop large. Tu devrais la fermer un peu en faisant remonter le bouton du haut.

Scène II

(À bord d'un autobus S passant devant la Cour de Rome.)

QUATRIÈME VOYAGEUR. — Tiens, le type qui se trouvait tout à l'heure avec moi dans l'autobus et qui s'engueulait avec un bonhomme. Curieuse rencontre. J'en ferai une comédie en trois actes et en prose.

44. 희곡

수고본에는 '마리오네트 극을 위한 희극'이 제목이었다. 등장인물은 운전사, 승객 세 명, 그리고 젊은이다. 배경을 비교적 상세히 묘사해놓은 지문과 단문의 툭툭 끊어지는 압축적인 대사가 서로 어우러져 거뜬히 파불라를 구성한다. 전개된 사건을 가리키며 "이 이야기를 산문으로 바꿔 3막으로 구성된 희극이나 한 편 써볼까"라고 말하는 화자를 '네번째 승객'으로 배치하여 41 「허세를 떨며」와 마찬가지로 크노는 극의 마지막에 살짝 등장한다.

시, 소설, 콩트, 의사번역 등 수많은 장르를 섭렵하며 다양한 작품을 발표했던 크노는 그러나 희곡을 집필하지는 않았다. 1968년 발표한 소설 『이카로스의 비상 *Vol d'Icare*』에 연극 대본처럼 대사와 지문으로 구성된 대목이 실려 있을 뿐이다. 한편 『문체 연습』은 자크 형제 Les Frères Jacques가 연기하고 이브 로베르 Y. Robert 연출로 생제르맹데프레가街의 가장 유명한 재즈클럽 라로즈루즈에서 1949년 4월 6일 처음 상연된 이후 대성공을 거두어, 주제별로 재구성되거나 단편을 대상으로 삼아 무대에 오르는 등, 오늘날까지도 끊임없이 연극으로 각색되어 무대에 오르고 있으며, 성우의 낭독을 담은 오디오파일로도 출간된 바 있다.*

45. Apartés

L'autobus arriva tout gonflé de voyageurs. *Pourvu que je ne le rate pas, veine il y a encore une place pour moi.* L'un d'eux *il en a une drôle de tirelire avec son cou démesuré* portait un chapeau de feutre mou entouré d'une sorte de cordelette à la place de ruban *ce que ça a l'air prétentieux* et soudain se

* 『해제-전집』, 1564쪽.

mit *tiens qu'est-ce qui lui prend* à vitupérer un voisin *l'autre fait pas attention à ce qu'il lui raconte* auquel il reprochait de lui marcher exprès a l'air de chercher *la bagarre, mais il se dégonflera* sur les pieds. Mais comme une place était libre à l'intérieur *qu'est-ce que je disais*, il tourna le dos et courut l'occuper.

Deux heures plus tard environ *c'est curieux les coïncidences*, il se trouvait Cour de Rome en compagnie d'un ami *un michet de son espèce* qui lui désignait de l'index un bouton de son pardessus *qu'est-ce qu'il peut bien lui raconter ?*

45. 속으로 중얼중얼

원제는 '방백' 혹은 '혼잣말'이다. 객관적 방식의 서술과 주관적 내적 독백의 교차 서술로 구성되어 행과 행 사이를 번갈아 묘한 대조가 형성된다. 주관적 독백 부분을 모두 덜어내고 읽으면 객관적 사건이 되며, 이탤릭(한국어는 순명조) 활자체로 표기된 혼잣말을 읽으면 일기를 낭독하는 것과 비슷한 효과를 빚어낸다. 내적 독백은 전술된 사건에 대해 늘어놓는, 조금 지나 추가하는 '지적질'이나 '평가' 혹은 '뒷담화'와 비슷하다.

46. Paréchèses

Sur la tribune bustérieure d'un bus qui transhabutait vers un but peu bucolique des bureaucrates abrutis, un burlesque funambule à la buccule loin du buste et au gibus sans buran, fit brusquement du grabuge contre un burgrave qui le bousculait : « Butor ! y'a de l'abus ! » S'attribuant un taburet, il s'y culbuta tel un obus dans une cambuse.

Bultérieurement, en un conciliabule, il butinait cette

stibulation : « Buse ! ce globuleux bouton buche mal ton burnous ! »

46. 같은 음을 질리도록

원제는 '동일음절과도반복'이며 "표현적 혹은 미적인 의도"*를 갖고서 특정음 반복을 제약 삼아 행해진다는 점에서, 전통적으로 시에서 조화로운 표현성을 담아내는 데 자주 사용되었던 '자음중첩allitération'이나 '모음중첩assonnance'과 비슷하다. 크노는 제약으로 'bu'를 선택하여, 낱말의 앞과 뒤는 물론 중간에 삽입된 낱말로 텍스트를 구성했는데, 이는 '버스bus'에서 착안한 것으로 보인다. 전치사, 관사 등을 제하고 사용된 모든 단어에는 'bu'가 반드시 포함되어 있으며, 기존의 단어뿐만 아니라, 'bu' 삽입으로 신조어가 대거 만들어졌다. 이 신조어들은 존재하지 않는 단어들이긴 해도, 언술 전반에서 전체 주제와 하나로 어우러져 버스에서 벌어진 사건을 '개괄적으로' 재현해내는 데 동참한다.

번역에서는 원문과 마찬가지로 '버스'의 '버'를 제약으로 삼았다. 전치사나 조사는 그대로 살려둔 채, 최대한 유사한 범위 내에서 음절 '버'를 안에 포함하고 있는 낱말들을 선별하고 필요에 따라 변형을 가하는 작업이 선행되었고, 이후 선택된 이 낱말들을 조합해서 '이야기' 전반을 포괄적으로 담아낼 수 있도록 구성하려 시도했다. "한벅판에서"(=한복판)나 "두 벌 위로"(=두 발 위로) 등, 번역에서 목격되는, '버'를 머금고 있는 '낯선' 몇몇 단어는 오기나 오타가 아니라, 원문에서 창출된 신조어의 어색함을 반영한 결과물이다. 참고로 '버성기다'는 '벌어져서 틈이 있다'는 뜻이다.

* *Gradus*, p. 329.

47. Fantomatique

Nous, garde-chasse de la Plaine Monceau, avons l'honneur de rendre compte de l'inexplicable et maligne présence dans le voisinage de la porte orientale du Parc de S.A.R. Monseigneur Philippe le sacré duc d'Orléans, ce jour d'huy seize de mai mille sept cent quatre-vingt-trois, d'un chapeau mou de forme inhabituelle et entouré d'une sorte de galon tressé. Conséquemment nous constatâmes l'apparition soudaine sous ledit chapeau d'un homme jeune, pourvu d'un cou d'une longueur extraordinaire et vêtu comme on se vêt sans doute à la Chine. L'effroyable aspect de ce quidam nous glaça les sangs et prévint notre fuite. Ce quidam demeura quelques instants immobile, puis s'agita en grommelant comme s'il repoussait le voisinage d'autres quidams invisibles mais à lui sensibles. Soudain son attention se porta vers son manteau et nous l'entendîmes qui murmurait comme suit : « Il manque un bouton, il manque un bouton. » Il se mit alors en route et pris la direction de la Pépinière. Attiré malgré nous par l'étrangeté de ce phénomène, nous le suivîmes hors des limites attribuées à notre juridiction et nous atteignîmes nous trois le quidam et le chapeau un jardinet désert mais planté de salades. Une plaque bleue d'origine inconnue mais certainement diabolique portait l'inscription « Cour de Rome ». Le quidam s'agita quelques moments encore en murmurant : « Il a voulu me marcher sur les pieds. » Ils disparurent alors, lui d'abord, et quelque temps après, son chapeau. Après avoir dressé procès-verbal de cette liquidation, j'allai boire chopine à la Petite-Pologne.

47. 귀신을 보았습니다

원제는 '괴담, 기담' 등을 의미한다. 현재 파리 제8구에 위치한 몽소공원은 1769~1773년 샤르트르 공작 필립이 건축가 콜리농에게 부탁하여 건설한 건축물 '샤르트르의 광기'와 그 주변의 정원이 전신이며,* 샤르트르 공작은 훗날 이 문체에 등장하는 '오를레앙 공작'이 된다. 몽소공원은 생라자르역의 북서쪽에 위치하며 84번 버스가 지나간다. "소少-파란국波蘭國 사거리"로 번역한 '라프티트폴로뉴 la Petite-Pologne'는 생라자르역의 로마광장 맞은편에 위치하며,** "페피니에루蘗皮泥厓彙 묘목 상가"로 번역한 '페피니에르 Pépinière'는 84번 버스의 '생오귀스탱'역(1「약기」의 84번 버스노선표를 참조)에서 하차하여 생라자르역 방향으로 조금 걸어가다보면 보이는데 오늘날도 여전히 묘목 상가가 밀집해 있다.

번역은 훗날 오를레앙 공작 시대의 언어, 얼추 '1769~1773년 샤르트르 공작 필립'이 몽소공원을 지었을 무렵의 어투-어휘-발화 등을 살리는 것이 중요하다고 생각되어, 다소 고풍식 표현을 섞어 원문을 재현하였다. "금일지사今日之事", '출현'을 의미하는 "현출現出", '갑자기'를 의미하는 "숙홀倏忽", 각각 '중국'과 '폴란드'를 뜻하는 "지나支那"와 "파란국波蘭國"은 이러한 맥락에서 등장하였다. 문체는 공원을 돌보는 '숲지기'가 '주인'에게 아뢰는 말투를 살려 재현하였다. 18세기와 현재의 프랑스어 차이가 1960년대와 지금의 한국어의 그것보다 이질감이 더 크지 않다는 사실을 고려해, 번역에서는 과감한 방식으로 고어투를 반영하지는 않았다. 개화기의 문장들로 재현한 63「고문古文투로」와 비교해보는 것도 흥미로울 것이다.

* 파리관광안내소 사이트(https://www.parisinfo.com/musee-monument-paris/71356/Parc-Monceau) 참조.
** 『주석-전집』, 1574쪽.

48. Philosophique

Les grandes villes seules peuvent présenter à la spiritualité phénoménologique les essentialités des coïncidences temporelles et improbabilistes. Le philosophe qui monte parfois dans l'inexistentialité futile et outilitaire d'un autobus S y peut apercevoir avec la lucidité de son œil pinéal les apparences fugitives et décolorées d'une conscience profane affligée du long cou de la vanité et de la tresse chapeautière de l'ignorance. Cette matière sans entéléchie véritable se lance parfois dans l'impératif catégorique de son élan vital et récriminatoire contre l'irréalité néoberkeleyienne d'un mécanisme corporel inalourdi de conscience. Cette attitude morale entraîne alors le plus inconscient des deux vers une spatialité vide où il se décompose en ses éléments premiers et crochus.

La recherche philosophique se poursuit normalement par la rencontre fortuite mais anagogique du même être accompagné de sa réplique inessentielle et couturière, laquelle lui conseille nouménalement de transposer sur le plan de l'entendement le concept de bouton de pardessus situé sociologiquement trop bas.

48. 철학 특강

원제는 '철학적'으로 고전에서 현대에 이르기까지 철학 용어와 개념들을 사용한 문체다. 수쉬에가 주석에서 밝혀놓은 개념들만 추려보면 다음과 같다.

· 시간적·비개연적인 우연적 일치: 현대 원자물리학과 통계결정이론

· 본질성: 에드문트 후설, 『현상학의 이념』
· 도구적: 마르틴 하이데거, 『존재와 시간』
· 송과체松科體의 명철함: 르네 데카르트, 『정념론』
· 완전태完全態: 아리스토텔레스, 『영혼론』
· 의식의 무감한 육체적 메커니즘: 메를로 퐁티, 『지각의 현상학』
· 네오버클리적인 비실재: 조지 버클리, 『하일라스와 필로누스가 나눈 대화 세 마당』
· 생명의 약동: 앙리 베르그송, 『창조적 진화』
· 정언적 범주: 임마누엘 칸트, 『실천력 비판』
· 갈고리 모양의 원자들: 루크레티우스, 『사물의 본성에 관하여』
· 오성悟性의 차원: 임마누엘 칸트, 『순수이성비판』
· 제일 원인으로 거슬러 추적하게 하는 신비한 성질: 중세 신학에서 기록 해석의 네번째 범주.*

흥미로운 점은 버스 풍경을 살펴보는 자(크노 자신)를 진리를 인식하는 뇌의 저 안쪽에 자리한 "송과체의 명철함"을 발휘하는 철학자라고 말한다거나, 목 긴 젊은이를 "진정한 완전태를 결여한 이 질료"로, 이 젊은이가 시비를 걸면서 화를 내는 상대를 '네오버클리적 비실재'로 칭하는 대목이다. 각각 개념을 풀어서 이야기를 다시 구성해보아도 재미있는 '연습'이 될 것이다.

* 『주석-전집』, 1574-1575쪽.

49. Apostrophe

Ô stylographe à la plume de platine, que ta course rapide et sans heurt trace sur le papier au dos satiné les glyphes alphabétiques qui transmettront aux hommes aux lunettes étincelantes le récit narcissique d'une double rencontre à la cause autobusilistique. Fier coursier de mes rêves, fidèle chameau de mes exploits littéraires, svelte fontaine de mots comptés, pesés et choisis, décris les courbes lexicographiques et syntaxiques qui formeront graphiquement la narration futile et dérisoire des faits et gestes de ce jeune homme qui prit un jour l'autobus S sans se douter qu'il deviendrait le héros immortel de mes laborieux travaux d'écrivain. Freluquet au long cou surplombé d'un chapeau cerné d'un galon tressé, roquet rageur, rouspéteur et sans courage qui, fuyant la bagarre, allas poser ton derrière moissoneur de coups de pieds au cul sur une banquette en bois durci, soupçonnais-tu cette destinée rhétorique lorsque, devant la gare Saint-Lazare, tu écoutais d'une oreille exaltée les conseils de tailleur d'un personnage qu'inspirait le bouton supérieur de ton pardessus ?

49. 오! 그대여!

원제는 '돈호법'이며, 호명이나 호출을 통해 "갑자기 중단하면서, 누군가 혹은 무엇에게 말을 선네는"* 기법으로 알려져 있다. '오! 그대여!'로 옮긴 돈호법은 주로 감탄사 '오!' '오! 그대여'처럼 이인칭을 소리치며 불러세우고, 고조된 감정을 적시적소에 실어, 힘차고 결곡한 목소리로 상황을 재현하는 문체다.

* *Gradus*, p. 65.

수고본에는 바로 다음에 나오는 '서툴러서 어쩌죠'와 합쳐 하나의 텍스트로 구성했다가 나중에 둘로 나누었다. 1942년까지 다양한 잡지에 발표했던 몇몇 『문체 연습』의 주인공인 목이 긴 청년은 안경 쓴 괴짜로 묘사되었으나, 실제(크노를 대표하는 상징적 이미지이기도 한) 안경을 쓴 크노에게는 이 안경 쓴 주인공을 자연스레 작가라고 여길 여지가 생겨날 것으로 판단되었던 것인지, 이 문체에 등장하는 "안경알 반짝거리는 독자들"을 제외하고, 이후 모든 문체에서 없애버렸다.*

50. Maladroit

Je n'ai pas l'habitude d'écrire. Je ne sais pas. J'aimerais bien écrire une tragédie ou un sonnet ou une ode, mais il y a les règles. Ça me gêne. C'est pas fait pour les amateurs. Tout ça c'est déjà bien mal écrit. Enfin. En tout cas, j'ai vu aujourd'hui quelque chose que je voudrais bien coucher par écrit. Coucher par écrit ne me paraît pas bien fameux. Ça doit être une de ces expressions toutes faites qui rebutent les lecteurs qui lisent pour les éditeurs qui recherchent l'originalité qui leur paraît nécessaire dans les manuscrits que les éditeurs publient lorsqu'ils ont été lus par les lecteurs que rebutent les expressions toutes faites dans le genre de « coucher par écrit » qui est pourtant ce que je voudrais faire de quelque chose que j'ai vu aujourd'hui bien que je ne sois qu'un amateur que gênent les règles de la tragédie, du sonnet ou de l'ode car je n'ai pas l'habitude d'écrire. Merde, je ne sais pas comment j'ai fait mais me voilà revenu tout au début. Je ne vais jamais en sortir. Tant pis. Prenons le taureau par les

* 『해제-전집』, 1561~1562쪽.

cornes. Encore une platitude. Et puis ce gars-là n'avait rien d'un taureau. Tiens, elle n'est pas mauvaise celle-là. Si j'écrivais : prenons le godelureau par la tresse de son chapeau de feutre mou emmanché d'un long cou, peut-être bien que ce serait original. Peut-être bien que ça me ferait connaître des messieurs de l'Académie française, du Flore et de la rue Sébastien-Bottin. Pourquoi ne ferais-je pas de progrès après tout ? C'est en écrivant qu'on devient écriveron. Elle est forte celle-là. Tout de même faut de la mesure. Le type sur la plate-forme de l'autobus il en manquait quand il s'est mis à engueuler son voisin sous prétexte que ce dernier lui marchait sur les pieds chaque fois qu'il se tassait pour laisser monter ou descendre des voyageurs. D'autant plus qu'après avoir protesté comme cela, il est allé vite s'asseoir dès qu'il a vu une place libre à l'intérieur comme s'il craignait les coups. Tiens j'ai déjà raconté la moitié de mon histoire. Je me demande comment j'ai fait. C'est tout de même agréable d'écrire. Mais il reste le plus difficile. Le plus calé. La transition. D'autant plus qu'il n'y a pas de transition. Je préfère m'arrêter.

50. 서툴러서 어쩌죠

원제는 '서투름'이며, 수고본의 제목은 '초보자Débutant'였다. 크노는 "저는 글을 쓰는 데 익숙하지 않아요. 글쎄 잘 모르겠더라고요"로 시작하는 이 문체를 집필할 낭시, 조지 듀 모리에George du Maurier의 소설 『피터 이벳슨*Peter Ibbetson*』을 프랑스어로 번역 중에 있었으며, 이 문체에서는 뒤 모리에가 자주 다룬 주제였던 실패한 작가가 인유되었다. "긴 목에 달린 말랑말랑한"은 라퐁텐의 우화(3권 4편) "긴 목을 가진 긴 주둥아리의 학Le Héron au long bec emmanché d'un long cou"을 패러디한 것이다.* 카페플로르는 생제르맹데프레에 위치한 유명한 '문학' 카페였으며, 세바스티앙보탱가街는 1 「약기」에서 언급했듯, 크노가 근무했던 갈리마르출판사가 있던 거리 이름이었다. "사람은 글을 쓸수록 달필가가 된다C'est en écrivant qu'on devient écriveron"는 원래 자크 프레베르의 표현이며, 이후 크노의 상징처럼 되어버렸다. '연습'이나 '훈련'을 통해 작가가 된다는 이 구절은, 1947년 『문체 연습』 초판 발간 당시 책 띠지에 실렸다.

51. Désinvolte

I

Je monte dans le bus.
— C'est bien pour la porte Champerret ?
— Vous savez donc pas lire ?
— Excuses.
Il moud mes tickets sur son ventre.
— Voilà.
— Merci.
Je regarde autour de moi.
— Dites donc, vous.
Il a une sorte de galon autour de son chapeau.
— Vous ne pourriez pas faire attention ?
Il a un très long cou.
— Non mais dites donc.
Le voilà qui se précipite sur une place libre.
— Eh bien.
Je me dis ça.

* Raymond Queneau, "Notes" in *op. cit.*, p. 157.

1940년대 프랑스 버스 운전자와 티케팅 기계.

II

Je monte dans le bus.

— C'est bien pour la place de la Contrescarpe ?

— Vous savez donc pas lire ?

— Excuses.

Son orgue de Barbarie fonctionne et il me rend mes tickets avec un petit air dessus.

— Voilà.

— Merci.

On passe devant la gare Saint-Lazare.

— Tiens le type de tout à l'heure.

Je penche mon oreille.

— Tu devrais faire mettre un autre bouton à ton pardessus.

Il lui montre où.

— Il est trop échancré ton pardessus.

Ça c'est vrai.

— Eh bien.

Je me dis ça.

51. 싹수가 노랗게

원제는 '버릇없이' 혹은 '경망스러운'이며, 간결한 대화로 이루어진 2막극처럼 구성되었다. "그가 내 승차권을 제 배에 대고 찍는다"는 대목은 1960년대까지 프랑스 버스는 차장이 티케팅 기계를 배에 갖다댄 채 차내를 지나면 승객들이 티켓 묶음에서 티켓을 찢어내어 기계 입구에 집어넣어 티케팅을 확인하는 방식으로 운영되었다*는 사실에서 비롯했다.

52. Partial

Après une attente démesurée l'autobus enfin tourna le coin de la rue et vint freiner le long du trottoir. Quelques personnes descendirent, quelques autres montèrent : j'étais de celles-ci. On se tassa sur la plate-forme, le receveur tira véhémentement sur une chasse de bruit et le véhicule repartit. Tout en découpant dans un carnet le nombre de tickets que l'homme à la petite boîte allait oblitérer sur son ventre, je me mis à inspecter mes voisins. Rien que des voisins. Pas de femmes. Un regard désintéressé alors. Je découvris bientôt la crème de cette boue circonscrivante : un garçon d'une vingtaine d'années qui portait une petite tête sur un long cou et un grand chapeau sur sa petite tête et une petite tresse coquine autour de son grand chapeau.

Quel pauvre type, me dis-je.

Ce n'était pas seulement un pauvre type, c'était un méchant. Il se poussa du côté de l'indignation en accusant un bourgeois quelconque de lui laminer les pieds à chaque pas-

* http://www.mes-annees-50.fr/tickets_rmtt.htm 참조.

sage de voyageurs, montants ou descendants. L'autre le regarda d'un œil sévère, cherchant une réplique farouche dans le répertoire tout préparé qu'il devait trimbaler à travers les diverses circonstances de la vie, mais ce jour-là il ne se retrouvait pas dans son classement. Quant au jeune homme, craignant une paire de gifles, il profita de la soudaine liberté d'une place assise pour se précipiter sur celle-ci et s'y asseoir.

Je descendis avant lui et ne pus continuer à observer son comportement. Je le destinais à l'oubli lorsque, deux heures plus tard, moi dans l'autobus, lui sur le trottoir, je le revis Cour de Rome, toujours aussi lamentable.

Il marchait de long en large en compagnie d'un camarade qui devait être son maître d'élégance et qui lui conseillait, avec une pédanterie dandyesque, de faire diminuer l'échancrure de son pardessus en y faisant adjoindre un bouton supplémentaire.

Quel pauvre type, me dis-je.

Puis nous deux mon autobus, nous continuâmes notre chemin.

52. 편파적으로

일방적으로 몰아세우는 청년과 이에 아무런 대꾸도 못하는 신사 사이에 벌어진 사건을 매우 편파적으로 기술한다. 청년의 행동을 긴장과 서스펜스가 감도는 구어적 비판적 말투로 '시원하게' 기술하기 때문에 혹 신사의 대변인이라도 된 듯한 모습도 노출한다. 이 문체에서는 크노 특유의 직설적인 말투, 생생한 구어로 언쟁하고 비판을 가하는 장면들을 목격할 수 있다. 앞의 문체에서와 마찬가지로 버스 안에서 차장과 승객이 승차권을 주고받는 풍경이 등장한다. 당시 승차권은 묶음으로 팔았다.

53. Sonnet

Glabre de la vaisselle et tressé du bonnet,
Un paltoquet chétif au cou mélancolique
Et long se préparait, quotidienne colique,
À prendre un autobus le plus souvent complet.

L'un vint, c'était un dix ou bien peut-être un S.
La plate-forme, hochet adjoint au véhicule,
Trimbalait une foule en son sein minuscule
Où des richards pervers allumaient des londrès.

Le jeune girafeau, cité première strophe,
Grimpé sur cette planche entreprend un péquin
Lequel, proclame-t-il, voulait sa catastrophe,

Pour sortir du pétrin bigle une place assise
Et s'y met. Le temps passe. Au retour un faquin
À propos d'un bouton examinait sa mise.

53. 소네트

소네트는 유럽 전통의 시형 중 하나로, 2연 3행으로 된 6행시와 2연 4행으로 된 8행시의 조합으로 총14행을 이루는 정형시다. 따라서 소네트는 4 + 4 + 3 + 3 혹은 3 + 3 + 4 + 4 즉 8행시와 6행시의 교차로 구성되며, 이 같은 구성에 압운(각운) 체계를 부여한다. 각각 시구는 통상 알렉상드랭 형식을 취하며, 총4개로 구성된 각 연은 각 행 마지막에 각운을 부여한다. 원문은 6음절 + 휴지기 + 6음절의 알렉상드랭 시구로 구성되어 있으며, 1연의 시구 4개는 a-b-b-a(t-e-e-t), 2연은 c-b-b-c(s-e-e-s), 3연의 시구 3개는 b-d-b(e-n-e), 4연은 b-d-b(en-e)로 마무리되는 각운 체계를 갖는다. 번역에서는 음절수와 휴지기, 압운 체계 등 원문의 형식을 최대한 살리려 시도했는데, 이는 문체에서 제약이 바로 이 같은 형식에 부과되어 있다는 판단 때문이었다.

54. Olfactif

Dans cet S méridien il y avait en dehors de l'odeur habituelle, odeur d'abbés, de décédés, d'œufs, de geais, de haches, de ci-gîts, de cas, d'ailes, d'aime haine au pet de culs, d'airs détestés, de nus vers, de doubles vés cés, de hies que scient aides grecs, il y avait une certaine senteur de long cou juvénile, une certaine perspiration de galon tressé, une certaine âcreté de rogne, une certaine puanteur lâche et constipée tellement marquées que lorsque deux heures plus tard je passai devant la gare Saint-Lazare je les reconnus et les identifiai dans le parfum cosmétique, fashionable et tailoresque qui émanait d'un bouton mal placé.

54. 냄새가 난다

여기서부터 오감을 주제로 변주한 5부작이 시작된다.

'냄새가 난다'의 원제는 '후각'이다. 초반에는 섬세하고 괄목할 만한 후각의 소유자가 버스에 올라타서 맡게 된, 실로 다양한 종류의 냄새가 정신없이 나열되는데, 이는 울리포의 제약 중 '알파벳순으로abcdaire'를 활용한 것이다. "익숙한 냄새" 바로 다음에 등장하는 일련의 냄새들은 '**아베**'의(d'abbés, '사제司祭'의), '**데세데**'의(de décédés, '사자死者'들의), '**으-외프**의(d'œufs, '달걀'의), **줴**의(de geais, '어치'의), **아슈**의(de haches, '도끼'

의)…… 냄새” 순으로 구성되었는데, 각각 알파벳 A-B-C-D-E-F-G를 프랑스 발음 그대로 따른 것이다. 이런 방식으로 Z까지 이어가며, 차 안의 냄새를 적나라하게 묘사한 다음, 이후에 벌어지는 다툼과 생라자르역에서의 사소한 사건도 후각적 반응을 통해서 포착하여 문체를 완성된다. 울리포의 조르주 페렉은 짧은 3막극 「전쟁의 참상들 Les horreurs de la guerre」*에서 지문을 제외한 등장인물의 대사를 모두 '알파벳순으로' 기법에 따라 기술한 바 있다. 번역은 알파벳 대신, '가나다라…… 하'로 시작하는 낱말들을 선별하여, '가'에서 '하'까지 점진적으로 전진하는 식으로 배열하면서 버스에서 풍기는 다양한 냄새를 재현하였다. 참고로 본문 '카' 항목에서 '카코딜'은 유기비소 화합물의 하나로, 매우 불쾌한 냄새를 가진 무색의 맹독성 액체다. 화학식은 다음과 같다: $(CH_3)_2A$, $(CH_3)_2AAS(CH_3)_2$.

55. Gustatif

Cet autobus avait un certain goût. Curieux mais incontestable. Tous les autobus n'ont pas le même goût. Ça se dit, mais c'est vrai. Suffit d'en faire l'expérience. Celui-là — un S — pour ne rien cacher — avait une petite saveur de cacahouète grillée je ne vous dis que ça. La plate-forme avait son fumet spécial, de la cacahouète non seulement grillée mais encore piétinée. À un mètre soixante au-dessus du tremplin, une gourmande, mais il ne s'en trouvait pas, aurait pu lécher quelque chose d'un peu suret qui était un cou

* Oulipo, *La littérature potentielle*, Gallimard, 1973, pp. 105-110. Georges Perec, *Petit Abécédaire illustré* (Au moulin d'Andé, 1969)도 참조하라.

d'homme dans sa trentaine. Et à vingt centimètres encore au-dessus, il se présentait au palais exercé la rare dégustation d'un galon tressé un peu cacaoté. Nous dégustâmes ensuite le chouigne-gueume de la dispute, les châtaignes de l'irritation, les raisins de la colère et les grappes de l'amertume.

Deux heures plus tard nous eûmes droit au dessert : un bouton de pardessus… une vraie noisette…

55. 무슨 맛이었느냐고?

'무슨 맛이었느냐고?'의 원제는 '미각'이다. 버스에서 "살짝 볶은 땅콩 맛"을 느낀 주인공은 승객들로 붐비는 만원버스 안에서는 "살짝 볶았을 뿐만 아니라 이걸 밟아서 다진 것 같은 향기"를 맡게 된다. 청년 목덜미에서 "시큼한 맛"을 맛본 이후, 주인공의 혀에서는 끊이지 않고 미각의 향연이 펼쳐진다. "다툼의 추잉껌"과 "신경질의 꿀밤"은 프랑스어 경구식 표현이며, "분노의 포도"는 물론 존 스타인벡의 책 제목을 차용한 것이다.*

56. Tactile

Les autobus sont doux au toucher surtout si on les prend entre les cuisses et qu'on les caresse avec les deux mains, de la tête vers la queue, du moteur vers la plate-forme. Mais quand on se trouve sur cette plate-forme alors on perçoit quelque chose de plus âpre et de plus rêche qui est la tôle ou la barre d'appui, tantôt quelque chose de plus rebondi

* 1939년 출간된 『분노의 포도』는 1947년 프랑스어로 번역되었다. Raymond Queneau, "Notes" in *op. cit.*, p. 157.

et de plus élastique qui est une fesse. Quelquefois il y en a deux, alors on met la phrase au pluriel. On peut aussi saisir un objet tubulaire et palpitant qui dégurgite des sons idiots, ou bien un ustensile aux spirales tressées plus douces qu'un chapelet, plus soyeuses qu'un fil de fer barbelé, plus veloutées qu'une corde et plus menues qu'un câble. Ou bien encore on peut toucher du doigt la connerie humaine, légèrement visqueuse et gluante, à cause de la chaleur.

Puis si l'on patiente une heure ou deux, alors devant une gare raboteuse, on peut tremper sa main tiède dans l'exquise fraîcheur d'un bouton de corozo qui n'est pas à sa place.

56. 더듬더듬

원제는 '촉각'이다. 만원버스 안에서 무엇이건 손에 닿는 느낌 그대로를 좇아가며 사건을 기술하며, 촉각의 상상력이 다소 지저분하다. 사람이건 사물이건, 접촉면이 있는 모든 것은 주로 '우둘투둘하다, 둥글둥글하다, 통통하다, 꿈틀거리다, 부드럽다, 미끈하다, 보들보들하다, 끈적거리다, 울퉁불퉁하다, 미지근하다' 등으로 묘사된다.

57. Visuel

Dans l'ensemble c'est vert avec un toit blanc, allongé, avec des vitres. C'est pas le premier venu qui pourrait faire ça, des vitres. La plate-forme c'est sans couleur, c'est moitié gris moitié marron si l'on veut. C'est surtout plein de courbes, des tas d'S pour ainsi dire. Mais à midi comme ça, heure d'affluence, c'est un drôle d'enchevêtrement. Pour bien faire faudrait étirer hors du magma un rectangle d'ocre pâle, y planter au bout un ovale pâle ocre et là-dessus coller dans les ocres foncés un galurin que cernerait une tresse de terre de Sienne brûlée et entremêlée par-dessus le marché. Puis on t'y foutrait une tache caca d'oie pour représenter la rage, un triangle rouge pour exprimer la colère et une pissée de vert pour rendre la bile rentrée et la trouille foireuse.

Après ça on te dessinerait un de ces jolis petits mignons de pardingues bleu marine avec, en haut, juste en dessous de l'échancrure, un joli petit mignon de bouton dessiné au quart de poil.

57. 함께 그려보아요

원제는 '시각'이다. 이 문체는 초등학교 미술시간에 학생들을 대상으로 눈앞에 보이지 않는 풍경을 어떻게 그릴지 친절하게 알려주는 선생님의 지도를 상상하게 만든다. 학생은 선생님의 설명에 따라 "너저분한 부분 밖"으로 "옅은 황토색 직사각형 모양을 다소 늘려야 하고" "거기에 연한 황토색으로 달걀모양을 심어놔야" 하며, "또 그 위에다가 짙은 황토색으로 칠한 모자를 붙여야" 하고, 나아가 "모자에는 불그스름하고 짙은 황갈색의 헝클어진 끈을 둘러"놓아야 했다. 이렇게 인물 묘사를 마쳤다면, 선생님의 조언에 따라 이제 "전체적으로 볼 때는 초록색"이고 지붕은 하얀색인 버스, "반절은 회색, 반절은 밤색"인 버스 창유리를 그려보고, 또 버스 안에 "무더기"의 "S자 모양"으로 꽉 찬 승객들을 그려볼 수 있다. 그런 다음으로, 이 청년의 얼굴에서 미진한 부분을 마저 완성하고 그 아래 "근사하고 예쁘고 멋진 마린블루 코트"도 그려넣어 풍경화 하나를 완성해보자.

58. Auditif

Coinquant et pétaradant, l'S vint crisser le long du trottoir silencieux. Le trombone du soleil bémolisait midi. Les piétons, braillantes cornemuses, clamaient leurs numéros. Quelques-uns montèrent d'un demi-ton, ce qui suffit pour les emporter vers la porte Champerret aux chantantes arcades. Parmi les élus haletants, figurait un tuyau de clarinette à qui les malheurs des temps avaient donné forme humaine et la perversité d'un chapelier pour porter sur la timbale un instrument qui ressemblait à une guitare qui aurait tressé ses cordes pour s'en faire une ceinture. Soudain au milieu d'accords en mineur de voyageurs entreprenants et de voyajrices consentantes et des trémolos bêlants du receveur rapace éclate une cacophonie burlesque où la rage de la contrebasse se mêle à l'irritation de la trompette et à la frousse du basson.

Puis, après soupir, silence, pause et double pause, éclate la mélodie triomphante d'un bouton en train de passer à l'octave supérieure.

58. 귀를 기울이면

원제는 '청각'이다. 버스가 도착하는 순간, 승객들이 버스에 오르는 과정, 이후 버스의 차내에서 벌어지는 사건을 악기음과 가창법, 음표 효과, 멜로디 등을 통해서 포착하려 시도한 문체다. 의성어 같은 소리의 모방이 아니라, 크노는 최대한 음성적 효과를 살린 낱말들로 오히려 어떤 이미지를 그려내고 있다. '청년'을 "인간의 형태로 변한 글라리넷 관管 한 자루"라고 의인화하는 대목에 이르러 웃음이 터지고, 차내에서 벌어지는 온갖 사건을 "단조 화음-트레몰로-콘트라베이스-트럼펫-바순" 등이 서로 어울리지 못하고 내는 '불협화음'으로 묘사되는 지점에 이르러, 모든 것이 마침내 귀에 들리듯 생생해진다.

59. Télégraphique

BUS BONDÉ STOP JNHOMME LONG COU CHAPEAU CERCLE TRESSÉ APOSTROPHE VOYAGEUR INCONNU SANS PRÉTEXTE VALABLE STOP QUESTION DOIGTS PIEDS FROISSÉS CONTACT TALON PRÉTENDU VOLONTAIRE STOP JNHOMME ABANDONNE DISCUSSION POUR PLACE LIBRE STOP QUATORZE HEURES PLACE ROME JNHOMME ÉCOUTE CONSEILS VESTIMENTAIRES CAMARADE STOP DÉPLACER BOUTON STOP SIGNÉ ARCTURUS.

59. 전보

지금은 거의 사라지다시피 했지만 편지나 소포 대신에 간략하게 문서를 전달하는 전보는 프랑스나 한국이나 최대한 짧은 문구로 작성해야 했으며, 한 글자라도 추가되면 추가요금을 지불해야 했으므로 최대한 말을 줄이는 고유한 약어와 표기체계를 고안해야 했다. 전보는 축약에 토대를 둔 오늘날 통신체의 시발점이다. 본문의 번역문 외에도, 핵심적인 개념어만을 한자로 표기한 원문을 한글로 표기한 방식과 아예 전문을 한자로 기록한 아래 두 가지 방식도 고민해보았다.

만원차내 | 장식모착용 경추장대청년 | 불청객접촉시 족고의폭력거론 무작정시비 | 공좌석착석목적 논쟁자발적포기후 청년황급이동 (중략) 동일오후두시경 ROMA광장 | 단추이동관련 동료충고 동청년경청장면목격. — 휘웅성 보냄

滿員車內 (印) 裝飾帽着用 頸椎長大青年 (印) 不請客接觸時 足故意暴力擧論 無酌定是非 (印) 空座席着席目的 論爭自發的暴棄後 青年遑急移動 (中略) 同日午後二時頃 羅馬廣場 團樞移動關聯 同僚忠告 同青年傾聽場面目擊. (印) 輝熊星 送

참고로 원문에서 발송인은 '아르크투루스'로 적혀 있는데, '곰의 수호자'라는 뜻이며, 큰곰자리와 작은곰자리 근처에 자리한 목동자리의 가장 밝게 빛나는 알파별이다.* 번역에서는 '빛나는 곰 별자리'를 뜻하는 '휘웅성輝熊星'이란 이름으로 재현해보았다.

60. Ode

Dans l'autobus
dans l'autobon
l'autobus S
l'autobusson
qui dans les rues
qui dans les ronds
va son chemin
à petits bonds
près de Monceau
près de Monçon
par un jour chaud
par un jour chon
un grand gamin
au cou trop long

* Raymond Queneau, "Notes" in *op. cit.*, p. 157.

porte un chapus
porte un chapon
dans l'autobus
dans l'autobon

Sur le chapus
sur le chapon
y a une tresse
y a une tron
dans l'autobus
dans l'autobon
et par dlassusse
et par dlasson
y a de la presse
et y a du pron
et lgrand gamin
au cou trop long
i râle un brin
i râle un bron
contre un lapsus
contre un lapon
dans l'autobus
dans l'autobon
mais le lapsus
mais le lapon
pas commodus
pas commodon
montre ses dents
montre ses dons
sur l'autobus
sur l'autobon
et lgrand gamin

au cou trop long
va mett ses fesses
va mett son fond
dans le bus S
dans le busson
sur la banquette
pour les bons cons

Sur la banquette
pour les bons cons
moi le poète
au gai pompon
un peu plus tard
un peu plus thon
à Saint-Lazare
à Saint-Lazon
qu'est une gare
pour les bons gons
je rvis lgamin
au cou trop long
et son pardingue
dmandait pardong
à un copain
à un copon
pour un boutus
pour un bouton
près dl'autobus
près dl'autobon

Si cette histoire
si cette histon
vous intéresse

vous interon
n'ayez de cesse
n'ayez de son
avant qu'un jour
avant qu'un jon
sur un bus S
sur un busson
vous ne voyiez
les yeux tout ronds
le grand gamin
au cou trop long
et son chapus
et son chapon
et son boutus
et son bouton
dans l'autobus
dans l'autobon
l'autobus S
l'autobusson

60. 동요

원제는 '오드'이며, 수고본의 제목은 '노래Chanson'였다. 오드는 고대 그리스 시대에는 노래로 불렸으며 '송시頌詩'나 '송가頌歌'로 번역되기도 했다. 크노의 '오드'는 1965년 소르본 여자고등학교에서 노래로 개작되어 합창 무대에 오른 바 있다.*

크노는 오드의 특징인 "균형 잡힌 리듬에 토대를 둔 동일한 연의 반복"**을 살려내고자 각 행을 4음절로 정확히 맞추었고

* 『주석-전집』, 1576쪽.
** *Gradus*, p. 315.

‘-on / -onds / -ong / -ons / -ond / -ons’로 매번의 짝수 행을 마감하며 모두 ‘옹[ɔ̃]’ 발음으로 끝나도록 통일하는 식으로 전체 94행을 구성하였다. 이 과정에서 적잖은 신조어와 재미있는 말놀이가 만들어졌고, 여기에 전체적으로 박자가 어우러지면서 동요와 비슷한 형태를 취하게 되었다.

원문의 행과 번역문의 행이 평행을 유지한 상태에서 번역은 원문 가사의 내용을 충분히 담아내려 시도하는 한편, 멜로디를 입혀 노래나 랩으로 재현할 수 있도록 4-4조로 각 행을 구성하는 동시에 전체적으로 각운을 맞추는 데 초점을 맞추었다. 어느 날 “父生母育 그은혜는 / 하늘같이 높으건만 // 고이키운 자식들중 / 효자효부 드물더라”로 시작하는 조선시대 규방가사 권효가勸孝歌를 우연히 읽게 되었다. 여기서 띄어쓰기를 삭제하고 4음절의 규칙성을 유지하는 번역 방식의 단초를 발견하였다.

61. Permutations par groupes croissants de lettres

Rvers unjou urlap midis ormea latef eduna rrièr sdela utobu sjape ligne njeun rçusu eauco ehomm longq utrop tai-tu uipor eauen nchap dunga touré essé lontr. Nilint soudai asonvo erpell préten isinen ecelui dantqu aitexp cifais uimarc résdel lespie hersur uefois dschaq ntaito quilmo ndaitd udes-ce geurs esvoya. Onnadai ilaband apideme lleursr cussion ntladis etersur poursej elibre uneplac.

Heures pl quelques le revisd us tard je are saint evant lag grande co lazare en on avec un nversati qui lui di cama-rade ireremon sait de fa ton supér ter le bou npardess ieur de so us.

62. Permutations par groupes croissants de mots

Jour un midi vers, la sur arrière plate-forme un d'de autobus ligne la j'S un aperçus jeune au homme trop cou qui long un portait entouré chapeau un d'tressé galon. Interpella son soudain il prétendant que voisin en exprès de celui-ci faisait sur les lui marcher fois qu'pieds chaque ou descendait il montait des voyageurs. Ailleurs rapidement la il abandonna d'jter sur une discussion pour se place libre.

Je le revis devant quelques heures plus tard en grande conversation avec la gare Saint-Lazare disait de faire remonter un camarade qui lui supérieur de son pardessus un peu le bouton.

61. 음절 단위로 늘려가며 바꾸기 /
62. 어절 단위로 늘려가며 바꾸기

이 두 편에서 정확히 말해 '음절'로 옮긴 것은 원문상에서는 '알파벳 글자lettre'를 가리키며, '어절'은 '낱말mot'을 가리킨다. 1947년 초판에는 「두 글자, 세 글자, 네 글자 단위로 바꾸기」와 「아홉 글자, 열 글자, 열한 글자, 열두 글자 단위로 바꾸기」를 포함하여 61번에서 64번까지 총 네 개의 시리즈로 구성된 바 있다.* 두 문체의 기본 토대가 된 한국어 번역문은 다음과 같고, 「음절 단위로 늘려가며 바꾸기」는 후술된 네 순서 및 원리에 따라 실행되었다.

어느 날 정오 무렵 나는 에스선 버스 후부 승강대 위에

* 1973년 판본에서 제외된 이 두 개의 바꾸기는 전집의 「부록 II Appendice II」에 실려 있다. 『전집』, 1365쪽 참조.

서 배배 꼰 장식줄을 두른 모자를 쓰고 있는 젊은이를 보았는데 그는 정말로 긴 목의 소유자였다. 갑자기 그는 승객들이 오르고 내릴 때마다 일부러 자기 발을 밟았다고 옆 사람을 불러세웠다. 게다가 그는 자리가 하나 비자 몸을 던지려고 재빨리 말다툼을 포기하는 것이었다.

시간이 얼마 지나, 나는 그 남자를 생라자르역 앞에서 다시 보았는데 그는 자신의 외투 위로 단추를 조금 올려 달라고 그에게 말하는 동료와 큰 소리로 대화를 나누고 있었다.

① Un jour vers midi sur la plate-forme arrière [원문]
(어느 날 정오 무렵 나는 에스 선 버스 후부 승강대 위)

② Unjourversmidisurlaplateformearrière [띄어쓰기 삭제]
(어느날정오무렵나는에스선버스후부승강대위)

③ Unjou Ⓐ | rvers Ⓑ | midis Ⓒ | urlap Ⓓ | latef Ⓔ | ormea Ⓕ [다섯 글자로 분절하고 띄어쓰기]
(어느날정오 Ⓐ | 무렵나는에 Ⓑ | 스선버스후 Ⓒ | 부승강대위 Ⓓ)

④ Rvers unjou urlap midis ormea latef eduna [Ⓐ와 Ⓑ, Ⓒ와 Ⓓ, Ⓔ와 Ⓕ 바꾸기 작업]
(무렵나는에 어느날정오 부승강대위 스선버스후)

이 같은 방식으로 자수를 하나씩 늘려가며 첫 단락을 완성한 다음, 두번째 단락은 띄어쓰기를 살린 상태에서 여덟 글자를 단위로 삼아 치환해나가면서 마지막에는 남겨진 글자를 그대로 놔둔다. 「어절 단위로 늘려가며 바꾸기」도 기본 방식은 동일하며, 이 문체는 어절 단위로 변환했다는 점에서 '난맥체'를 실험한 9 「뒤죽박죽」과 유사한 해프닝 효과가 있다.

한편으로「음절 단위로 늘려가며 바꾸기」의 두번째 단락에서 적용된 여덟 글자 분절 규칙은 중간에 한 번 위반이 있는데, 이 같은 예외 법칙은『문체 연습』군데군데서 행해진다. 가령 65「정의하자면」에서 두 시간 대신 "백이십 초가 지난 후"가 등장하며, 알파벳 'e'를 모두 소거한 69「리포그램」에서는 그림에도 숨어 있는 'e'를 하나 발견할 수 있으며, 문체 연습 추가편 9「게임의 규칙」에서 주사위 두 개를 굴려 "1이 나올 경우"라는 언급이 등장한다. 이런 오류 혹은 실수로 보이는 대목들은 규칙 안에서도 예외를 두어, 규칙의 경직성과 기계적 적용이라는 고루함에서 벗어나려는 크노의 시도 혹은 의도를 드러낸다.

63. Hellénismes

Dans un hyperautobus plein de pétrolonautes, je fus martyr de ce microrama en une chronie de métaffluence : un hypotype plus qu'icosapige avec un pétase péricyclé par caloplegme et un macrotrachèle eucylindrique anathématise emphatiquement un éphémère et anonyme outisse, lequel, à ce qu'il pseudolégeait, lui épivédait sur les bipodes mais, dès qu'il euryscopa une cœnotopie, il se péristropha pour s'y catapelter.

En une chronie hystère, je l'esthèsis devant le sidérodromeux stathme hagiolazarique, péripatant avec un compsanthrophe qui lui symboulait la métacinèse d'un omphale sphincter.

63. 고문古文투로

원제 '헬레니즘' 혹은 '고전그리스어풍으로'는 81 「라틴어로 서툴게 끝맺기」, 83 「일본어 물을 이빠이 먹은」(원제는 '이탈리아어풍'으로), 84 「미국 쏴아람임뉘타」(원제는 '영국인들을 위하여') 등과 마찬가지로 "문법적 어휘적 통사적 형태들이나 문장의 음성적 표기적 멜로디적 요소 등등의 언어요소를 외국어에서 차용하여 활용"* 하는 기법을 의미하는 '페레그리니즘 pérégrinisme' 중 하나에 속하는 기법이다.

본문의 이야기는 모두 'hyper(초과, 초월)' 'martyr(순교자)' 'kalos(아름다운), flegme(점액)' 'peri(주위)' 'macro(커다란)' 'outisse(씨氏)' 'cœno(공통)' 'hypo(하위, 감소)' 등, 고대 그리스의 문화 전반과 연관된 그리스적 어법을 차용하여 고안된 어휘로 구성된다. 번역은 이러한 표현을 살려내고자 그리스어 어원을 분석하고, 이 각각에 가장 잘 부합하는 낱말들을 조합하여 한국어 신조어를 만들어내는 방식으로 진행하였으며, 일차적으로 다음과 같이 결과를 얻게 되었다.

> **석유여행자** pétrolonaute 들로 가득한 **초승합차** hyperautobus 에 탄 나는 **대혼잡시간대** une chronie de métaffluence 의 **극소 풍경** microrama 의 **순교자** martyr 가 되었다. **아름다운 점액** caloplegme 으로 **주위 장식한** péricyclé **희랍풍 모자** pétase 를 쓰고 우스꽝스럽다 할 **원주형** eucylindrique 의 **거대한 목** macrotrachèle 을 소유한 대략 **이십 세를 넘긴** icosapige **박약한 남성** hypotype 이 하루살이 **무명씨** anonyme outisse 를 매우 가혹하게 비판하였다. **박약한 남성**이 **사이비진술한** pseudolégeait 바에 따르면 **무명씨**는

* *Gradus*, p. 338.

자기의 **두 발** bipodes을 **위로 밟았다** épivédait 하며, 그러나 그때 이 **박약한 남성은 공통장소** cœnotopie로 **시야를 넓히더니** euryscopa 바로 그곳에 자신을 내팽개치기 위해 **스스로 아래로 갔다** se péristropha.

조금 시간이 지난 후 une chronie hystère 나는 **생라자르 철도역 앞** sidérodromeux stathme hagiolazarique에서 **동종인류** compsanthrophe와 **주변 배회하는** péripatant 상술한 남자를 목격했는데, 이 남성은 **함몰된 배꼽과 유사한 단추** omphale sphincter의 **윗달림** métacinèse에 관해서 앞의 남자에게 **상징적으로 발화** symboulait 하고 있었다.

번역은 그리스어의 고전적 어투를 살리고 어휘 전반의 특성을 반영하고자 이 제2의 원본을 1900년대 초반 '근대 한국어'로 재구성하는 방식으로 진행되었다. 어법을 살려내기 위해 당시의 표기체계(서기체계)를 적극 반영하면서 의사疑似-고문투로 제2의 원본을 변형시켜야 했다. 이 과정에서 '아름다운 점액'은 '가색진액佳色津液'으로, '우스꽝스럽다 할'은 '가공가소可恐可笑할'로, '이십 세를 넘긴'은 '입세廿歲를 과過한'으로, '매우'는 '창대創大히'로, '두 발'은 '쌍족雙足'으로, '위로 밟았다'는 '상답上踏하다'로, '시야를 넓히다'는 '확장시찰擴張視察하다'로, '자신을 내팽개치다'는 '기신其身을 방放하다'로, '조금 시간이 지난 후'는 '일경후一頃後'로, '생라자르'는 '성 랍살로拉撒路'로, '함몰된 배꼽'은 '괄약括約한 제臍'로, '윗달림'은 '상향上向할 데' 등등으로 변환해보았다.

64. Ensembliste

Dans l'autobus S considérons l'ensemble A des voyageurs assis et l'ensemble D des voyageurs debout. À un certain arrêt, se trouve l'ensemble P des personnes qui attendent. Soit C l'ensemble des voyageurs qui montent ; c'est un sous-ensemble de P et il est lui-même l'union de C′ l'ensemble des voyageurs qui restent sur la plate-forme et de C″ l'ensemble de ceux qui vont s'asseoir. Démontrer que l'ensemble C″ est vide.

Z étant l'ensemble des zazous et {*z*} l'intersection de Z et de C′, réduite à un seul élément. À la suite de la surjection des pieds de *z* sur ceux de *y* (élément quelconque de C′ différent de *z*), il se produit un ensemble M de mots prononcés par l'élément *z*. L'ensemble C″ étant devenu non vide, démontrer qu'il se compose de l'unique élément *z*.

Soit maintenant P l'ensemble des piétons se trouvant devant la gare Saint-Lazare, {*z*}, {*z*′} l'intersection de Z et de P, B l'ensemble des boutons du pardessus de *z*, B′ l'ensemble des emplacements possibles desdits boutons selon *z*′, démontrer que l'injection de B dans B′ n'est pas une bijection.

64. 집합론

원제는 '집합론적으로'이다. 철학과 심리학, 자연과학과 수학 등 다양한 방면의 학문에 두루 관심을 갖고 있던 크노는 문학을 다양한 학문들과 연계하는 작업을 실험해나갔다. 그 결과 크노의 작업은 한편으로 백과전서적인 양상을 보이고, 또다른 한편으로 '제약'을 다채롭게 실험해나간 잠재문학실험집단 울리포의 모태가 될 만큼, '잠재'와 '제약'을 몸소 실천한 선구자가 되었다.

1948년 프랑스수학협회 회원이 되었으며* "오로지 1960년대부터 가르치기 시작한 부르바키학파의 집합론"**을 일찍이 호평했던 크노는 특히 수학에 지대한 관심을 갖고서 다양한 방식으로 자신의 글쓰기에 접목한다. 「집합론」 외에 수학과 연관되어 변주된 문체는 65 「정의하자면」과 93 「확률을 따져보니」에 반영되어 나타나며, 직접적으로는 95 「기하학」과 1943년 발표했던 문체 연습 추가편 1 「수학적으로」가 있다.

이 문체는 이야기를 집합, 부분집합, 공집합, 교집합 등 수학의 집합론에 적용하여 재구성한다. 이처럼 "z의 발이 y(z와는 다른 C의 평범한 요소)의 발 위로 전사全射된 이후, 요소 z에 의해 발음된 낱말들의 집합 M이 발생한다"는 '목이 긴 젊은 남자가 신사의 발을 밟은 후 불평을 쏟아낸다'로 이해할 수 있다. 자기 발을 밟혔다고 불평을 쏟아낸 젊은 남자가 오히려 발을 밟은 당사자라는 식의 다소 엉뚱한 변형은, 집합론을 기계적으로 적용하여 파불라를 구성하는 것이 문체 연습의 본질적 목적이 아니라는 사실을 잘 보여준다. 또한 "Z와 P의 교집합 $\{z, z'\}$, z의 외투 단추들의 집합 B, z'에 따라 단추라 불린 것들의 가능한 위치의 집합 B′는 B에 속한 B′의 단사單射가 전단사全單射가 아니라는 사실을 증명한다"는 '젊은 남자와 이 젊은 남자와 동류인 남자가 서로 만났는데 후자가 전자에게 그의 단추가 일대일 대응이 되지 않는 자리에 달려 있다고 말한다'로 번역될 수 있다.

* Chronologie LXIV Raymond Queneau, *Œuvres complètes I* (Edition établie par Claude Debon), Gallimard, coll. « Bibliothèque de la Pléiade », 1989, p. 1565.

** 『해제-전집』, 1555쪽.

65. Définitionnel

Dans un grand véhicule automobile public de transport urbain désigné par la dix-neuvième lettre de l'alphabet, un jeune excentrique portant un surnom donné à Paris en 1942, ayant la partie du corps qui joint la tête aux épaules s'étendant sur une certaine distance et portant sur l'extrémité supérieure du corps une coiffure de forme variable entourée d'un ruban épais entrelacé en forme de natte — ce jeune excentrique donc imputant à un individu allant d'un lieu à un autre la faute consistant à déplacer ses pieds l'un après l'autre sur les siens se mit en route pour se mettre sur un meuble disposé pour qu'on puisse s'y asseoir, meuble devenu non occupé.

Cent vingt secondes plus tard, je le vis de nouveau devant l'ensemble des bâtiments et des voies d'un chemin de fer où se font le dépôt des marchandises et l'embarquement ou le débarquement des voyageurs. Un autre jeune excentrique portant un surnom donné à Paris en 1942 lui procurait des avis sur ce qu'il convient de faire à propos d'un cercle de métal, de corne, de bois, etc., couvert ou non d'étoffe, servant à attacher les vêtements, en l'occurrence un vêtement masculin qu'on porte par-dessus les autres.

65. 정의하자면

원제는 '정의적으로'이다. 1973년 신판에 추가된 여섯 가지 문체 중 하나다. "이 연습의 원칙은 낱말을 낱말의 정의로 대치하는 것"*이며, "어떤 사물이나 단어, 그리고 이 사물과 단어

* 『주석-전집』, 1577쪽.

가 파생한 의소意素를 지시하면서 이를 명시적으로 풀어주는 술부"*로 구성되어, 다소 길다 할 수식이 붙은 명확한 정의 덕분에, 판결문처럼 건조하며 단정적인 느낌을 불러일으킨다. 훗날 울리포는 "(크노의 예를 따라) 가장 기계적인 방식으로 사용하여 이 정의를 수행할 수 있으며, 따라서 이것이 바로 정의문학定義文學"**이라고 '정의'한 바 있다. 한편 "백이십 초가 지난 후"는 오기가 아니라, 크노가 심어놓은 장치, 문체를 곧이곧대로 적용하는 고루함을 피하고자 파놓은 놀이의 구멍이다.

66. Tanka

L'autobus arrive
Un zazou à chapeau monte
Un heurt il y a
Plus tard devant Saint-Lazare
Il est question d'un bouton

66. 단카

'단카'는 '간략한 노래'를 의미하는 일본의 전통 시형 중 하나이며, 총 31음절로 구성된 5행시로 행의 음절수는 각각 5-7-5-7-7로 배분된다.*** "『만엽집萬葉集 *Man yo shu*』은 일본의 가장 오래된 시집으로 (7세기) 주로 단카로 구성"되어 있으며, "정해진 형식의 고전 단시인 단카는 이후 7-5-7조와 7-7조의 쌍형으로 구성된 와카和歌"****가 되었다. 수학자이자 시인, 울리포

* *Gradus*, p. 143.

** Oulipo, *op. cit.*, p. 115.

*** P. Griolet, "Tanka", *Dictionnaire universel des littératures (P–Z)* (Publié sous la direction de Béatrice Didier), PUF, 1994, p. 3709.

멤버로 활동한 자크 루보는 와카, 하이쿠 등을 프랑스어로 번역하였으며, 울리포 멤버 중에서도 유달리 이 분야에 조예가 깊었다. 크노는 초판본의 '하이쿠'를 '단카'로 바꾸었다.

67. Vers libres

L'autobus
plein
le cœur
vide
le cou
long
le ruban
tressé
les pieds
plats
plats et aplatis
la place
vide

et l'inattendue rencontre près de la gare aux mille feux
éteints
de ce cœur, de ce cou, de ce ruban, de ces pieds,
de cette place vide,
et de ce bouton.

**** 『주석-전집』, 1578쪽.

67. 자유시

19세기 중반 알로이지위스 베르트랑과 그에게 영향을 받은 샤를 보들레르가 산문시를 시도하기 전까지, 프랑스 시는 주로 각운 체계를 고수하고, 규칙적인 시절(연) 수, 각 시절, 행수 등, 정형률 체계에 따른 시작법에 충실한 다양한 형태의 정형시를 통해 변주되어왔다. 19세기 중반 귀스타브 칸, 쥘 라포르그, 앙리 드 레니에, 르네 길 등은 일체의 정형률에서 벗어난 시를 실험하였다. 정형률을 대신하여 '시행ligne'이 리듬의 단위를 이루는 이른바 '자유시'가 이때 탄생하였다. 또한 자유시는 행갈이가 특수한 경우를 제외하면, 제약이 없는 것처럼 보인다. 『문체 연습』의 대부분이 제약을 통해 변주되었다는 사실을 상기해보면, 그 반대의 경우를 예상하지 말라는 법도 없다. 자유시는 제약으로 일관된 관성에서 벗어나려는 시도라고 볼 수 있다. 한편 크노는 첫 시집 『떡갈나무와 개』(1937)에서 실로 다양한 정형시의 변주를 실험하면서 이 같은 시를 '운문으로 된 소설'로 정의한 바 있다. 시의 다양한 형식을 문제삼으며 소설처럼 기술하고자 했던 『떡갈나무와 개』는 『문체 연습』의 토대가 되었다.*

68. Translation

Dans l'Y, en un hexagone d'affouragement. Un typhon dans les trente-deux anacardiers, chapellerie modeste avec coréopsis remplaçant la rubellite, couchette trop longue comme si on lui avait tiré dessus. Les gentillesses descendent. Le typhon en quêteur s'irrite contre un voiturier. Il lui reproche de le bousculer chaque fois qu'il passe

* Nicolas Saulais, *op. cit.*, pp. 175-176.

quelqu'un, tondeur pleurnichard qui se veut méchant. Comme il voit une placette libre, se précipite dessus.

Huit hexagones plus loin, je le rencontre dans la courbe de Roncq, devant la gargouille de Saint-Dizier. Il est avec un cambreur qui lui dit : « Tu devrais faire mettre un bouton-pression supplémentaire à ton pare-chocs. » Il lui montre où (à l'échantillon) et pourquoi.

68. 평행이동

원제는 '이동' 혹은 '이전'을 의미하며, 신판에 추가되었다. 문체론에서 '이전'은 "문법적 범주의 변화"*를 의미하지만, 여기서는 장 레스퀴르가 고안한 "(문학적이건 그렇지 않건) 존재하는 텍스트에서 낱말들(M)을 사전의 앞이나 뒤에 나오는 동일한 종류의 다른 낱말들로 교체"하는 것을 의미하는 "M ± n 방법"**을 따른다.

이 문체에서 규칙은 1 「약기」를 저본으로 삼아 'M + 6' 즉, 모든 명사를 찾아 사전에서 여섯 칸 뒤에 있는 동류의 낱말(즉 명사)로 대치하는 것이다. 크노는 두 가지 사전을 사용했다. 1 「약기」를 저본으로 『신新라루스 소사전 *Nouveau Petit Larousse Illustré*』(1952)을 사용한 결과 「송장헤엄치개들 Notonectes」, 『기초 프랑스어 1300단어 *Treize Cents Mots du Français Élémentaire*』(1954)를 사용하여, 「계란들 Œufs」이 탄생하였다.*** 번역은 '약기'에 나오는 명사(대명사, 의존명사 포함)를 종이 사전에서 찾아 여섯 칸 뒤에 있는 명사로 대치했다. 숫자는 여섯을 더했고, 생라자르역은 파리 지하철노선도에서 여섯 칸 다음의 역('생미셸노트르

* *Gradus*, p. 458.

** Oulipo, *Abrégé de littérature potentielle*, *op. cit.*, p. 18.

*** 『부록-전집』, 1370쪽.

담')으로 대체했다. 프랑스어에서 한국어로 변환하는 번역이라는 점을 염두에 두고 한국어 사전보다는 오히려 『새불한사전』(한국불어불문학회편, 한국외국어대학교지식출판원, 2008)을 사용했다.

69. Lipogramme

Voici.

Au stop, l'autobus stoppa. Y monta un zazou au cou trop long, qui avait sur son caillou un galurin au ruban mou. Il s'attaqua aux panards d'un quidam dont arpions, cors, durillons sont avachis du coup ; puis il bondit sur un banc et s'assoit sur un strapontin où nul n'y figurait.

Plus tard, vis-à-vis la station saint-Machin ou saint-Truc, un copain lui disait : « Tu as à ton raglan un bouton qu'on a mis trop haut. »

Voilà.

69. 리포그램

신판에서 추가된 문체로, 원제 '리포그램'은 "문자 하나 또는 간혹 여러 문자를 단 한 차례도 사용하지 않고 구성된 텍스트"*를 의미하며, 이 분야의 대가는 'e'를 단 한 차례도 사용하지 않고 장편 추리소설 『실종 *Disparition*』을 완성한 조르주 페렉이다. 1969년 이 소설이 출간되었을 때, 독자들은 물론 비평가들도 다소 복잡한 플롯의 추리소설로 여겨 안통 브왈 Anton Voyl의 실종에 주목했을 뿐, 작품 전체에서 '실종된' 'e'를 눈치채지 못했으며,

* Oulipo, *Abrégé de littérature potentielle*, *op. cit.*, p. 11.

독자들은 단지 난해한 소설로 여겼을 뿐이었다. 소설은 조금 지나 리포그램에 주목하게 되면서, 오히려 널리 알려지기 시작했다.

모음 'e'는, 어휘적 차원에서 볼 때도 프랑스어에서 가장 사용 빈도수가 높을 뿐만 아니라, 인칭대명사(1인칭 '나 je'는 물론 3인칭 '그녀 elle'), 명사 앞에 반드시 붙는 관사(정관사 'le' 'les', 부정관사 'une'), 부정을 만드는 부사나 접속사, 전치사 등등 기능에 있어서도, 동사 활용과 시제 변화 전반에 관여하는 기초적인 낱말들에도 들어 있다. 그만큼 'e'를 제외하고 프랑스어로 글을 쓴다는 것은 결코 쉽지 않은 일인 것이다. 한편 원문을 눈여겨보면 'e'가 한 번 등장하는데("좌석에 착석한다 banc et s'assoit"), 이 역시, 크노가 제약 속에 파묻어놓은 유희 장치라고 할 수 있다.

한편 번역에서는 한국어에서 가장 빈번하게 출현하는 모음 중 하나를 제약으로 삼아야 한다고 판단했다. 우선 단순하게 '이'를 제외하는 것도 고려해보았으나, 이 경우 리포그램 효과는 원문의 그것보다 훨씬 떨어진 결과물을 손에 쥐게 되었을 뿐이다. 이어서, '이응(ㅇ)'이 없는 낱말로 원문을 구성하는 방안을 고려했다. 원문의 제약 'e'와 발음상 근접하며 빈도수에서도 만만치 않다는 판단이 들었기 때문이다. 번역은 리포그램을 적용한 원문을 한국어로 우선 번역하여 제2의 원문을 만든 다음, 'ㅇ'을 제외한 낱말들로 이 제2의 원문을 재구성하는 방식으로 진행했다. 이렇게 되니 비로소 '제약'이 다소 제약다운 면모를 갖게 되었다는 판단이 섰다. 또한 원문에서 단 한 번 'e'를 허용한 곳에, 번역문에서도 단 한 번 'ㅇ'을 허용했다.

70. Anglicismes

Un dai vers middai, je tèque le beusse et je sie un jeugne manne avec une grète nèque et un hatte avec une quainnde de lèsse tressés. Soudainement ce jeugne manne bi-queumze crézé et acquiouse un respectable seur de lui trider sur les toses. Puis il reunna vers un site eunoccupé.

A une lète aoure je le sie égaine ; il vouoquait eupe et daoune devant la Ceinte Lazare stécheunne. Un beau lui guivait un advice à propos de beutone.

70. 영어섞임투

원제는 '영어 차용어'다. '영어 차용어'는 "첫째, 프랑스로 된 언표에서 간혹 마주하게 되는 영어 단어 혹은 영어투…… 둘째, 프랑스어 어휘 안에 편입이 고려될 정도로 충분히 사용 빈도수를 갖추고 있는 영어 표현 혹은 영어에서 영향을 받은 표현…… 셋째, 올바른 프랑스어 단어(어투, 단어의 사용 등)를 대신하여 잘못된 방법으로 사용된 영어 단어(어투, 단어의 사용 등)"*를 의미한다.

원문의 첫 문장 "Un dai vers middai, je tèque le beusse"을 프랑스어식으로 발음하면 "엉 다이 베르 미다이, 즈 텍크 르 뵈스"가 되어, 영어의 뉘앙스가 귀에 들리며, 동시에 영어에서 차용하여 잘못 사용한 표현으로 구성되었다는 사실을 알게 된다. (가령, dai = day, tèque = take, beusse = bus, sie = see, grète nèque = great neck, lesse = lace, hatte = hat, quainnde = kinda (kind of), manne = man, bi-queumze crézé = becomes crazy,

* Maurice Pergnier, *Les anglicismes*, PUF, 1989, pp. 19–20.

trider = tread, seur = sir, acquiouse = accuse, toses = toes, eun(occupé) = un(occupé), lète aoure = late hour, egaine = again, eupe et daoune = up and down, stécheunne = station, guivait = give, beau = boy, advice = adevice, beutone = button 등을 예로 들 수 있다.)

번역에서는, '머스큘러하고 텐션이 있는 바디라인을 살려주는 퍼펙트한 서클 셰이프, 버닝하는 열정을 보여주면서 잔근육 같은 디테일이 살아 숨쉬는 템테이셔널'처럼, 통상 패션지 『보그』 기사의 외래어 남용 또는 오용을 조롱하며 붙인 소위 '보그체'나, '노마드라는 컨셉에 관한 프러블럼을 메인 테마로 심포지움을 열고 디스커션했다'처럼, 외래어로 된 난해한 인문학 용어의 무분별한 사용을 '병신체'라고까지 비하하며 칭하기도 했던 '인문체' 등의 방법에서 착안하여, 원어를 그대로 발음해서 섞어 쓰는 어투로 이야기 전반을 재구성해보았다.

71. Prosthèses

Zun bjour hvers dmidi, dsur lla aplateforme zarrière zd'hun tautobus, gnon ploin ddu éparc Omonceaux, èje fremarquai hun éjeune phomme zau pcou strop mlong, cqui sexhibait hun tchapeau centouré d'zun agalon stressé zau mlieu ede truban. Bsoudain, zil tinterpella sson svoisin zen aprétendant cque tcelui-tci rfaisait texprès ède zlui nmarcher ssur tles rpieds tchaque gfois cqu'uil zmontait zou rdescendait édes jvoyageurs. Hil babandonna trapidement lla xdiscussion épour sse ajeter ssur hune tplace uvide.

Gquelques cheures aplus atard, èje lle rrevis ddevant lla agare Esaint Blazare zen rgrande xconversation zavec hun gcamarade cqui élui rdonnait édes fconseils zau tsujet dd'hun mbouton éde tson pppppppppppppppppardesssssus.

71. 더듬거리기

지금부터 음절 첨가 3부작이 시작된다. 71「더듬거리기」, 72「창唱풍으로」, 73「동물 어미 열전」의 원제는 각각 '어두음 첨가' '어중음 첨가' '어말음 첨가'다. 어두-어중-어말 각각에 알파벳 하나씩을 첨가하여 음정 변화는 물론, 의미상 발생하는 기묘한 굴절을 감지하게 된다. 이 세 가지 각각의 경우, 독특한 효과가 발생한다.

'어두음 첨가'는 단어 앞에 여러 알파벳을 첨가하여, 우선 말을 더듬거리는 듯한 효과를 창출한다. 이 기법은 크노 작품『잡초』에도 잠깐 등장한다.* 번역은 우선 프랑스어 원문에서 첨가된 알파벳을 모두 제거하고, 제약을 가하기 이전의 상태로 복원하여 이를 한국어로 번역한 다음, 이렇게 만들어진 제2의 원문을 저본을 바탕으로 각 단어를 구성하는 첫 음절과 동일하거나, 발음상 다소간 인접해 있는 음절을 하나 첨가하여 재구성하였다. 얻어진 결과를 바탕으로 번역은 '말을 더듬거리는' 효과를 살리는 데 주력하며 수정을 거쳤으며, 따라서 제목을 '더듬거리기'로 바꾸었다.

72. Épenthèses

Uon jouir vears mirdi, suir lea plateforome arrièare d'uin autoibus S, joe vois uin homime aiu conu troup loung quai poritait uin chaipeau enotouré d'uin galion tresasé avu lievu die ruaban. Tovut à covup iel interapella soin voiisin ein préteindant quie cealui-coi faissait exaprès die luvi marocher suar leis piedos chaique fouis qvu'ill monatait ovu desicen-

* "Il commençait à être un peu givre pour *ivre*, par mimologie", *Gradus*, p. 366.

dait deus voyagreurs. Iol abanodonna d'ailoleurs rapideu-ment lia discusision povur sie jeiter suir uane plabce livbre.

Quelaques heubres pluis taird, jie lie rievis debvant lia gaire Savint-Lazxare ein grainde conoversation abvec uon camacrade quzi luzi dibsait die fagire relmonter uon pelu lie bobuton surpérieir die soin pardesssssssssssssssssssus.

72. 창唱풍으로

'어중음 첨가' 번역은 '어두음 첨가'와 같은 방식으로 단어의 가운데에 유사한 음절을 첨가하는 방식으로 진행하였다. 중간에 음절이 하나 끼어드니, 늘어지며 전체적으로 '창唱'과 비슷하게 재현되는 효과가 났다. 참고로 알프레드 자리의 『위뷔 왕』에 등장하는 유명한 대사 '메르드르Merdre'가 어중음 첨가의 대표 격으로 알려져 있다.*

73. Paragoges

Ung jourz verse midir, surl laa plateformet arrièreu d'uno autobusi, j'aperçuss uno jeuneu hommeu aux coux tropr longg ett quie portaito ung chapeaux entourée d'ung galong tressés aux lieux deu rubann. Soudainj, ile interpellat sono voisino eno prétendanti queue celuio-cix faisaito exprèso deu luiv marcheri surb lesq piedsa chaquex foisa quh'ile montaiti oui descendaiti desd voyageursi. Ilo abandonnat d'ailleurst rapidemento lab discussiong pourv sei jeteri sura uneu pla-ceu librex.

Quelquesu heureeu plusu tardu, jeu leu revisu devantu

* 위비 왕이 상투적으로 뱉어내는 대사로 '젠자장할' 정도가 되겠다. *Gra-dus*, p. 191.

lau gareu Sainteu-Lazareu enu grandex conversationg aveco uno camaradeb quib luib disaitr dew fairex remontert leq boutonq supérieurm dek sonj pardessussssssssssssssssssssss.

73. 동물 어미 열전

'어말음 첨가'의 번역 역시 동일한 방식으로 프랑스어 원문을 구성한 다음, 이를 한국어로 번역하고, 제2의 원문을 중심으로 낱말의 마지막에 여분의 음절을 추가하는 방식으로 진행되었다. 프랑스어 원문은 단어 하나하나 마치 외국말을 필사해놓은 듯한 느낌을 불러일으킨다. 또한 이와 동시에 'rl, laa'처럼, 혀끝이 말리며 무언가 구르는 소리가 들리고, 몇 차례 지속적으로 반복되는 'pr, tt, nj, sq, sa, ti, q'처럼 흡사 동물이 기어가는 모습이나 소리를 의태적이면서 의성적으로 재현한 효과를 창출한다. 마지막 부분 'sssssssssss'에 이르러 이 같은 동물의 울음이나 동작 효과는 절정에 이른다(여기서는 뱀이 '스스스슥' 기어가는 듯하다). 반복된 어미에서 울려나오는 기묘한 음성적 뉘앙스와 그 이중적 진동(의태어-의성어)과 그 진동으로 발생한 진폭 효과를 번역에서 살려내고자, 낱말 말미에 동물이 내는 소리나 동물 이름 등으로 마감될 수 있는 낱말을 골라 배치해보았다.

74. Parties du discours

ARTICLES : le, la, les, une, des, du, au.

SUBSTANTIFS : jour, midi, plate-forme, autobus, ligne S, côté, parc, Monceau, homme, cou, chapeau, galon, lieu, ruban, voisin, pied, fois, voyageur, discussion, place, heure, gare, saint, Lazare, conversation, camarade, échancrure, pardessus, tailleur, bouton.

ADJECTIFS : arrière, complet, entouré, grand, libre, long, tressé.

VERBES : apercevoir, porter, interpeller, prétendre, faire, marcher, monter, descendre, abandonner, jeter, revoir, dire, diminuer, faire, remonter.

PRONOMS : je, il, se, le, lui, son, qui, celui-ci, que, chaque, tout, quelque.

ADVERBES : peu, près, fort, exprès, ailleurs, rapidement, plus, tard.

PRÉPOSITIONS : vers, sur, de, en, devant, avec, par, à, avec, par, à.

CONJONCTIONS : que, ou.

74. 품사로 분해하기

원제는 '언술의 요소들'이며 수고본에는 '언술 분해'라고 명명된 바 있다. 26「구조 분석」과 비슷한 방식의 문체이며, 언술을 구성하는 품사를 분류하고, 이에 해당되는 낱말들을 뒤에 실어 설명을 마저 완성한다.

간단해 보이는 이 문체「품사로 분해하기」는, 그러나 눈여겨보면 기이한 점이 하나씩 발견되기 시작한다. 한국어판에서는 번역이 불가능해 생략한 맨 첫 줄 관사에서, 상식적으로 문장구성상 반드시 들어갈 수밖에 없는 남성형 부정관사('un')가 없다는 점도 기이하지만, 분해되어 열거된 단어들 순서가 얼핏 이야기 흐름을 충실히 따르는 듯해도 곳곳에 예외가 숨어 있어, 전체적으로 일관성이 결여되어 있다는 인상을 받는다. 이는『문체 연습』에 사실상 파불라가 부재한다는 사실과 연관되는 듯하다. 크노는 저본, 즉 '파불라'가 무엇인지 구체적으로 언급한 적이 없다. 1「약기」와 16「객관적 이야기」 역시, 흔히 간주하듯 파불라는 아니며, 단지 몇몇 텍스트에서 그 역할을 할 뿐이고, 이마저도 변주되어 활용될 뿐이다. 분해된 품사들을 전부 사용하여 이야기를 구성하는 식으로 '연습'을 해보면 어떨까. 참고로 번역에서는 이런 파불라의 일관성 결여와 프랑스어와 한국어의 통사구조 차이를 고려해, 부득이하게 한국어식 품사 분해로 재편하는 대신에, 크노의 원문과 대조해볼 수 있도록 다소 혼동의 우려가 있으나 해당 단어의 뜻을 그대로 옮겼다.

75. Métathèses

Un juor vres miid, sru la palte-frome aièrrre d'un aubutos, je requarmai un hmome au cuo prot logn et au pacheau enrouté d'une srote de filecle. Soudian il prédentit qeu sno viosin liu machrait votonlairement sru lse pides. Mias étivant la quelerle il se prépicita sru enu pacle lirbe.

Duex heuser psul trad je le rvise denavt la grae Siant-Laraze en comgnapie d'un pernosnage qiu liu dannoit dse consiels au suejt d'un botuon.

75. 글자 바꾸기

원제는 '음위전도音位顚倒'이며 "자구 하나의 이동이나 전치에 의한 단어의 변조"를 의미한다. 전도되기 전의 상태를 재구성한 프랑스어 원문은 아래와 같다.

어느 날 정오 무렵, 어느 버스 후부-승강대 상부에서, 나는 목이 아주 길고 또한 줄을 두른 모자를 착용한 청년을 발견했다. 갑자기 그는 옆 사람이 자기의 양발을 고의로 밟았다고 주장하였다. 그러나 다툼을 회피하며 그는 빈자리로 서둘러 내뺐다.

두어 시간 지나, 생라자르 역전**에서 나는 그를** 다시 보았는데 **그는** 단추**에** 관한 충고를 그에게 건네는 **어떤** 인물을 동반**하고 있었다.**

번역은 프랑스어 원문을 위와 같이 재구성한 다음, 이렇게 탄생한 제2의 원문에서 전도되지 않은(고딕체로 표시한) 낱말들을 제외한 나머지 낱말들의 자구 위치를 서로 바꾸는 방식으로 진행하였다. 그 결과 20「엉터리 애너그램」처럼, 해체되어 재구성된 낱말들이 전체적으로 의미 체계를 잃게 되었으며, 원문에서나 번역에서나, 문체 연습은 다소 해프닝처럼 되어버린 감이 있다.

76. Par devant par derrière

Un jour par devant vers midi par derrière sur la plate-forme par devant arrière par derrière d'un autobus par devant à peu près complet par derrière, j'aperçus par devant un homme par derrière qui avait par devant un long cou par derrière et un chapeau par devant entouré d'un galon tressé par derrière au lieu de ruban par devant. Tout à coup il se mit par derrière à engueuler par devant un voisin par derrière qui, disait-il par devant, lui marchait par derrière sur les pieds par devant, chaque fois qu'il montait par derrière des voyageurs par devant. Puis il alla par derrière s'asseoir par devant, car une place par derrière était devenue libre par devant.

Un peu plus tard par derrière je le revis par devant la gare Saint-Lazare par derrière avec un ami par devant qui lui donnait par derrière des conseils d'élégance.

76. 앞에서 뒤에서

16「객관적 이야기」를 저본으로 '앞에서 뒤에서'를 제약으로 활용하면서 문장의 각 요소에 삽입하여 활용한 문체다. 특정 표현이나 낱말을 반복하는 문체의 경우, 반복 자체를 번역에서 그대로 유지하려는 관성이 한층 강해지는 만큼, 번역은 또한 맥락에 따라 가변적인 이 반복된 낱말 '값'을 매번 일깨우고, 그렇게 획득된 '동일한 낱말의 다른 값'을 반영해야 한다는 강박도 들어선다.

77. Noms propres

Sur la Joséphine arrière d'un Léon complet, j'aperçus un jour Théodule avec Charles le trop long et Gibus entouré par Trissotin et pas par Rubens. Tout à coup Théodule interpella Théodose qui piétinait Laurel et Hardy chaque fois que montaient ou descendaient des Poldèves. Théodule abandonna d'ailleurs rapidement Eris pour Laplace.

Deux Huyghens plus tard, je revis Théodule devant Saint-Lazare en grand Cicéron avec Brummell qui lui disait de retourner chez O'Rossen pour faire remonter Jules de trois centimètres.

77. 고유명사

의존명사가 등장하는 한 군데를 제외하고, 모든 명사를 고유명사를 사용하여 재구성한 문체다. 고유명사의 문화적 상징성과 대표적 의미, 특징과 역사적 의의 등을 살려 파불라를 구성한다. 따라서 첫 구절 "꽉 들어찬 레옹 뒤쪽 조세핀 위에서"는 그

행간을 읽으면 "꽉 들어찬 (나폴)레옹 (군대) 뒤쪽 (황제 좌석에) 조제핀(이 앉아 있는 버스) 위에서"로 해석될 수 있으며,* 마찬가지로 "어느 날 나는 긴 목의 샤를과 함께 있는 테오뒬, 그리고 루벤스……" 역시 "어느 날 나는 긴 목의 샤를(드골 장군)과 함께 있는 (내 친구) 테오뒬, 그리고 (리본을 연상케 하는 화가) 루벤스……"로 재구성할 수 있다. 등장하는 고유명사는 아래와 같다.

· 레옹: '나폴레옹'의 지소적diminutif 표현이다. "꽉 들어찬 레옹"은 승객들로 가득한 승강대를 일견 나폴레옹 군대에 비유한 것이다. 조제핀은 물론 나폴레옹과 짝을 이룬다. 흥미로운 것은 프랑스어의 '좌석'이 여성형이므로, 조제핀에서 유추할 '여제impératrice'가 자연스레 당시 특정 버스의 승강대 상부에 마련된 '황제 좌석place impératrice'의 환유가 된다는 점이다.

· 긴 목의 샤를: 샤를 드골 장군을 암시한다.

· 루벤스Rubens: 15세기 플랑드르파 화가 이름으로, '리본Ruban'을 떠올리게 한다.

· 트리소탱: 몰리에르의 희곡 『학식을 뽐내는 여인들*Les Femmes savantes*』(1672)의 등장인물이며, 재능과 지식을 뽐내는 현학적 문인으로 '세 배나 어리석은trois fois sot' 심성이 뒤틀어진 자로 여겨졌으며, 이와 같은 특성이 모자에 베베 꼬인 줄에 비유되었다.

· 기뷔스: '기뷔스'라는 이름의 모자를 발명한 자다.

· 테오도즈/테오뒬: '테오도르'와 더불어 『문체 연습』의

* 당시 몇몇 대중 교통수단의 승강대 상부에는 '황제 좌석'이라 불리는 공간이 따로 마련되어 있었다. Raymond Queneau, "Notes" in *op. cit.*, p. 157.

주요 등장인물 세 명 중 하나다. 마지막에 밝혀지지만, 생라자르역에서 목이 긴 젊은 남자에게 충고를 건네고 있는 친구가 바로 '테오뒬'이다. (99 「반전」 참조.)

· 폴데브: 1929년 기자의 거짓 보도로 유명해진 가상 도시 '폴데브' 이야기에서 빌려왔다. 폴데브에서 학살이 행해지고 있다는 거짓 보도는 당시 국회에까지 전해졌으며, 폴데브 주민들을 보호하자는 주장이 상정되기도 했다. 이 '폴데브의 헛소문'은 크노의 소설 『내 친구 피에로』에서 중요한 역할을 한다.

· 로렐/하디: 1927년 결성되어 한 시대를 풍미했던 영국 코미디 듀오 각각의 이름이며, 특히 "네가 내 발을 밟고 있잖아"를 히트시켜서, 발을 밟은 두 명의 화자를 상징하게 되었다.

· 라플라스/호이겐스: 물리학자이자 수학자이며 또한 천문학자이기도 하다. '라플라스의 변환'으로 유명한 '라플라스'는 여기서는 단순히 이름이 '자리'를 의미하여 인유된 것으로 보이며, 호이겐스는 여러 업적 중, 정확하게 시각을 나타낼 수 있는 새로운 설계의 진자시계를 발명한 것에 착안하여, 정확히 두 시간이 지난 상황을 비유한다.

· 에리스: 그리스신화에 등장하는 불화와 이간질의 여신이다. '에리스'는 그리스어로 '불화'를 의미한다.

· 브러멀: 19세기 빅토리아시대 영국 귀족사회에서 최고의 멋쟁이로 이름을 날렸으며 그런 그를 사람들은 프랑스어의 '아름다운'을 뜻하는 '보 Beau'를 앞에 붙여 '보 브러멀'이라 불렀다. 그는 양복 차림을 대폭 개선하는 데 기여하기도 했다.

· 키케로: 로마시대의 정치가, 웅변가, 철학자이며, 본문에서는 '일장연설을 하다 en grand Cicéron'는 관용구로 쓰였다.

· 오로슨: 프랑스의 유명한 재단사 이름이며, 1940년대까지 파리의 방돔광장에 사무실이 있었다.*

· 이외에 등장하는 '쥘 Jules'은 '청바지에 지퍼 대신 다는 둥근 쇠단추'를 의미한다.

원문에서 제기된 각각 고유명사를 이들을 대표하는 상징적 인물로 대치하는 방법(예를 들어 '조제핀'은 '명성황후'로, '나폴레옹'은 '고종'으로)을 번역시 고심하였다가 이내 포기할 수밖에 없었다. 어쨌든 '등가' 번역은 원문, 저 타자의 고유성을 역문, 즉 나의 고유성으로 바꾼다는 의미를 지니며, 그렇기에 자주 원문을 은폐하거나 병합하는 등, 사실상 번역에서는 무용지물에 가깝다. 등가 외에, 역주로 고유명사와 고유명사가 함축하고 있는 문화적 역사적 의미를 설명하고 특징을 개괄하는 번역 방식도 고려해보았으나, 이 역시 결국에는, 어떤 의미에서, 번역을 회피하는 것에 불과하다는 생각이 들었다. 고심을 거듭하다가, 결국 고유명사 앞에 설명구를 붙이되, 활자 크기를 다소 작게 조절하여, 설명구 없이 큰 글자만을 읽어도 독서가 가능한 동시에, 원하면 또한 참조하면서 읽을 수 있는 절충을 택하였다. 단 이 두 가지 모두 독립적인 독서가 가능해야 한다는 조건하에서 구성되었다.

* '쥘' '로렐'과 '하디' 등 몇몇을 제외하고 고유명사에 대한 해석과 간략한 설명은 『수석-전집』(1579쪽)과 Raymond Queneau, "Notes" in *op. cit.*, pp. 157–158에 소개되어 있으며, 그 외의 정보는 위키피디아 등의 자료를 참조하였다.

78. Loucherbem

Un lourjingue vers lidimège sur la lateformeplic arrière d'un lobustotem, je gaffe un lypètinge avec un long loukem et un lapeauchard entouré d'un lalongif au lieu de lubanrogue. Soudain il se met à lenlèguer son loisinvé parce qu'il lui larchemait sur les miépouilles. Mais pas lavèbre il se trissa vers une lacepème lidévée.

Plus tard je le gaffe devant la laregame Laintsoin Lazarelouille avec un lypetogue dans son lenregome qui lui donnait des lonseilcons à propos d'un loutonbé.

78. 이북 사람입네다

원제는 '루쉐르방'이며, '정육점 상인 말투'를 뜻한다. 루쉐르방은 파리 외곽 북부의 "빌레트 지역에 거주하던 푸주한들의 은어"에서 비롯되었으며, "단어의 첫 자구를 L로 바꾼 다음, 이 첫 자구를 단어의 마지막에 붙인 다음, 그 단어의 마지막에 다시 'em'이나 'ingue' 등을 첨가하여 덧붙이는 방식"으로 이루어진다.* 예를 들어 이 법칙에 따르면, 'boucher(정육점 상인)'는 우선 이 낱말의 첫 자구 'b'를 떼어낸 'oucher'의 맨 앞에 'l'을 붙이고, 떼어낸 이 'b'를 이 단어의 마지막에 붙여 'loucherb'을 만든 다음, 여기에 'em'을 덧붙여 'loucherbem'이 된다. '루쉐르방'은 형사들 특유의 말투나 노동판 고유의 노동자들의 말투 등, 흔히 업계나 특정 분야의 용어라는 인상이 짙다. 번역은 '루쉐르방'으로 변형되기 전 프랑스어 원문을 복원한 후, 이를 '북한어투'로 재현하였다.

* David Alliot, *Larlépem-vous louchébem ?: L'argot des bouchers*, Pierre Horay, 2015 참조.

79. Javanais

Unvin jovur vevers mividin suvur unvin vautobobuvus deveu lava livigneve essève, jeveu vapeverçuvus unvin jeveunovomme vavec unvin lonvong couvou evet unvin chavapoveau envantouvourévé pavar uvune fivicevelle ovau lieuveu deveu ruvubanvan. Toutvoutavoucou ivil invinterverpevellava sonvon voisouasinvin envan prevetenvandenvant quivil luivui marcharvaichait suvur léves piévieds. Ivil avabanvandovonnava ravapivideveumenvant lava diviscuvussivion povur seveu jevetéver suvur uvune plavaceveu livibreveu.

Deveux heuveureuves pluvus tavard jeveu leveu reveuvivis deveuvanvant lava gavare Saivingt-Lavazavareveu envant granvandeveu convorseversavativion avvévec uvin cavamavaravadeveu quivi luivui divisaitvait deveu divimivinivinuvuer l'éváchanvancruvure deveu sonvon pavardeveusseuvus envan faivaisavant revemonvontéver pavar quévelquinvun deveu comvonpévétenvant leveu bouvoutonvon suvupévérivieur duvu pavardeveussuvus evan quiévestivion.

79. 일이삼사오육칠팔구십

원제 '자바네'는 '자바어'와는 아무런 상관이 없다. 원문의 첫 구절 "Unvin jovur vevers mividin"처럼, '자바네'는 문장의 각 음절에 'vin, v, ve, vi' 등 반드시 'v'를 포함한 몇몇 음절('veu, vant, von, ver, vingt' 등)을 낱말 중간이나 말미에 섞어, 추임처럼 사용해가며 노래처럼 변주하는, 아이들이 흔히 하는 말놀이의 한 종류다

① 어느 날 정오 무렵 에스선 버스 위에서 나는 리본 대신 끈을 두른 모자 쓴 목이 긴 청년을 봤다. 갑자기 그는 자기 발을 밟았다고 주장하면서 옆 사람을 불러세웠다. 그는 빈 곳에 몸을 던지기 위해 재빨리 거길 빠져나왔다.

두 시간 지나, 나는 그를 거기 생라자르역 앞에서 다시 보았는데, 그는 제 외투 틈이 안 뜨게 문제의 외투 윗단추를 올려 달라 말하는 벗과 제법 큰 소리로 말을 하고 있다.

번역은 변형되기 전 프랑스어 원문을 위의 ①로 복원한 후, '일이삼사오육칠팔구십'을 순서대로 어절에 차례로 끼워넣는 방식을 택했다. 1970년대를 풍미했던 '김수한무 거북이와 두루미 삼천갑자 동방삭……'* 처럼, 주로 4·3조나 7음절 단위로 진행되는 말장난식 돌림노래 형태로 이 문체를 재현해보았으며, 낭독 시 리듬을 고려해 중간에 여백을 두었다.

80. Antonymique

Minuit. Il pleut. Les autobus passent presque vides. Sur le capot d'un AI du côté de la Bastille, un vieillard qui a la tête rentrée dans les épaules et ne porte pas de chapeau remercie une dame placée très loin de lui parce qu'elle lui caresse les mains. Puis il va se mettre debout sur les genoux d'un monsieur qui occupe toujours sa place.

* "김수한무 거북이와 두루미 삼천갑자 동방삭 치치카포 사리사리센타 워리워리 세브리깡 무두셀라 구름이 허리케인에 담벼락 담벼락에 서생원 서생원에 고양이 고양이엔 바둑이 바둑이는 돌돌이." 1970년대 중반, 동양방송TBC에서 서영춘과 임희춘 콤비가 처음 선보인 이래 수많은 변조를 거쳤다.

Deux heures plus tôt, derrière la gare de Lyon, ce vieillard se bouchait les oreilles pour ne pas entendre un clochard qui se refusait à dire qu'il lui fallait descendre d'un cran le bouton inférieur de son caleçon.

80. 거꾸로

원제는 '반의어법식'으로 초판본에서는 '사실에 반反하여 Contre-vérité'였으며, 모든 상황을 반대로 기술하는 데 바쳐진다. '정오'는 '자정'으로, 차량 내부의 '승강대'는 외부의 '보네트'로, '젊은이'는 '노인'으로, '외투'는 '속옷'으로 바뀌었다. 'AI선 버스'도 마찬가지다. 'AI선 버스'는 카르티에라탱가街 근처 생미셸역에서 출발한다는 점에서 이보다 조금 남쪽에 위치한 팡테옹에서 출발하는 S선과 비슷하지만, S선 버스와는 달리 생라자르역을 종점으로 운행되었다. 따라서 이 두 노선은 서로 반대 방향이 아니라, 엇비슷한 지역에서 출발하여 서로 다른 종착점을 향한다는 점에서 평행적이다.*

81. Macaronique

Sol erat in regionem zenithi et calor atmospheri magnissima. Senatus populusque parisiensis sudebant. Autobi passebant completi. In uno ex supradictis autobibus qui S denominationem portebat, hominem quasi junum, cum collo multi elongato et cum chapito a galono tressato cerclato vidi. Iste junior insultavit alterum hominem qui proximus erat pietinat, inquit, pedes meos post deliberationem animæ tuæ. Tunc sedem libram vidente, cucurrit là.

* 『주석-전집』, 1580쪽.

Sol duas horas in coelo habebat descendues, Sancti Lazari stationem rerrocaminorum passente devant, junum supradictum cum altero ejusdem farinae qui arbiter elegantiarum erat et qui apropo uno ex boutonis capae junioris consilium donebat vidi.

81. 라틴어로 서툴게 끝맺기

원제 '마카로니체'는 "모국어의 구어 단어들을 라틴어의 종결어미로 우스꽝스럽게 끝맺는 시의 한 형식"*을 의미하며 15세기 이탈리아에서 고안되었다. 흔히 아속혼효체雅俗混淆體로 불린다. 이 문체는 라틴어나 라틴어에 어원을 둔 낱말을 그대로 살려 프랑스어 낱말의 종결어미로 활용하는 식으로 문장을 구성한다. 구어풍의 프랑스어 속어俗語와 고풍격 라틴어의 우아함雅이 서로 결합되면서, 고상하면서도 한편으로 속되고, 고전적이면서도 입말 특유의 대중성을 잃지 않는, 그러니까 말 그대로 '아'와 '속'이 '혼재'하여 기묘하고도 다소 우스꽝스러운 분위기가 탄생한다. 크노는 입말(프랑스어)과 종결어미(라틴어) 규칙을 정확히 지키기보다는, 마카로니체의 기조를 유지하되 유머러스한 신조어를 만들어 활용한다.

번역은 우선 섞여들어온 라틴어를 제거하는 등의 작업을 통해 일단 원문을 프랑스어로 전환하여 제2의 원문을 다음과 같이 만들었다.

Le soleil était aux environs du zénith et l'atmosphère était très chaude. Le peuple parisien suait. Les autobus passaient, complets. Dans un de ces bus mentionnés ci-dessus, qui portait l'appellation S, je vis un homme

* *Gradus*, p. 280.

relativement jeune avec un cou très allongé et un chapeau à galon tressé tout autour. Ce jeune insulta un autre homme qui était tout près de lui et qui lui avait piétiné ses pieds délibérément avec son âme. A ce moment-là, voyant une place assise libre, il y courut.

Le soleil avait descendu deux heures dans le ciel, passant devant la station de chemin de fer Saint Lazare ; je vis le jeune homme ci-dessus mentionné avec un autre de la même espèce (farine) qui était habillé élégamment et qui donnait des conseils au jeunot à propos d'un des boutons de son pardessus.

이 텍스트를 바탕으로 변주를 가하는 방식을 통해 진행되었다. 라틴풍을 반영할 고전적 낱말들을 선별하고 '아'와 '속'이 결합되며 발생하는 유머 효과를 적절히 반영하기 위해, 마지막 맺음을 '~우스, ~무스, ~티아, ~리움, ~트라' 등 전형적인 라틴어투를 활용하되, 한국어 구어의 맛도 살리고, 적절히 신조어를 만들어 전체를 완전히 재구성했다. 이 과정에서 1987년 방영되었던 『쇼 비디오자키』의 「네로황제 25時」를 떠올리고 이를 참조했다. 방송 초기에 등장했던 '세네카'나 '페트로니우스' 등 실제 인물을 비롯해 이후 배우들에게 붙여 웃음을 자아냈던 '헷갈리우스, 침묵리우스, 얼떨리우스, 날라리아' 등에서 번역의 실마리가 일부분 풀렸다.

82. Homophonique

Ange ouvert m'y dit sur la pelle à deux formes d'un haut obus (est-ce ?), j'à peine sus un je nomme (ô Coulomb !) avec de l'adresse autour du chat beau. Sous daim, il entrepella son veau à zinc qui (dix hait-il ?) lui maraîcher sur l'évier ex-pré. Mais en veau (hi ! han !) une pelle à ce vide ici près six bêtas à bandeau non l'a dit ce cul : Sion.

Un peuple hue tard jeune viking par relais de vents la garce (un l'a tzar) ! Un nain dit "vi ẹus lu" idoine haie dès qu'on scelle à peu rot pot debout. Hon !

82. 발음을 얼추 같게

원제는 "동일한 발음의 다른 단어들"*을 뜻하는 '동음이의어로'이다. 한편 초판본에는 "한 문장이나 통사구에서 하나 혹은 둘 정도의 음소를 가볍게 이전하여 획득되는 이중적 의미"**를 뜻하는 '어림잡아 A peu près'를 제목으로 삼았으며, 이러한 사실이 이 문체의 특성을 단적으로 설명해준다.

첫 구절 "Ange ouvert m'y dit"([ɑ̃ʒ]+[uvɛːʀ]+[mi]+[di]: 앙주+우베르+미+디, [열린 천사가 나에게 거기서 말한다])는 'Un jours vers midi'([œ̃]+[ʒuʁ]+[vɛːʀ]+[midi]: 엥+주르+베르+미디, [어느 날 정오경])과 발음은 '얼추' 유사하지만 실상 그 내용은 전혀 다르다. 원문을 이처럼 발음을 표기해가며 읽어나가다보면, 동음이의 현상에 의해 원문이 그 안에 숨기고 있는 텍스트가 표면으로 떠오르게 된다. 초판본 제목이 시사하듯, 이 문체는 완벽한 동음이의어로 재현하는 것이 목적이 아니라, '얼추' 근

* *Gradus*, p. 233.
** *Gradus*, p. 59.

사치의 유사성에 기대어 소리의 대략적 인상을 남기는 식의, 의사疑似변환적 동음이의에 가깝다고 하겠다.

따라서 번역은 원문을 발음에 충실하게 따라 읽으며 일단 프랑스어로 재구성하는 첫 단계 ①, 이 재구성된 프랑스어 버전을 구성하는 두번째 단계 ②, 그리고 이를 한국어로 번역하는 세번째 단계 ③을 '사전 작업'으로 진행하였다. (괄호 속 굵은 표시는 발음에 맞추어 재구성한 부분이며 밑줄 친 부분은 변화되지 않고 그대로 유지된 낱말들을 의미함.)

① Ange ouvert m'y dit(**un jour vers midi**) sur la pelle à deux formes(**sur la plate-forme**) d'un haut obus(**d'un autobus**) (est-ce ?)(**S**), j'à peine sus (**j'aperçus**) un je nomme (**un jeune homme**) (ô Coulomb !)(**au cou long**) avec de l'adresse(**de la tresse**) autour du chat beau.(**chapeau**) Sous daim (**Soudain**), il entrepella(**interpella**) son veau à zinc(**son voisin**) qui (dix hait-il ?)(**disait-il**) lui maraîcher (**marcher**) sur l'évier(**les pieds**) ex-pré(**exprès**). Mais en veau (hi ! han !)(**Mais en vo**[**yant**]) une pelle à ce (**une place**) vide ici près six bêtas(**precipeta**) à bandeau non (**abandonnant**) l'a dit ce cul : Sion.(**la discussion**)

Un peuple hue tard(**un peu plus tard**) jeune viking (**je le vis qui**) par relais(**parlait**) de vents(**devant**) la garce (un l'a tzar) ! (**gare Saint-Lazar**) Un nain dit « vi eus(**un individu**) lu » idoine haie (**lui donnait**) dès qu'on scelle (**des conseils**) à peu rot pot debout. Hon !(**à propos de bouton**)

② (**un jour vers midi**) (**sur la plate-forme**) (**d'un autobus**) (**S**) (**j'aperçus**) (**un jeune homme**) (**au cou long**) avec **de la tresse** autour du **(chapeau) (Soudain)**, il **(interpella) (son voisin)** qui **(disait-il)** lui **(marcher)** sur **(les pieds) (exprès)**. **(Mais en vo[yant]) (une place)** vide ici **(precipeta) (abandonnant) (la discussion)**

(Un peu plus tard) (je le vis qui) (parlait) (devant) (la gare Saint-Lazar). **(Un individu) (lui donnait) (des conseils) (à propos de bouton)**

③ 어느 날 정오경, 어느 버스 후부-승강대 위에서, 나는 목이 아주 길고 줄을 두른 모자를 착용한 애송이를 발견했다. 갑자기 그는 옆 사람이 발을 일부러 밟았다고 말한다. 그러나 빈자리를 보자 재빨리 다툼을 포기하며 거기로 서둘러 내달렸다.

조금 지나, 생라자르 역전에서 말하고 있는 그를 다시 보았다. 어떤 인물이 그에게 단추와 관련된 충고를 건네고 있었다.

①을 제2의 원문이라 부를 ②로 재구성하고 ②를 바탕으로 ③, 즉 한국어로 번역하는 단계는 번역에서 사전 단계에 해당된다. 사전 단계를 바탕으로 번역은 ③의 통사구에, 동음이의적으로 대응하는 한자로 재차 의사 변환을 실행하다는 마음으로 재구성하는 방식으로 진행되었다. 번역은 동음이의적 '의사' 변환 작업중, 필요에 의해, 띄어쓰기를 간혹 생략하거나, 음절 하나하나가 정확히 대응하는 동음이의식 변환이 아니라는 점에서, '근사치' 발음으로 구성된 변환을 활용하였다. 예를 들어 '어느 날'은 띄어쓰기를 생략하여 우선 '어느날'로 바꾸고, 이어서 근사치 동음이의어 '漁淚剌(어누날)'로 변환하는 절차를 거쳐야 했다. 변환된 단어들은 동음이의 놀이를 위해 번역가가 고안한 가짜 한자이며, 또한 그 뜻을 헤아리면 결국에는 난센스와 해프닝에 가까

워 폭소를 자아내지만, '어루날'(漁淚剌: 물고기의 눈물이 발랄하고), '정오경'(正誤經: 정오를 따진 경전), '갑자기'(甲子期: 갑자의 기간 동안), '엽사람'(獵師籃: 사냥꾼의 바구니) 등처럼, 모두 사전에 등재된 단어들이며, 의미를 지닌 낱말들이기도 하다. 이러한 과정을 거쳐 번역이 탄생하였으며, 이 '번역'은 대략 다음과 같이 '풀이'될 수 있다.

물고기 눈물이 발랄한데 정오正誤를 기록한 경전에 물고기 눈물이 보수保守가 되다. 샛서방은 승강僧綱의 우두머리 위에서, 소라와 목이버섯이 아시아에서, 두레박줄은 두륜頭輪 산의 어머니와 아들母子이 잘못 사용하고 애송愛誦하는 너를 파견했다. 갑자甲子의 기간 동안 그는 사냥꾼의 바구니에 쓴 것의 일부를 길에 발파發破한다. 수많은 이유로 대마와 난蘭이 든 차. 그러나 가난한 자의 마을을 재앙의 물결 마을은 요새에서 싸움이 잦고 집의 소리를 공기에 쪼이다가 하여간에 거처하는 기운으로 서두에 우울하게 낚시하며, 내부가 풍족하고 비단이 많다. 인공으로 만든 황금, 중국, 나자류裸子類(히드로 충류)가 생겨서 역전逆轉되니, 아래를 바르고 있는 그는 찻숟가락으로 아이를 돌봄이 많다. 어떤 인물현이 그에게 단추와 전매청 담배가 된 벌레와 기생충을 안으로 말며 생각하고 있었다.

83. Italianismes

Oune giorne en pleiné merigge, ié saille sulla plataforme d'oune otobousse et là quel ouome ié vidis ? ié vidis oune djiovanouome au longué col avé de la treccie otour dou cappel. Et lé ditto djiovanouome oltragge ouno pouovre ouome à qui il rimproveravait de lui pester les pieds et il ne lui pestarait noullément les pieds, mais quand il vidit oune sédie vouote, il corrit por sedersilà.

À oune ouore dè là, ié lé révidis qui ascoltait les consigles d'oune bellimbouste et zerbinoote a proposto d'oune bouttoné dé pardéssousse.

83. 일본어 물을 이빠이 먹은

원제는 '이탈리아풍'이다. 이는 70「영어섞임투」처럼 프랑스어 어휘로 편입이 고려될 정도로 충분히 사용 빈도수가 높은 이탈리아어 표현 또는 이탈리아어에서 영향받은 표현을 의미한다. 『문체 연습』의 이탈리아 번역가 움베르토 에코는 이 문체를 '프랑스어풍'으로 대체하면서 "프랑스 독자에게 이탈리아식 표현으로 들리는 것이 이탈리아 독자에게도 똑같은 효과를 주지는 않는"*다는 사실을 그 이유로 설명한 바 있다. 한국어 전반에서 이탈리아어 영향을 받은 표현은 극히 적다. 프랑스어에 침투한 이탈리아어와는 비교할 수 없을 정도로 그 분포는 물론 영향력 또한 빈약한데, 이는 한국과 이탈리아 간의 지리적 역사적 문화적 언어적 문학적 간격이 상당하기 때문이다. 한국에서 통용되는 이탈리아어는 '맘마미아' '본 조르노'처럼 유명한 경구 혹은 '피자' '본 젤라또' '카푸치노' '카페라테' '파니니' 등 음식 관련 용어가 많으며,

* 움베르토 에코, 『번역한다는 것』, 김운찬 옮김, 열린책들, 2010, 456쪽.

간혹 '아벨라 케벨라'처럼 이탈리아 연예인이 방송에서 언급하여 유행을 타고 잠시 회자되는 표현 정도에 불과하다. 프랑스와 이탈리아 사이의 '문화적 간격'은 오히려 한국과 일본의 그것과 유사해 보인다. 고심을 거듭하다 번역은 이런 점을 고려하여, 원문 내용과는 다소 차이가 나긴 하나 그 문체의 뉘앙스를 살리는 데 역점을 두어 '일본어풍'으로 대체하였다. 한국어에 잔존해 있거나 애초의 의미가 다소 변형되었지만, 일본어에 영향받은 어휘를 중심으로 표기법과 상관없이 언중의 발음에 따라 파불라를 구성해 보았다. 박숙희의 『우리말 속 일본말』(한울림, 1996)에서 적잖은 도움을 받았다.

84. Poor lay Zanglay

Ung joor vare meedee ger preelotobüs poor la port Changparay. Eel aytay congplay, praysk. Jer mongtay kang maym ay lar jer vee ung ohm ahvayk ung long coo ay ung chahrpo hangtooray dünn saughrt der feessel trayssay. Sir mirssyer sir mee ang caughlayr contrer ung ingdeeveedüh kee lühee marshay sühr lay peehay, pühee eel arlah sarsswar.

Ung per plüs tarh jer ler rervee dervang lahr Garsinglahzahr ang congparhrgnee d'ung dangdee kee lühee congsayhiay der fare rermongtay d'ung crang ler bootong der song pahrdessüh.

84. 미쿡 쏴아람임뉘타

원제는 '영국인을 위하여'이며, 모국어가 영어인 사용자가 프랑스어를 영어식으로 발음하는 것을 흉내내어 쓴 경우에 해당하며, 70 「영어섞임투」 원칙과는 반대다. 첫 구절 "Ung joor vare meedee"는 "Un jours vers midi"을 영어식으로 읽어 발생한 발음을 표기해놓은 것이며, 그렇기에 '프랑스어'라고 하기에는 무리가 따른다. 번역은 원문의 영어식 발음이 안에 웅크리고 있는 프랑스어 원문을 재구성하여 제2의 원문을 만든 다음, 이 제2의 원문을 다시 영어식 발음, 그러니까 한국어를 사용하되 한국어가 익숙하지 못해 발음에 영어투가 간간이 섞인다거나, 매사에 모든 걸 영어식으로밖에 발음하지 못하는 화자의 어투를 모방해보았다. 번역시 원래 낱말이 영어인 경우에는 '오렌지'를 '어륀쥐'식으로 힘주어 강조하고야 마는 화자의 어투를 살렸고, 프랑스어 고유명사는 영어식 발음 습성을 그대로 살리는 데 주안점을 두었으며(왜냐하면 화자는 영어가 모국어이기 때문에), 또한 문장 구성에서도 단문 위주의 하다 만 듯 다소 어설픈 구문을 간간이 삽입하였고, 존칭에 서툴러 존댓말과 반말을 혼용하는 화자의 어법을 적용해보았다.

85. Contre-petteries

Un mour vers jidi, sur la fate-plorme autière d'un arrobus, je his un vomme au fou lort cong et à l'entapeau chouré d'une tricelle fessée. Toudain, ce sype verpelle un intoisin qui lui parchait sur les mieds. Cuis il pourut vers une vlace pibre.

Heux pleures tus dard, je le devis revant la sare Laint-Gazare en crain d'étouter les donseils d'un candy.

85. 지저분한 엉터리 철자교환원

원제는 '철자 교환'*으로 "통사구 하나의 두 가지 요소에 속한 두 음의 교체"를 의미하며 "빈번하게 외설적인 농담을 재현하는 새로운 통사구를 산출"**하는 문체를 의미한다. 크노는 인접한 서너 단어의 자음을 교환하는 식의 조작을 관사와 전치사, 인칭대명사 등을 제외한 명사와 동사, 형용사와 부사 전반에 실행하였다. 그 결과 'mour, cong, fate, fessée, Cuis'***처럼 다소 외설적이거나 외설적인 뉘앙스를 풍기는 낱말이 만들어졌으나, 이 몇몇 단어를 제외하면 전반적으로 사전에 등재되지 않은 신조어로 이루어져, 외설적이라기보다는 차라리 의미 체계가 붕괴된 난센스에 가깝다는 점에서, 애너그램 등과 마찬가지로 의사疑似-철자교환에 가깝다고 하겠다.

번역은 철자 교환 이전으로 원문을 재구성하고 이어 이 제2의 원문을 바탕으로 서너 단어 인접한 자음을 서로 교환하는 방식에 따라 번역한 다음, 이후 한차례 더 우리말 순서에 따라 교정하면서 통사구조를 조작하였다. 그 결과 온전히 난센스에 가까워질 뿐이어서, '노았다'는 '놀았다'로, '부발'은 '부랄'로, '드러더니'는 '더러우니'로, '바리'는 '바지'로, '궁이던'은 '궁둥이'로 교체하는 식으로, 몇몇 단어의 경우, 음절수를 보전하면서 '외설적'인 뉘앙스를 풍기거나 다소 '유머러스한' 낱말들로 살짝 바꾸어보았다.

* 일반적으로 'contrepètrie'라고 표기한다.

** *Gradus*, p. 131.

*** mour는 '분사구의 주둥이'를 뜻하며, 남성의 성기에 대한 비유다. cong는 '여성의 성기'나 '머저리'를 뜻하는 낱말 'con'과 발음이 동일하다. fate는 '건방진' '잘난 체하는'을 뜻히는 형용사 'fat'의 여성형이다. fessée는 '볼기 때리기'를 뜻하며 '엉덩이'를 뜻하는 'fesse'와 유의어다. Cuis는 '구워지다'를 뜻하는 동사 'cuire'의 이인칭 명령형이며, 발음이 엉덩이를 뜻하는 'cul'과 같다.

86. Botanique

Après avoir fait le poireau sous un tournesol merveilleusement épanoui, je me greffai sur une citrouille en route vers le champ Perret. Là, je déterre une courge dont la tige était montée en graine et le citron surmonté d'une capsule entourée d'une liane. Ce cornichon se met à enguirlander un navet qui piétinait ses plates-bandes et lui écrasait les oignons. Mais, des dattes ! fuyant une récolte de châtaignes et de marrons, il alla se planter en terrain vierge.

Plus tard je le revis devant la Serre des Banlieusards. Il envisageait une bouture de pois chiche en haut de sa corolle.

86. 식물학 수업

86「식물학 수업」, 87「의사의 소견에 따라」, 89「입맛을 다시며」, 90「동물농장」, 이 네 가지 문체는 전문 분야의 관점에서 표현한다는 엇비슷한 목표로 변주를 가한 시리즈에 속한다.

원제는 '식물학'이다. '호박마차'는 신데렐라의 패러디*이며, 프랑스어 표현 "faire le poireau"는 '파를 만든다' 즉 '오래 기다리다'라는 의미를 지녀, "대파 한 단이 거푸 썩을 만큼 기다린"으로 번역하였다. '젊은이'를 표현한 'cornichon'은 흔히 그런 것처럼 '피클'**로는 번역될 수 없어 고심하다가, 그 형태와 역할을 반영하여 '풋고추'로 택했다. "Mais, des dattes ! (그런데 저기 대추야자!)"는 무언가를 하고 있다가 갑자기 그보다 흥미로운 것을

* 『주석-전집』, 1581쪽.

** 영어의 '피클'과 '코르니숑'은 다르다. '피클'이라는 번역은 아주 작은 오이를 절여 통째로 제공되는 '코르니숑'과는 다르며, 이 문체의 맥락에도 적절치 않다.

발견하여 달려가게 되는 경우를 표현하는 프랑스어 경구이며, 따라서 빈자리를 발견한 젊은이가 언쟁을 갑자기 멈추고 성급히 그곳으로 내빼는 상황 전반을 '식물학적으로' 표현한 것이다. "하지만 대추야자가 우수수 떨어지는데 대체 무슨 상관이람!"이라는 번역은 다소 장황하기는 하나 이 같은 이유에서 고안되었다.

87. Médical

Après une petite séance d'héliothérapie, je craignis d'être mis en quarantaine, mais montai finalement dans une ambulance pleine de grabataires. Là, je diagnostique un gastralgique atteint de gigantisme opiniâtre avec élongation trachéale et rhumatisme déformant du ruban de son chapeau. Ce crétin pique soudain une crise hystérique parce qu'un cacochyme lui pilonne son tylosis gompheux, puis, ayant déchargé sa bile, il s'isole pour soigner ses convulsions.

Plus tard, je le revois, hagard devant un Lazaret, en train de consulter un charlatan au sujet d'un furoncle qui déparait ses pectoraux.

87. 의사의 소견에 따라

원제는 '의학적'이란 뜻이다. 이야기 전반을 온갖 의학용어를 동원하여 재구성한다. 모자나 끈 등, 사물들을 증상에 비유하는 등, 의료 현장에서 치료를 받는 환자와 진단 소견을 주는 의사의 상황(여기에 돌팔이 의사까지 등장한다)으로 설정하여, 병과 병명, 증상과 처방의 상황에 맞추어 이야기가 구성된다. '기관이완 현상, 고질적 발달이상 상대, 영양결핍 환자, 각화과다증, 못박이 관절' 등의 번역은 의사의 처방전에 등장하거나 의학용어사전에 등재된 표현들을 참조한 것이다.

88. Injurieux

Après une attente infecte sous un soleil ignoble, je finis par monter dans un autobus immonde où se serrait une bande de cons. Le plus con d'entre ces cons était un boutonneux au sifflet démesuré qui exhibait un galurin grotesque avec un cordonnet au lieu de ruban. Ce prétentiard se mit à râler parce qu'un vieux con lui piétinait les panards avec une fureur sénile ; mais il ne tarda pas à se dégonfler et se débina dans la direction d'une place vide encore humide de la sueur des fesses du précédent occupant.

Deux heures plus tard, pas de chance, je retombe sur le même con en train de pérorer avec un autre con devant ce monument dégueulasse qu'on appelle la gare Saint-Lazare. Ils bavardochaient à propos d'un bouton. Je me dis : qu'il le fasse monter ou descendre son furoncle, il sera toujours aussi moche, ce sale con.

88. 그 새끼가 말이야

원제는 '모욕적인, 무례한'이다. 이 문체는 'con'('등신, 등신 새끼, 상등신 새끼'로 번역된)이 몇 차례 반복되어 나타난다는 점에서 34「같은 낱말이 자꾸」처럼, 동일한 낱말을 변주한 문체 유형 중 하나에 속한다고 할 수 있다. 한편 '욕설'이라고 하면 흔히 기대하기 쉬운 매우 상스럽거나 저속한 표현은, 원문에는 사실 등장하지 않지만, 여기서는 '무례하고 모욕적'인 정서가 담긴 문체이기에 욕설을 고려해봤다. 욕설의 정도가 심하고 발달(?)한 한국어에 비한다면 다소 절제되고 한편으로 이지적이기까지 한 욕설 정도가 되겠다.

89. Gastronomique

Après une attente gratinée sous un soleil au beurre noir, je finis par monter dans un autobus pistache où grouillaient les clients comme asticots dans un fromage trop fait. Parmi ce tas de nouilles, je remarquai une grande allumette avec un cou long comme un jour sans pain et une galette sur la tête qu'entourait une sorte de fil à couper le beurre. Ce veau se mit à bouillir parce qu'une sorte de croquant (qui en fut baba) lui assaisonnait les pieds poulette. Mais il cessa rapidement de discuter le bout de gras pour se couler dans un moule devenu libre.

J'étais en train de digérer dans l'autobus de retour lorsque, devant le buffet de la gare Saint-Lazare, je revis mon type tarte avec un croûton qui lui donnait des conseils à la flan, à propos de la façon dont il était dressé. L'autre en était chocolat.

89. 입맛을 다시며

89 「입맛을 다시며」의 원제는 '미각적으로'이다. "술빵처럼 어리벙벙한"으로 번역한 프랑스어 'baba'는 '술이 섞인 카스테라의 일종'이자 'être' 동사와 함께 관용구로 쓰여 '어리벙벙한, 얼떨떨해진' 등을 뜻한다. 또한 "시골풍의 크로캉"으로 번역된 프랑스어 'croquant' 역시 '아몬드나 계란 노른자를 재료로 만든 쿠키'를 뜻하는 명사이자 '촌놈'이나 '세련되지 못한 사람'을 가리키는 동시에 또한 '바삭바삭한'이라는 뜻의 형용사이기도 하다. "공갈빵 같은"으로 번역된 'à la flan' 역시, 푸딩보다 조금 더 딱딱하여, 조각으로 팔기도 하는 후식의 일종이자 관용구로 '공갈을 치다'를 의미한다. 한자를 살짝 바꾸어 '가당可糖치 않다'로 번역한

프랑스어 (말 그대로 해석하면 '초콜릿이 되다'를 뜻하는) 'être chocolat'는 '믿음이 없어 원하는 대로 되지 않다'를 뜻한다.

90. Zoologique

Dans la volière qui, à l'heure où les lions vont boire, nous emmenait vers la place Champerret, j'aperçus un zèbre au cou d'autruche qui portait un castor entouré d'un mille-pattes. Soudain, le girafeau se mit à enrager sous prétexte qu'une bestiole voisine lui écrasait les sabots. Mais, pour éviter de se faire secouer les puces, il cavala vers un terrier abandonné.

Plus tard, devant le Jardin d'Acclimatation, je revis le poulet en train de pépier avec un zoziau à propos de son plumage.

90. 동물농장

원제는 '동물학적으로'이다. 첫머리의 "사자 무리가 제 목을 축일 시간"은 "빅토르 위고의 「잠자는 보아즈」에 등장하는 시구"이며, 크노의 거의 모든 작품(『잡초』(1933), 『도중에』(1944), 『콩트와 화제』(1981), 『지하철 소녀 쟈지』, 『연푸른 꽃』)에서 변주되는 주된 주제 중 하나"*다. 목이 긴 젊은 남자는 우선은 '얼빠진 놈'을 의미하는 '얼룩말 zèbre'에 비유되었다가, 이어 '새끼 기린 girafeau'으로 다시 전유된다. '이 잡듯이 사람들을 괴롭히다'로 번역된 'secouer les puce'는 '화내다, 비난하다' 등을 뜻하는 프랑스어의 관용적 표현이다. 참고로 '비버' 가죽은 한때 모자로

* 『주석-전집』, 1581쪽.

쓰였다고 한다. “버려진 테리어”로 번역된 ‘un terrier abandonné’의 ‘terrier’는 사냥개의 일종이자 ‘땅, 대지’도 의미한다.

91. Impuissant

Comment dire l’impression que produit le contact de dix corps pressés sur la plate-forme arrière d’un autobus S un jour vers midi du côté de la rue de Lisbonne ? Comment exprimer l’impression que vous fait la vue d’un personnage au cou difformément long et au chapeau dont le ruban est remplacé, on ne sait pourquoi, par un bout de ficelle ? Comment rendre l’impression que donne une querelle entre un voyageur placide injustement accusé de marcher volontairement sur les pieds de quelqu’un et ce grotesque quelqu’un en l’occurrence le personnage ci-dessus décrit ? Comment traduire l’impression que provoque la fuite de ce dernier, déguisant sa lâcheté du veule prétexte de profiter d’une place assise ?

Enfin comment formuler l’impression que cause la réapparition de ce sire devant la gare Saint-Lazare deux heures plus tard en compagnie d’un ami élégant qui lui suggérait des améliorations vestimentaires ?

91. 뭐라 말하면 좋을까?

원제는 ‘무기력한’이다. 이 문체는 ‘누가 알겠어요?’나 ‘그것이 사실일까요?’처럼 ‘수사의문문 question réhtorique’으로 전문을 구성했다. 따라서 대답할 수 없는 무기력한 상태에서 벗어나고자 시원한 납변을 청하는 ‘진짜’ 물음이 아니라, 도저히 표현할 재간이 없다는 식으로 오히려 답할 수 없음을 강조하는 물음에 가깝다. ‘표현 불능’이나 ‘표현 불가능’(이 문체의 제목 번역으로 고려해보았던)을 강조하는 이 수사의문문의 행렬을 끝까지 따라 읽다보면, 어느새 파불라가 우리 곁에 당도해 있음을 발견하게 되는데, 이때 우리는 아무 말도 표현하지 못하겠다던 화자가 '표현 불가능한 것'을 표현한 문장들을 통해 오히려 이야기를 풍부하게 담아내고 이야기를 재구성하는 데 필요한 정보를 아낌없이 준다는, 일종의 역설을 구현한 것은 아닌가 하는 인상마저 받게 된다.

92. Modern style

Dans un omnibus, un jour, vers midi, il m'arriva d'assister à la petite tragi-comédie suivante. Un godelureau, affligé d'un long cou et, chose étrange, d'un petit cordage autour du melon (mode qui fait florès mais que je réprouve), prétextant soudain de la presse qui était grande, interpella son voisin avec une arrogance qui dissimulait mal un caractère probablement veule et l'accusa de piétiner avec une méthode systématique ses escarpins vernis chaque fois qu'il montait ou descendait des dames ou des messieurs se rendant à la porte de Champerret. Mais le gommeux n'attendit point une réponse qui l'eût sans doute amené sur le terrain et grimpa vivement sur l'impériale où l'attendait une place libre, car un des occupants de notre véhicule venait de poser son pied sur le mol asphalte du trottoir de la place Pereire.

Deux heures plus tard, comme je me trouvais alors moi-même sur cette impériale, j'aperçus le blanc-bec dont je viens de vous entretenir qui semblait goûter fort la conversation d'un jeune gandin qui lui donnait des conseils copurchic sur la façon de porter le pet-en-l'air dans la haute.

réapparition de ce sire devant la gare Saint-Lazare deux heures plus tard en compagnie d'un ami élégant qui lui suggérait des améliorations vestimentaires?

MODERN STYLE

Dans un omnibus, un jour, vers midi, il m'arriva d'assister à la petite tragi-comédie suivante. Un godelureau, affligé d'un long cou et, chose étrange, d'un petit cordage autour du melon (mode qui fait florès mais que je réprouve), prétextant soudain de la presse qui était grande, interpella son voisin avec une arrogance qui dissimulait mal un caractère probablement veule et l'accusa de piétiner avec une méthode systématique ses escarpins vernis chaque fois qu'il montait ou des-

1963년 마생의 디자인으로 구현된 화보판 『문체 연습』 속 「모던 스타일」.

92. 모던 스타일

이 문체의 특징은 20세기 초반의 문화 전반의 양상이 반영되어 있다는 것이지만, 실상 겉으로는 잘 드러나지 않는다. 영어를 그대로 차용하고 있다는 점에서 크노에게 '모던'은 20세기 초반 '벨에포크 시대'와 관련되는 것으로 보인다. 시기적으로는 "19세기 말에서 20세기 초"이며, "꼭 집어 말하면 프랑스와 프러시아의 전쟁이 끝난 1871년부터 일차대전이 발발한 1914년 사이의 40여년에 걸친 기간"을 의미하며, "최고급 모직양복에 실크해트를 쓴 신사들이 코르셋으로 허리를 졸라매고 화려한 꽃장식 모자로 멋을 낸 귀부인들과 마차들, 또는 새로운 발명품인 자동차를 타고 역시 새로운 발명품인 수많은 전구로 장식한 샹들리에 아래에서 끊임없이 왈츠를 추었"*던 시기, 음악·회화·문학에서 수많은 예술가가 등장하고 새로운 문물과 문화가 활짝 꽃피던 '벨에포크', 바로 이 지난날, (자신의) 영광을 다소 씁쓸해하는 '모더니스

* 신일용, 『아름다운 시대 라 벨르 에뽀끄』 1권, 밥북, 2019, 14~15쪽.

트'가 현실(여기서는 버스의 천박한 사건)을 다소 차갑고 경멸 어린 눈으로 바라보는 관점이 더러 반영되어 있다.

고작 세 문장으로 다른 문체에 비해 제법 긴 첫 단락을 구성했다는 점도 눈길을 끄는데, 이는 자존심 강한 모더니스트의 차가운 시선을 만연투의 화법에 기대어 사변적으로 표현했다는 인상을 남긴다. 이 문체는 누보로망이 탄생하기 직전의 전조와 그 전조를 이루는 문체도 일부분 반영하는 것으로 보인다. "질긴 고무처럼 꼴사나운 젊은이"로 번역한 프랑스어 'gommeux'는 얼마 지나지 않아 알랭 로브그리예의 소설 제목이 될 것이며, 몽파르나스에서 생제르맹데프레에 이르기까지, 또한 페레이르광장을 중심으로 좌우사방에 늘어선 카페는 1930~1940년대는 물론 1950년대까지도 문인들과 문화인들의 공간이었다. 영국의 '아르누보'에 대한 향수에서 보리스 비앙의 재즈와 자유분방한 분위기에 이르기까지, 크노는 '모던 스타일'로 경멸과 자존심, 회한과 향수, 새로움과 스타일 전반을 담아낸다.

참고로 1963년 간행된 화보판에서 타이포그래피를 담당했던 마생은 이 문체를 상징하는 표식으로 '아르누보'식 식물 디자인을 사용한 바 있으며,* 또한 '페탕레르pet-en-l'air'는 18세기 중반 프랑스에서 고안된 여성복으로, 엉덩이를 살짝 걸치는 정도의 짧은 길이의 겉옷(일종의 외투)이며 레이스 장식에 화려한 자수가 놓여 있었다. "상류사회에서 올려 입는 방식"이라는 표현에는 비판과 조롱의 어조가 담겨 있다.** 또한 "완전 쩌는"으로 번역한 'capurchic'는 'ultra'와 'chic'의 합성어로 1886년 『피가로』지에서 처음 등장하였다.***

* Raymond Queneau, *Exercices de style* (accompagnés de 33 exercices de style parallèles peints, dessinés ou sculpés par Carelman et de 99 exercices de style typographiques de Massin), *op. cit.*, p. 87.

** Nicolas Saulais, *op. cit.*, p. 114.

93. Probabiliste

Les contacts entre habitants d'une grande ville sont tellement nombreux qu'on ne saurait s'étonner s'il se produit quelquefois entre eux des frictions d'un caractère en général sans gravité. Il m'est arrivé récemment d'assister à l'une de ces rencontres dépourvues d'aménité qui ont lieu en général dans les véhicules destinés aux transports en commun de la région parisienne aux heures d'affluence. Il n'y a d'ailleurs rien d'étonnant à ce que j'en aie été le spectateur, car je me déplace fréquemment de la sorte. Ce jour-là, l'incident fut d'ordre infime, mais mon attention fut surtout attirée par l'aspect physique et la coiffure de l'un des protagonistes de ce drame minuscule. C'était un homme encore jeune, mais dont le cou était d'une longueur probablement supérieure à la moyenne et dont le ruban du chapeau était remplacé par du galon tressé. Chose curieuse, je le revis deux heures plus tard en train d'écouter les conseils d'ordre vestimentaire que lui donnait un camarade en compagnie duquel il se promenait de long en large, avec négligence dirai-je.

Il n'y avait que peu de chances cette fois-ci pour qu'une troisième rencontre se produisît, et le fait est que depuis ce jour jamais je ne revis ce jeune homme, conformément aux raisonnables lois de la vraisemblance.

93. 확률을 따져보니

원제는 '개연론자' '확률론 전문가' '개연론의' 등이다. 무언가 일어날 개연성을 캐물으며 그 이유를 기술하고 또한 거기에 대

*** Raymond Queneau, "Notes" in *op. cit.*, p. 158.

답하는 방식으로 전문을 구성한다. 대도시의 삶이 그러하듯, 매우 드문 확률 속에서 자신에게 일어난 버스의 사건으로 첫 문단을 마무리하고, 시치미를 뚝 떼듯, 이후 두 번이나 기적적으로 만난 자를 다시 만날 가능성이 확률상 제로에 가깝다는 사실을, 마지막 문단에 짤막하게 살짝 추가하는 식으로, 처음부터 끝까지 개연성에서 시작해서 개연성으로 끝을 맺는다.

94. Portrait

Le stil est un bipède au cou très long qui hante les autobus de la ligne S vers midi. Il affectionne particulièrement la plate-forme arrière où il se tient, morveux, le chef couvert d'une crête entourée d'une excroissance de l'épaisseur d'un doigt, assez semblable à de la corde. D'humeur chagrine, il s'attaque volontiers à plus faible que lui, mais, s'il se heurte à une riposte un peu vive, il s'enfuit à l'intérieur du véhicule où il essaie de se faire oublier.

On le voit aussi, mais beaucoup plus rarement, aux alentours de la gare Saint-Lazare au moment de la mue. Il garde sa peau ancienne pour se protéger contre le froid de l'hiver, mais souvent déchirée pour permettre le passage du corps; cette sorte de pardessus doit se fermer assez haut grâce à des moyens artificiels. Le stil, incapable de les découvrir lui-même, va chercher alors l'aide d'un autre bipède d'une espèce voisine, qui lui fait faire des exercices.

La stilographie est un chapitre de la zoologie théorique et déductive que l'on peut cultiver en toute saison.

94. 유형 기록학

원제는 '초상肖像'이며 "현실이나 가상의 생물의 몸 형태와 정신의 과도한 기술"*을 의미한다. 흔히 '풍자적 인물묘사'로 알려져 있다. "유형"으로 번역한 낱말은 'stil'이며, 13세기에서 18세기까지 'style'과 병행하여 사용되었다.** 이처럼 이 문체는 인물을 '동물'로 설정하였으며, 이후 이 동물을 관찰한 보고서를 백과전서식 지식을 동원하여 구성하였다. 이와 같은 연구를 크노는 마지막 단락에서 "연역적 이론 동물학의 한 분야"라고 부른다.

95. Géométrique

Dans un parallélépipède rectangle se déplaçant le long d'une ligne droite d'équation $84\,x + S = y$, un homoïde A présentant une calotte sphérique entourée de deux sinusoïdes, au-dessus d'une partie cylindrique de longueur $l > n$, présente un point de contact avec un homoïde trivial B. Démontrer que ce point de contact est un point de rebroussement.

Si l'homoïde A rencontre un homoïde homologue C, alors le point de contact est un disque de rayon $r > l$. Déterminer la hauteur h de ce point de contact par rapport à l'axe vertical de l'homoïde A.

* *Gradus*, p. 358.

** 『주석-전집』, 1581쪽.

95. 기하학

수학을 '언어'로 삼아, 언술 전반을 새롭게 구성한 문체이며, 그럼에도 파불라를 충실하게 반영하거나 단순히 모사하는 도구로 수학을 사용하지는 않는다.

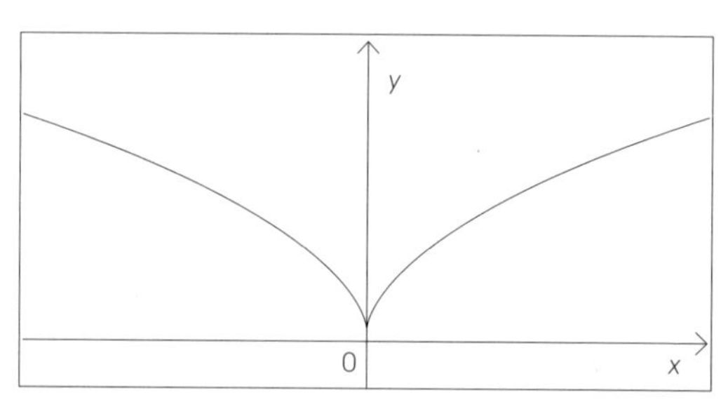

첨점 point de rebroussement.

· 등식 $84x + S = y$가 나타내는 직선 위를 이동하는 직육면체: '직진하는 버스'를 뜻한다.

· 높이 $l > n$인 원기둥: 원기둥은 목이며, 원기둥의 높이가 어느 정도 이상이라는 말에서 '구형 모자'를 쓴 사람의 '목이 길다'라는 사실을 유추할 수 있다.

· 두 개의 사인곡선: 모자를 둘러치고 있는 배배 꼬인 두 가닥 줄이다.

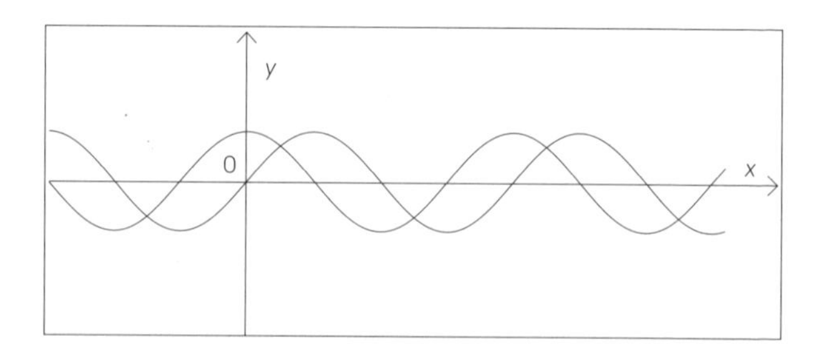

· 자명한 사람꼴: "자명한"은 'trivial'의 번역어로 수학용어이며, 어떤 명제나 수식으로부터 별도의 증명 없이 다른 명제나 수식이 도출될 때, 그 자체로 증명된 것이라는 점에서 수학에서는 '자명하다'고 말한다. 그런데 이 형용사가 '사람꼴'이라는 다면체(혹은 곡면체) 앞에 붙어 다소 어색해져버렸다. 이는 '하찮은'이나 '무가치한'처럼, 이 프랑스어 낱말이 갖는 중의적인 의미를 활용하여 '신사'의 특성도 동시에 암시하고자 중의적으로 사용되었기 때문이다.

· 첨점: 미분불가능한 점들 가운데 양쪽의 미분계수 tangent가 다른 지점을 말한다. 앞에서 보는 것처럼, 뾰족한 모양을 떠올려볼 수 있으며, 따라서 상상력을 자극하는 부분이다. 두 발이 한 점에 겹쳐진 모습(즉 발을 밟음)을 떠올릴 수도 있고, 양쪽의 대립을 표현한 것으로 해석될 수도 있기 때문이다. '첨점'의 프랑스어 'point de rebroussement'을 해석하면서 '격분점激忿點'이나 '격상점激上點'이라는 번역어를 놓고 한참 고심했다. 한편 '곤두세우다'를 의미하는 동사 'rebrousser'를 떠올릴 때, 발을 밟은 사건이 혹시 '역린'을 건드린 상황은 아닐까 유추하게 되자, 이 사소한 사건이 이후 커다란 사고로 이어질 수도 있었겠다는 생각을 하게 되었다.

결과적으로 크노가 제시한 문제는 주어진 조건이 부족하여 h의 값을 구할 수는 없다. 다만 '접점'이라는 말을 크노가 '문학적으로' 사용했기에(첫 단락에서는 버스 안에서의 충돌에서도 사용한다) 답을 풀려면 상상력이 요구된다. A와 마찬가지로 모자를 쓴 C가 물리적으로 겹쳐지는 부분이 반지름 R의 열린 원판이었다는 점도를 제외하면, 기하학적으로는 별다른 이미지가 그려지지 않는다. 여기 사용된 소문자 'l'은 앞 단락에서 목의 길이였으므로, A와 C가 만났을 때, 목 근처에 달린 단추가 화제가 되었고, 그것이 어디쯤에 위치하는 게 좋은지에 대한 대화가 오고갔다는 정도를 추정할 수 있다. 이 경우, *h*를 묻는 마지막 물음은 단추를 옮겨서 달 경우, 적당한 위치를 묻는 것이 된다.

96. Paysan

J'avions pas de ptits bouts de papiers avec un numéro dssus, mais jsommes tout dmême monté dans steu carriole. Une fois que j'm'y trouvons sus steu plattforme de steu carriole qui z'appellent comm' ça eux zautres un autobus, jeum'sentons tout serré, tout gueurdi et tout racornissou. Enfin après qu'j'euyons paillé, je j'tons un coup d'œil tout alentour de nott peursonne et qu'est-ceu queu jeu voyons-ti pas ? un grand flandrin avec un d'ces cous et un d'ces couv-la-tête pas ordinaires. Le cou, l'était trop long. L'chapiau, l'avait dla tresse autour, dame oui. Et pis, tout à coup, le voilà-ti pas qui s'met en colère ? Il a dit des paroles de la plus grande méchanceté à un pauv' meussieu qu'en pouvait mais et pis après ça l'est allé s'asseoir, le grand flandrin.

Bin, c'est des choses qu'arrivent comme ça que dans une grande ville. Vous vous figurerez-vous-ti pas qu' l'avons dnouveau rvu, ce grand flandrin. Pas plus tard que deux heures après, dvant une grande bâtisse qui pouvait ben être queuqu'chose comme le palais dl'évêque de Pantruche, comme i disent eux zautres pour appeler leur ville par son petit nom. L'était là lgrand flandrin, qu'i sbaladait dlong en large avec un autt feignant dson espèce et qu'est-ce qu'i lui disait l'autt feignant dson espèce ? Li disait, l'autt feignant dson espèce, l'i disait : « Tu dvrais tfaire mett sbouton-là un ti peu plus haut, ça srait beb pluss chouette. » Voilà cqu'i lui disait au grand flandrin, l'autt feignant dson espèce.

96. 지는 촌놈이유

원제는 ‘촌스러운’ 혹은 ‘시골풍’이다. 프랑스 북부지방(릴 근처) 사투리와 다소 유사하나, 특정 지방이나 지역 사투리를 그대로 재현하지는 않았다. 군데군데 촌스러운 어휘, 고어와 속어 등을 적절하게 섞고, 발화 전반에 어눌하지만 뚝심 있게 끝까지 밀고 나가며 구사하는 구어를 활용하였다. 번역은 일단 원문에서 사투리로 변형된 부분을 덜어내고서 다음과 같이 제2의 프랑스어 원문(①)을 구성하였고, 이를 한국어로 번역(②)하였다.

① Je n'ai pas de petits bouts de papiers avec un numéro dessus, mais je suis tout de même monté dans cette carriole. Une fois que je m'y trouve sur cette plate-forme de cette carriole qui s'appellent comme ça eux autres un autobus, je me sentais tout serré, tout engourdi et tout racorné(écrasé). Enfin après avoir payé, je jettais un coup d'œil tout alentour de moi et qu'est-ce que je vois un grand flandrin avec un de ces cous et un de ces chapeaux, pas ordinaires. Le cou, l'était trop long. Le chapeau, l'avait de la tresse autour, dame oui. Et puis, tout à coup, le voilà qui se met en colère? Il a dit des paroles de la plus grande méchanceté à un pauvre messeur mais et puis après ça l'est allé s'asseoir, le grand flandrin.

Et bien, c'est des choses qu'arrivent comme ça que dans une grande ville. Figurez-vous que nous l'avons de nouveau revu, ce grand flandrin. Pas plus tard que deux heures après, devant une grande bâtiment qui pouvait bien être quelque chose comme le palais de l'évêque de Pantruche, comme ils disent eux autres pour appeler leur ville par son petit nom. Il était là le grand flandrin, qui se baladait de long en large avec un autre fainéant de son espèce et qu'est-ce qu'il lui disait l'autre fainéant de son espèce ? Il lui disait, l'autre fainéant de son espèce, il disait : « Tu devrais te faire mettre ce bouton-là un petit peu plus haut, ça serait bien plus chouette » Voilà ce qu'il lui disait au grand flandrin, l'autre fainéant de son espèce.

② 숫자가 위에 적힌 작은 종이 쪼가리를 갖고 있지 않았는데, 그럼에도 불구하고 저는 이 차량에 올라탔습니다. 다른 이들이 흔히 버스라고 부르는 이 차량의 승강대 위에 한번 타보니, 아주 비좁고, 마비가 될 정도로 아주 얼얼하고, 그만 찌그러질 것만 같다고 나는 느끼고 있었습니다. 어쨌든 요금을 지불하고 나서, 나는 주위로 눈길을 돌렸는데, 뭘 보았느냐면, 글쎄, 아주 긴 목에다가, 평범하지는 않은 모자를 쓴, 비쩍 마른 키다리였지 뭡니까. 목이 특히나 아주 길었어요, 모자는 그 주위에다가 줄을 두르고 있었고요, 네, 그랬습니다, 물론입니다, 부인. 그러다가, 갑자기 이 녀석이 화를 내지 뭡니까? 이 녀석은 불쌍한 신사 분에게 정말이지 지독한 악담을 한껏 담은 말을 퍼부었고, 그러더니, 이내 자리에 앉으러 가는 것이었습니다, 이 멀대같은 녀석이 말입니다.

글쎄, 이런 일은 오로지 대도시에서만 일어나는 것이지요. 이 키다리 녀석을 다시 봤다고 선생님이 한번 상상해보십시오. 두 시간이 채 지나지 않아, 사람들이 애칭으로 자기들의 도시를 부르려고 속닥거리곤 하는 것처럼, 그 무슨 파리 어쩌고 뭣이라 주교의 궁전 정도 되는 커다란 건물 앞에서 말입니다. 키다리 녀석이 거기에 있었는데, 자기랑 같은 종자의 어떤 게으름뱅이 하나와 왔다갔다하며 어슬렁대고 있었는데, 같은 종자의 이 게으름뱅이가 그에게 뭐라고 말했는지 아십니까? 그는, 그러니까 같은 종자의 이 게으름뱅이는 그에게, "자네 이 단추를 조금 더 올려 달아야 할 것 같은데, 그러면 더 멋질 것 같아", 이렇게 말하는 것이었습니다. 바로 이게 그가, 그러니까 같은 종자의 이 게으름뱅이가 키다리에게 말한 내용입니다.

②를 다시 사투리로 개작하는 과정을 거쳤다. 원문이 지방 사투리가 아니라 '시골' 사투리에 가깝다는 점에서, 강원도나 충청도 산골 사투리의 근사치, 즉 어림잡은 형태를 재현해보려 했다. 시골 사투리가 '억양' 덕분에 구어에서는 비교적 도드라지는 반면, 그 생생함이 글로 기록되는 순간 상당 부분 휘발되고 만다. 우리가 번역으로 선택한 사투리 외에, 다음과 같이 남도 사투리로 번역해보았으며 결과는 다음과 같았다.

숫자가 우에 쌔려 박힌 쪼매난 종우 쪼개리 고거시 나한테 없어부러도, 나가 시방 이 차에 안 타부렀소. 갸들이 빼스라고 불러분 요 차량에 승강대 우게서 한번 타봉께, 겁나게 쪼븐거시, 마비가 와불게 얼얼해불고, 글다가 짜부러불 것다고 나가 느껴부렀당께요. 하튼 요금을 내고 나서믈라네, 나가 시방 눈깔을 딱 돌링께, 뭘 봐부렀냐믄, 아따 겁나게 모가지가 진 요상한 모자 쓴 빼빼시 멀대였당께요. 모가지가 허벌라게 질어부렀어요. 모자는 옆에다가 줄을 뺑 감아부렀구요. 야, 그라제요 근당께요, 아짐요. 글다가 요놈이 막 뿔딱지를 안 내부요. 요놈이 짠한 신사양반헌티 숭악헌 말을 허벌나게 싸질라불더니 자리에 안즈러 안 가유.. 요 빼빼시가 말요.

글씨, 요런 일은 대도시에나 일어나는 일잉께요. 고 멀대를 다시 봤다고 슨상님이 한번 상상을 해보쇼. 두 시간도 안 되가꼬, 사람들이 앵앵댐시롱 즈그들 도시를 불르라고 소근

덕소근덕한 것맹키롱, 거시기 파리 어짜고 뭐시냐 그 주교 궁궐 맨치는 되븐 허벌나게 큰 건물 앞에서 그랬당께요. 멀대 놈이 거석에 있었는디, 지랑 똑같이 생겨먹어분 종자의 끼울베기 한 놈이 왔다리갔다리 까불까불허다가, 고 끼울베기가 갸한티 머라 근지 아요? 고놈이, 긍께 똑가튼 종자의 끼울베기가 이짝 놈한티 "니 덴추를 시방 쪼께 더 올려 달아야 쓰겄다, 그라믄 허벌나게 거시기 해불겄는디" 요래 안 그요. 시방 요거시 고놈이, 긍께 똑같은 종자의 끼울베기가 고 멀대한테 쌔왈인 거시랑께요.

97. Interjections

Psst ! heu ! ah ! oh ! hum ! ah ! ouf ! eh ! tiens ! oh ! peuh ! pouah ! ouïe ! hou ! aïe ! eh ! hein ! heu ! pfuitt !

Tiens ! eh ! peuh ! oh ! heu ! bon !

97. 간투사

감정 감탄사와 의지 감탄사가 섞여 있다는 점에서 원제 '간투사'는 엄밀히 말해, 감탄사의 일종이라고 볼 수 있다. 묘사가 전혀 없음에도, 지금까지 『문체 연습』을 따라 읽은 독자들은 여기서 연속적으로 나열된 간투사를 하나씩 읽어나가며, 장면과 장면을 그려볼 수 있을 것이다. 간투사 각각이 표현하고 있는 바를, 괄호를 넣고, 이에 해당되는 장면을 유추하여 내용을 보충하다보면, 하나의 이야기가 구성된다.

98. Précieux

C'était aux alentours d'un juillet de midi. Le soleil dans toute sa fleur régnait sur l'horizon aux multiples tétines. L'asphalte palpitait doucement, exhalant cette tendre odeur goudronneuse qui donne aux cancéreux des idées à la fois puériles et corrosives sur l'origine de leur mal. Un autobus à la livrée verte et blanche, blasonné d'un énigmatique S, vint recueillir du côté du parc Monceau un petit lot favorisé de candidats voyageurs aux moites confins de la dissolution sudoripare. Sur la plate-forme arrière de ce chef-d'œuvre de l'industrie automobile française contemporaine, où se serraient les transbordés comme harengs en caque, un garnement, approchant à petits pas de la trentaine et portant, entre un cou d'une longueur quasi serpentine et un chapeau cerné d'un cordaginet, une tête aussi fade que plombagineuse, éleva la voix pour se plaindre avec une amertume non feinte et qui semblait émaner d'un verre de gentiane, ou de tout autre liquide aux propriétés voisines, d'un phénomène de heurt répété qui selon lui avait pour origine un co-usager présent *hic et nunc* de la STCRP. Il prit pour lever sa plainte le ton aigre d'un vieux vidame qui se fait pincer l'arrière-train dans une vespasienne et qui, par extraordinaire, n'approuve point cette politesse et ne mange pas de ce pain-là. Mais, découvrant une place vide, il s'y jeta.

Plus tard, comme le soleil avait déjà descendu de plusieurs degrés l'escalier monumnetal de sa parade céleste et comme de nouveau je me faisais véhiculer par un autre autobus de la même ligne, j'aperçus le personnage plus haut décrit qui se mouvait dans la Cour de Rome de façon péripatétique en compagnie d'un individu *ejusdem farinæ* qui lui donnait, sur cette place vouée à la circulation automobile, des conseils d'une élégance qui n'allait pas plus loin que le bouton.

98. 멋들어지게

원제는 '세련된, 귀중한, 값비싼'을 뜻하는 형용사다. 역사적으로는 "1650~1660년대 문학적 특징의 총체"*를 가리키는 문체를 의미하며, 구체적으로는 재담과 재기를 뽐내며 화려하고 세련된 문장을 만드는 데 정렬을 쏟은 바 있는 17세기 프랑스 살롱에서 탄생한 '프레시오지테préciosité'풍을 의미한다.

99. Inattendu

Les copains étaient assis autour d'une table de café lorsque Albert les rejoignit. Il y avait là René, Robert, Adolphe, Georges, Théodore.

— Alors ça va ? demanda cordialement Robert.

— Ça va, dit Albert.

Il appela le garçon.

— Pour moi, ce sera un picon, dit-il.

Adolphe se tourna vers lui :

— Alors, Albert, quoi de neuf ?

— Pas grand-chose.

— Il fait beau, dit Robert.

— Un peu froid, dit Adolphe.

— Tiens, j'ai vu quelque chose de drôle aujourd'hui, dit Albert.

— Il fait chaud tout de même, dit Robert.

* *Vocabulaire de la stylistique*, p. 272.

— Quoi ? demanda René.
— Dans l'autobus, en allant déjeuner, répondit Albert.
— Quel autobus ?
— L'S.
— Qu'est-ce que tu as vu ? demande Robert.
— J'en ai attendu trois au moins avant de pouvoir monter.
— À cette heure-là ça n'a rien d'étonnant, dit Adolphe.
— Alors qu'est-ce que tu as vu ? demanda René.
— On était serrés, dit Albert.
— Belle occasion pour le pince-fesse.
— Peuh ! dit Albert. Il ne s'agit pas de ça.
— Raconte alors.
— À côté de moi il y avait un drôle de type.
— Comment ? demanda René.
— Grand, maigre, avec un drôle de cou.
— Comment ? demanda René.
— Comme si on lui avait tiré dessus.
— Une élongation, dit Georges.
— Et son chapeau, j'y pense : un drôle de chapeau.
— Comment ? demanda René.
— Pas de ruban, mais un galon tressé autour.
— Curieux, dit Robert.
— D'autre part, continua Albert, c'était un râleur ce type.
— Pourquoi ça ? demanda René.
— Il s'est mis à engueuler son voisin.
— Pourquoi ça ? demanda René.
— Il prétendait qu'il lui marchait sur les pieds.
— Exprès ? demanda Robert.
— Exprès, dit Albert.
— Et après ?
— Après ? Il est allé s'asseoir, tout simplement.
— C'est tout ? demanda René.

— Non. Le plus curieux c'est que je l'ai revu deux heures plus tard.

— Où ça ? demanda René.

— Devant la gare Saint-Lazare.

— Qu'est-ce qu'il fichait là ?

— Je ne sais pas, dit Albert. Il se promenait de long en large avec un copain qui lui faisait remarquer que le bouton de son pardessus était placé un peu trop bas.

— C'est en effet le conseil que je lui donnais, dit Théodore.

99. 반전

『문체 연습』의 마지막 문체로 원제는 '예기치 않은'이다. 카페에 모여 "르네, 로베르, 아돌프, 조르주, 테오도르"가 나누는 일상적인 대화로 구성된다. 지금까지 버스 승강대나 생라자르광장 등 주로 사건이 벌어진 현장에 위치한 화자가 다양한 관점을 통해 사건을 묘사하였다면, 99번 마지막 문체 연습에서는 이 모든 광경을 밖에서 지켜보는 자들이 느닷없이 화면을 찢고 갑작스레 튀어나와 천연덕스레 대화를 하는 듯한 인상을 받는다. 더욱이 친구들 사이에 진행되는 대화를 끝까지 별다른 대꾸 없이 묵묵히 듣고 있던 테오도르가 마지막에 던지는 한마디에 독자들은 당혹감을 느끼다가 이내 웃음을 터뜨리게 될 것이다.

+ 문체 연습 추가편

1. Mathématique

Dans une parallélépipède rectangle se déplaçant le long d'une ligne intégrale solution de l'équation différentielle du second ordre :

$$y'' + TCRP(x)y' + S = 84$$

deux homoïde (dont l'un seulement, l'homoïde A, présente une partie cylindrique de longueur $L > N$ et dont deux sinusoïdes dont le rapport des périodes $= \pi/2$ entourent la calotte sphérique) ne peuvent présentent de points de contact de la base sans avoir également un point de rebroussement. L'oscillation de deux homoïdes tangentiellement à la trajectoire ci-dessus entraîne le déplacement infinitésimal de toute sphère de rayon infinitésimal tangente à une ligne de longueur $l < L$ perpendiculaire à la partie supérieure de la médiane du plastron de homoïde A.

1. 수학적으로

1947년판에 실렸으며 1973년 신판에서는 95「기하학」으로 대체되었다. 수학 공식이나 원리를 기계적으로 대입하여 이야기를 구성한 것이 아니라 응용하여 사건을 재구성하는 데 필요한 문체의 도구로 삼는다. 각 부분은 이렇게 해석될 수 있다. 참고로 95「기하학」의 원제는 '수학적으로'였다.

· 미분방정식은 '이계二階'이므로(두 번 미분한 y″가 등장한다) 해解를 구하면 직선함수가 나올 수 없다. 해는 TCRP(x)라는 함수가 무엇이냐에 달려 있으며, 곡선이 나올 것이다. 함수 이름이 버스회사 명칭이라 했으니 버스회사에 따라 달라지는 노선, 혹은 그 노선에 따라 움직이는 버스의 궤적을 표현한 것이다.

· L>N인 원기둥 부분이 나타나며='모가지가 길쭉하다'

· "le rapport des périodes"에서 "le rapport"를 '비율'이라고 생각한다면 두 사인함수의 주기가 다른 것으로 생각할 수 있다. 두 함수의 관계를 말한다면 '주기 차이'로 생각할 수 있을 것이며, 이 경우 주기가 같은 두 사인곡선이 꼬여 있는 모양으로 나오므로, 배배 꼬인 두 줄을 표현한다.

· 주기周期 차이가 π/2인 두 개의 사인곡선이 이 원기둥의 구형球形 모자에 둘러싸여 있다: 원기둥 모양 목 위에 구형 모자가 있고 그것을 두 사인함수처럼 꼬인 줄이 둘러싸고 있다.

· 반드시 첨점을 가진 상태에서만 바닥에서 접점을 가질 수 있다: 이 두 사람이 바닥에서 접촉한다면 발을 밟는 형태로만 접촉한다는 뜻이 된다.

· 이 궤적에서 두 개의 사람꼴이 수평하게 진동할 때: 'tangentiellement'은 '접선적으로'가 맞지만, 'oscillation'을 수식하므로 '수평하게 진동한다'는 말로 번역이 가능하며, 발을 밟아 싸우다가 도망가는 모양이다. '접선적으로'를 채택한다면 "이 궤적에 접선적으로 두 사람꼴이 진동할 때"로 하는 게 적절하다.

· 미소반경微小半徑을 가진 전구체全球體의 미소평행이동微小平行移動이 유도된다: 미소반경의 전구체는 '단추'를 의미하며, 단추를 살짝 옮겨다는 게 필요해 보인다는 뜻으로 해석될 수 있다.

2. Réactionnaire

Naturellement l'autobus était à peu près complet, et le receveur désagréable. L'origine de tout cela, il faut la rechercher dans la journée de huit heures et les projets de nationalisation. Et puis les français manquent d'organisation et de sens civique ; sinon, il ne serait pas nécessaire de leur distribuer des numéros d'ordre pour prendre l'autobus — ordre est bien le mot. Ce jour-là, nous étions bien dix à attendre sous un soleil écrasant et lorsque l'autobus arriva, il y avait seulement deux places, et j'étais le sixième. Heureusement que j'ai dit « Justice », en montrant une vague carte avec ma photo et une bande tricolore en travers — cela impressionne toujours les receveurs — et je suis monté. Naturellement je n'ai rien à voir avec l'ignoble justice républicaine et je n'allais tout de même pas rater un déjeuner d'affaires très important pour une vulgaire histoire de numéros. Sur la plate-forme nous étions serrés comme harengs en caque. Je souffre toujours de cette promiscuité dégoûtante. La seule chose qui puisse compenser ce désagrément, c'est quelquefois le charmant contact du trémoussant arrière-train d'une mignonne midinette. Ah jeunesse, jeunesse ! mais ne nous excitons pas. Cette fois-là je n'avais dans mon voisinage que des hommes, dont une sorte de zazou au cou démesuré et qui portait autour de son feutre mou une espèce de tresse au lieu de ruban. Comme si on ne devrait pas envoyer tous ces gars-là dans des camps de travail. Pour relever les ruines par exemple. Celles des anglo-saxons surtout. De mon temps on était camelot du roy, et pas swing. Toujours est-il que ce garnement se permet tout à coup d'engueuler un ancien combattant, un vrai, de la guerre de 14–18. Et ce dernier quine riposte pas ! on comprend quand on voit cela que le traité de Versaille sait été une loufoquerie. Quant au galopin, il se précipita sur une place libre au lieu de la laisser à une mère de famille. Quelle époque !

Eh bien, ce morveux prétentieux, je l'ai revu, deux heures plus tard, devant la cour de Rome. Il était en compagnie d'un autre zazou du même acabit, lequel lui donnait des conseils sur sa mise. Ils se baladaient de long en large, tous les deux — au lieu d'aller casser les vitrines d'une permanence communiste et de brûler quelques bouquins. Pauvre France !

2. 망조가 들었군

원제는 '반동적'이며, 1947년판에 실렸다. 1973년 신판 발간 당시 크노는 「망조가 들었군」과 20 「엉터리 애너그램」 중에서 무엇을 포함시킬지 망설였으며, 크노의 선택은 정치적인 문체보다는 문학적인 문체였다. 최초의 작업에서는 "'정치선동'과 '인민전선'이라는 제목과 마찬가지로 '인민전선'과 '불한당 파시스트'"에 대한 언급이 목격된다. 또한 이 "'반동적으로'의 수고본에는 'P.R.L.'라는 제목"이 붙어 있는데, 이는 "1945년 12월 클레망소가 창당한 자유공화당 Parti républicain de la liberté"을 의미하며 "과거 파시스트들, 나치 부역자들, 과거 사회당원들을 대거 충원한 우익 정당"*을 의미한다.

이 문체에서 화자인 노인은 정치적 보수반동자이자 왕정복고주의자로 '인민주권'에 기초한 민주주의 공화제를 극성스러울 만큼 혐오한다. 이 노인은 젊은 시절, 우리가 '왕당파-애국청년대'로 번역한, 말 그대로 '왕의 행상'이나 '왕당파'를 의미하는 극

* 『해제-전집』, 1555쪽.

우청년 정치단체 '카믈로 뒤 루아Camelot du roi'에 속해 활동한 적이 있다. 모리스 퓌조가 1908년 창단한 왕당파 극우단체 '악시옹 프랑세즈' 산하의 청년행동대를 의미한다. 1930년대 초반까지 활동한 이 극우단체는 청소년을 중심으로 조직되었으며 극우 신문을 팔거나 전단지를 배포하는 등, 공화제 반대 시위를 주도하기도 했다. '카믈로'는 신문을 팔던 사람의 이름을 따와 지은 것이다.* 본문에서 노인이 극도로 혐오를 표출하는 "재즈광"은 이차대전 중 재즈에 열광했던 젊은이들을 의미한다.

3. Science fiction

Sur une soucoupe volante de la ligne alpha de Cassiopée (via Bételgeuse et Aldébaran), je remarquai parmi mes compagnons de voyage un jeune martien dont le cou trop long et le crâne tressé m'agaçaient prodigieusement. Les martiens sont ainsi faits — d'accord. Mais, je ne sais pourauoi, celui-là me tapait sur le système — le système solaire, naturellement. (C'est une petite plaisanterie atomique.) Sur cette soucoupe, nous étions fort serrés, ce qui est aisément compréhensible : si, au moins, ç'avait été une assiette (autre plaisanterie… atomique). Et voilà mon jeune martien qui se met à martier, pardon, à marcher sur les extrapodes d'un lunaire. Le pauvre lunaire avait à peine eu le temps de revenir à lui que l'autre — le martien — était allé s'installer confortablement au milieu de la soucoupe… dans la tasse…

Une année-lumière plus tard, je le revois — le martien — qui faisait de l'astro-hélicoptère du côté de Sirius. Il était en compagnie d'un de ses congénères qui lui disait :

* 프랑스 위키피디아 'Camelots du roi' 항목 참조.

— Ton vrxz… tu devrais le faire mettre plus haut, ton vrxtz…

3. 사이언스 픽션

1947년판에 실렸다. 공상과학소설로 이야기를 재구성했다. 배경을 우주선 내로 설정하고 "신경계"와 "태양계" "비행접시"와 "접시"의 유비를 통해 이야기 전반을 유머러스하게 재현하였다. "일 광년"이 지난 후, "우주-헬리콥터를 타고 시리우스별 근처에서 공중으로 부상하는 중"인 "화성인"을 다시 보게 되었다고 말하지만, 이는 일어날 수 없는 일, 그러니까 오롯이 '공상'에 맡겨진 이야기일 뿐이다.

4. J'accuse

Messieurs, que n'accuserai-je pas ? J'accuserai l'autobus S gonflé comme un ballon et bondé comme un terrier de lapins. J'accuse l'heure de midi et la forme de la plate-forme. J'accuse la jeunesse de ce jeune homme et la longueur de son cou, plus encore la nature du ruban qui n'en est pas un qu'il portait autour du chapeau. J'accuse la bousculade et protestation la pleurnicherie et la place libre où ce jeune homme se précipita sa protestation faite.

4. 나는 고발한다

제목에서 '드레퓌스 사건'을 패러디했다는 사실을 알 수 있다. 드레퓌스 사건을 고발하면서 에밀 졸라가 던졌던 세 가지 질문, '우리는 거짓을 증오하고 진실을 추구하는가?' '인정하기 싫

Cinq Centimes

ERNEST VAUGHAN

L'AURORE

Littéraire, Artistique, Sociale

ERNEST VAUGHAN

J'Accuse...!

LETTRE AU PRÉSIDENT DE LA RÉPUBLIQUE

Par ÉMILE ZOLA

LETTRE A M. FÉLIX FAURE

Président de la République

1898년 1월 13일 『로로르』지 1면.

은 진실을 마주할 때, 그것을 받아들일 용기가 우리에게 있는가?' '그 진실이 당신이 평소에 지지하고 편을 들던 진영의 치부를 드러내는 것이라도?'* 를 차례로 물어보면서 본문을 읽으면 더 재미있을 것이다.

1898년 1월 13일 『로로르』지 1면 전체를 덮은 드레퓌스 사건에 대한 에밀 졸라의 투고문은 'J'accuse(나는 고발한다)'로 시작하는 4000단어의 문장으로 이루어져 있다. "나는 고발한다, 진짜 반역자가 따로 있음을, 지금 악마의 섬에 감금되어 있는 드레퓌스 대위는 죄가 없다는 것을. 나는 고발한다, 프랑스 군이 드레

* 신일용, 『아름다운 시대 라 벨르 에뽀끄』 2권, 밥북, 2019, 182쪽.

퓌스의 무죄를 알고 있음에도 자신의 잘못을 은폐하기 위해 증거를 조작하고 있음을……"처럼, 주어와 술부로만 구성된 짧고 간결한 문장 '나는 고발한다'를 먼저 제시한 다음, 그 이유를 조목조목 밝히는 식의 졸라의 이 힘찬 문체를, 이후 수많은 작가가 차용하였다.

5. Epistolaire

Mon cher Totor

Je mets la main à la plume aujourd'hui au lieu de la mettre à charrue pour te dire que je t'écris donc une lettre qui va te donner de mes nouvelles fraîches et joyeuses. Figure-toi que je suis allé voir la tante Hortense et puisqu'elle habite de ce côté-là j'ai pris l'autobus S qui va de ce côté-là. Je suis resté sur le plate-forme pour voir le bien beau paysage qui défilait devant mes yeux émervéillés. Mais je n'ai pas fini mon histoire. Je te prie donc de ne pas jeter la lettre au panier tout de suite et de l'écouter. Enfin l'écouter c'est une façon de parler ou plutôt d'écrire puisqu'il s'agit de la lire.

Où en étais je de mon voyage ? Ah oui. Je retrouve le fil de mon discours en te disant donc que l'autobus s'arrête à un arrêt (c'est le règlement) et que se précipite en montant un bizarre personnage dont la rumeur publique m'a dit que c'était un zazou, c'est-à-dire qu'il avait un chapeau sur la tête avec du fil tressé autour et en plus de cela un long cou et un air, oh là là un air. Pour ne pas tirer les choses en longueur, je t'informerai donc par la présente que ce zazou (puisqu'il s'agit de zazou) foulant à ses pieds ceux d'un de mes collègues voyageurs debout s'en alla s'asseoir à toute vitesse sur (dans) une place laissée libre.

Cela m'écœura.

Or, en revenant de voir la tant Hortense (qui se porte comme un charme d'ailleurs), l'autobus qui me transportait passant devant la gare Saint-Lazare me fit voir à mes yeux éberlués ledit zazou en compagnie d'un autre gars de son espèce qui lui donnait des conseils sur l'emplacement que devait occuper un des boutons de son pardessus. Voilà tout ce que j'ai à te dire pour le moment. J'espère que cela te fera plaisir d'avoir de mes nouvelles et, comme tu vois, on en voit des choses dans le grand Paris. En espérant te revoir dans un avenir prochain, je te prie de croire, mon cher Totor, à mes sentiments bien distingués.

5. 편지

미발간 원고. 크노 생전에 발간되지 않았으며, 수고본으로 남겨진 것을 자료로 모아 갈리마르 전집에 포함시켰다. 이 문체는 23「공식 서한」과 대조를 이루는 지극히 사적이고 일상적인 편지다. 평소에 글을 쓰지 않는 삼촌은 촌사람이며 간혹 문맥을 잃어 횡설수설하는 대목이 목격될 정도로 글쓰는 데 서툴다. "쟁기를 잡던 손에 펜"을 쥔 삼촌이 "신선하고도 즐거운" 소식을 전하려 초등학생으로 짐작되는 조카에게 보내는 이 편지는, 파리에 사는 "오르탕스 이모"의 집을 찾아갔다가 "별의별 일이 다 벌어"지는 "커다란 파리"에서 삼촌이 겪게 된 희한하고도 놀라운 이야기라는 틀 안에, 버스에서 벌어진 사건을 집어넣는, 액자식 구성이다.

6. Peur

Ce jeune homme avait une tronche ignoble, et inquiétante. Avec sa tresse autour de son chapeau. Avec ses lunettes. Sur une plate-forme d'autobus, un jour à midi, c'est là qu'il se trouvait. Tout dans son aspect inspirait le ridicule, poussait à la moquerie. Et pourtant, à l'examiner bien, je perçus en lui cette espèce d'inhumanité qui donne à la moindre poussière un aspect terrifiant. Nous étions fort serrés sur cette plate-forme d'autobus, et, chaque fois qu'il descendait ou montait quelqu'un, ce personnage bousculait son voisin.

6. 겁을 집어먹은

미발간 원고. 49 「오! 그대여!」에 등장하는 안경이 여기에도 등장한다. 모자를 쓴 목이 긴 젊은이는 안경을 쓰고 있으며, 크노 자신의 모습이 투영되어 있다. 겁먹은 이 젊은이는 소심하고 조롱을 당할 지경이며, 매번 "어리석은 짓"을 저지를 뿐만 아니라 아주 소심하다. 이 엉뚱한 모자를 쓴 젊은이가 만원버스에서 자리를 확보하려고 아주 소심한 방법으로 옆 사람을 살짝살짝 떠미는데, 그러나 얼굴은 잔뜩 겁먹은 표정을 하고 있다.

7. Un banc de sardines se déplaçait à travers l'Atlantique...

Un banc de sardines se déplaçait à travers l'Atlantique. L'un de ces animaux tenait — par un mécanisme bien connu en psychologie — de compenser une infériorité due à une male-conformation des nageoires par une arrogance toutefois peureuse — ronchonnait tout le temps contre ses camarades qui le serraient de près. Finalement, apercevant une petite fente dans le banc, il y faufila et se trouva en eau libre.

Quelque temps plus tard un sardinot s'était mis à nager de compagne avec lui ; il lui donnait des conseils pour l'entretien de ses écailles.

7. 정어리 한 떼가 대서양을 가로질러 이동하고 있었다……

미발간 원고. 승객, 젊은이, 옆 사람, 친구를 모두 정어리에 비유하였다. 아주 긴 목은 "수컷 형태의 지느러미"이며 이게 열등감을 갖게 하고, 그러나 이 열등감에 대한 반대급부로 거만을 떠는 정어리 한 마리를 중심으로 이야기를 전개한다.

8. Le pardessus ne venait certainement pas d'un bon tailleur...

Le pardessus ne venait certainement pas d'un bon tailleur et je comprends très bien qu'un de ses amis lui fait quelques remarques à ce propos. Lorsqu'on porte un chapeau d'un ridicule tel, il n'y a aucune chance pour que le pardessus soit impeccable. Le ridicule, disons-le en passant, tenait à un galon tressé au lieu et en place de ruban. Cette imperfection vestimentaire entraînait par ailleurs un certain déséquilibre dans le comportement social, une irritabilité qui se manifesta, devant moi, par une altercation, sur une tonalité mineur cependant, avec un inoffensif quidam. Cet incident fut ensuite résolu par une surcompensation du genre grossière, c'est-à-dire par l'occupation brutale d'une place assise devenue libre. Ensuite vinrent mais un peu plus tard, et ailleurs les questions d'élégance.

8. 훌륭한 재단사가 이 외투를 만든 게 아닌 건 확실해……

미발간 원고. 젊은이의 외투, 외투를 만든 재단사, 잘못 달린 단추를 중심으로 이야기를 구성한다. 92「모던 스타일」에서 조금 내비추었던 의상적 차원에서의 접근이 주를 이룬다. 치밀하고 섬세한 분석과 가차없는 비판을 통해 전개된 간결하고 힘찬 패션 비평 한 편을 읽는 것 같다.

9. Le jeu se joue…

Le jeu se joue avec deux dés et un tableau (joints).

Si l'on fait 8 et 4, on monte dans l'autobus S (84). Si l'on fait 1 et 7, on revient à 17 (parc Monceau). Sinon il est complet on va au 1 (n° d'attente) sinon à porte Champerret. On retourne à Contrescarpe. Si l'on fait 7 et 3, on va 73 (le jeune homme au long cou) ou au 37 (de la tresse le chapeau). Si l'on fait 10 par 6 et 4, on va au 64 (les orteils tassés). Si l'on fait 12 par 6 et 6, on va 65 (la querelle). Si l'on fait 1 au 0 (la place vide).

Si l'on fait 2 fois 9, on va à la gared S[aint]t-Lazare. De là par 3 et 2, on va à 71 (la rencontre) et par 3 et 2 à 62 (Bouton).

Le jeu se joue à [quatre *biffé*]

Le Receveur		Trèfle
Le Spectateur	Joker	
Le Voyageur		Carreau
Le Grand Méchant Loup		Pique
Le Conseiller Vestimentaire		Cœur

Si le Receveur fait 3 et 4, il va au parc Monceau (16).

Si le Spectateur fait 7 et 12, il monte dans l'autobus (32).

Si le Voyageur fait 4 et 8 il met son g[ran]d chapeau à ruban.

Si le roi de /*un blanc*/ on appelle ça « faire le grand S[6] ».

9. 게임의 규칙

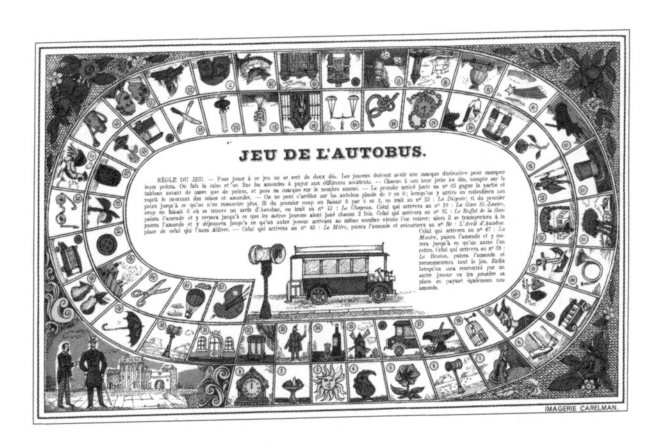

미발간 원고. 원제는 '게임은 이렇게……'이다. 이 문체는 위에 제시된 1963년 카를만의 삽화와 마생의 타이포그래피 작업을 통해 발간된 '화보판'에 등장하는 '버스 놀이'를 연상케 한다. 이 문체는 버스에서의 사건을 제시된 룰에 맞추어 재구성했다. 룰에 따라 게임을 하기 위해서는 판을 그려야 할지도 모른다. 또한 설명서에 따라 진행하다보면 "1이 나올 경우, 0번(빈자리)으로 간다" 같은 이상한 룰이 하나 발견되는데, 이는 실수가 아니라 『문체 연습』에서 자주 목격되는 특징이며, 이를 통해 기계적으로 정해놓은 규칙이나 원리를 그대로 답습하는 게 문체 연습의 목적이 아니라고 크노는 이야기하는 것 같다.

10. Problème

Étant donné

a) un moyen de transport dit autobus que l'on designera ensuite brièvement par la lettre S ;

b) la plat-forme arrière dudit autobus ;

c) une certaine quantité de représentants de l'homo sapiens tranportés par ce bus ; parmi eux on choisira

c′) un spéciment α de l'espèce zazoüs longueur de cou maximum ;

c″) un spéciment de l'espèce tepidus de hauteur de cou maximum ;

d) la tresse entourant le couvre-chef d'α ;

e) une place libre au temps T.

Calculer la distance minimum α–β telle que β soit ensuite projeté en γ après avoir énoncé des propos P.

II — Supposons le problème précédent résolu, le temps T étant devenu T′ et le moyen de transport se déplaçant devant la gare [Saint]-Lazar, déterminer quels propos P′ sont échangés à propos de boutons de pardessus par l'homo zazoüs A avec un autre représentant de la même espèce C.

10. 다음 문제를 풀어보시오

미발간 원고. 원제는 '문제'이며, 전사에 근거해야만 문제 풀이가 가능하다. 이런 구성은 "부르바키학파의 작품에서 발견되는 집합론"에 대한 "과학적 탐구"*에 크노가 영향을 받은 것이다.

* Claude Leroy, *Etude sur la perte d'information et la variation de sens dans les « Exercices de style » de Raymond Queneau*, in 『화보판』, Gallimard, 1963, p. 100.

참고 문헌

레몽 크노의 작품

Queneau (R.), *Bâtons, chiffres et lettres*, Gallimard, 1965.

____, *Exercices de style*, Gallimard, coll. « Blanche », 1947.

____, *Exercices de style* (accompagnés de 33 exercices de style parallèles peints, dessinés ou sculpés par Carelman et de 99 exercices de style typographiques de Massin) (Edition nouvelle, revue, corrigée, enrichie d'une table des exercices de style non réalisés et d'une études sur la perte d'information et la variation de sens dans les *Exercices de style* de Raymond Queneau par le docteur Claude Leroy), Gallimard, 1963.

____, *Exercices de style*, « Nouvelle édition », Gallimard, « Blanche », 1973.

____, *OEuvres complètes III: Romans II* (Sous la direction d'Henri Godard), Gallimard, coll. « Bibliothèque de la Pléiade », 2006.

____, *Exercices de style*, Treize exercices typographiques par Pierre Faucheux, Club des libraies de France, 1956.

연구서

Alliot (D.), *Larlépem-vous louchébem ? : L'argot des bouchers*, Pierre Horay, 2015.

Cornulier (B. de), *Théorie du vers (Rimbaud, Verlaine, Mallarmé)*, Seuil, 1980.

Debon (C.), *Doukiplèdonktan ? : Etudes sur Raymond Queneau*, Presses de la Sorbonne nouvelle, 1997.

Eco (U.), *Lector in fabula. Le rôle du lecteur* (traduit. fr. par Bouzaher Myriem), Grasset, 1985.

Flaubert (G.), *Extraits de la correspondance, ou Préface à la vie d'écrivain*, Editions du Seuil, 1963.

Forte (F.), "99 notes préparatoires à ma vie avec Raymond Queneau", in *Cahiers Raymond Queneau (Quenoulipo)*, Association des amis de Vallentin Brû, Editions Calliopées, 2011.

Goto (Kanako), *La littérature réécriture (Poétique des Exercices de style de Raymond Queneau)*, Editions universitaires européennes, 2011.

Griolet (P.), *Tanka*, in *Dictionnaire universel des littératures (P–Z)* (Publié sous la direction de Béatrice Didier), PUF, 1994.

Lecureur (M.), *Raymond Queneau; biographie*, les Belles Lettres, 2002.

Oulipo, *Abrégé de littérature potentielle*, Editions mill et une nuit, 2002.

Oulipo, *La littérature potentielle*, Gallimard, 1973.

Perec (G.), *Petit Abécédaire illustré*, Au moulin d'Andé, 1969.

Pergnier (P.), *Les anglicismes*, PUF, 1989.

Rodrigues(J.-M.), *Exercices de style*, in *Dictionnaire des œuvres littéraures de langue française D–H* (sous la direction Jean-Pierre Baumarchais et Danil Couty), Bordas, 1894.

Saulais (N.), *Le texte en perspective*, in Raymond Queneau, *Exercices de style* (Dossier et notes par Nicolas Saulais). Gallimard, folio plus classique, 2007.

참고 문헌

Tahar (V.), *Raymond Queneau, fournisseur de formes*, in *Cahiers Raymond Queneau (Quenoulipo)*, Association des amis de Vallentin Brû, Editions Calliopées, 2011.

사전

Bilingue Dictionnaire coréen (coréen–français, français–coréen) (sous le direction de Younès M'Ghari, Patrick Maurus), Ellipses, 2019.
Dupriez (B.), *Gradus: Les procédés littéraires (Dictionnaire)*, Union générale d'Editions, 1984.
Mazaleyrat (J.), Molinié (G.), *Vocabulaire de la stylistique*, P.U.F., 1989.
Moliné (G.), *Dictionnaire de rhétorique*, Librairie Générale Française, 1992.
Robert, Paul, Alain Rey, *Le Grand Robert de la langue française*, tome VIII Raiso-sub, Le Robert, 1985.
『프조사전 *Dictionnaire français–coréen*』(평양외국어대학 천리마프랑스어강좌), 외국문도서출판사, 1977, 평양.

한국어 논문 및 작품

곽민석, 「레이몽 크노 — 새로운 언어를 찾아서」, 인문언어, 9, 2007.
김미성, 「레이몽 크노와 에크리튀르의 혁신: 『문체연습』을 중심으로」, 인문언어, 14-1, 2012.
남종신·손예원·정인교, 『잠재문학실험실』, 작업실유령, 2013.
박숙희, 『우리말 속 일본말』, 한울림, 1996.
신일용, 『아름다운 시대 라 벨르 에뽀끄』(1권~3권), 밥북, 2019.
아폴리네르, 기욤, 『동물시집』, 황현산 옮김, 난다, 2016.
에코, 움베르토, 『번역한다는 것』, 김운찬 옮김, 열린책들, 2010.
조재룡, 『번역하는 문장들』, 문학과지성사, 2014.

크노, 레몽, 『연푸른 꽃』, 정혜용 옮김, 문학동네, 2018.
크노, 레몽, 『지하철 소녀 쟈지』, 정혜용 옮김, 도마뱀, 2008.
테리, 필립, 「문체 연습」, 『죽기 전에 꼭 읽어야 할 책 1001권』, 피터 박스올, 박누리 역, 마로니에북스, 2007.

번역가와 편집자

어느 날 정오경 273번 버스 정류장 옆, 어느 대학 건물 704호 연구실, 책으로 쌓여 포화가 되다시피 한 S라인 책상 (요즘은 거의 사용하지 않는) 구석구석에서, 나는 배배 꼬인 메모가 가득한 프랑스어 원문 옆에 출력해놓은 번역 원고를 쌓아놓고 그 위에다가, 출근 시간의 저 붐비는 인파처럼, 온갖 색깔의 펜으로 여기저기 어지럽게 무언가를 적곤 하는 어떤 작자를 보았는데, 그는 정말로 질긴 엉덩이의 소유자로, 하루종일을 밖으로 나가지 않고, 목이 빠져라 원고를 붙잡고서, 길게, 길게, 목이든 원고든, 길게 길게 늘어지도록 — 시간을, 원고를, 메모를 — 늘리고 있는 것이었다. 아무튼, 경추에 이상이 생겨 동네 병원에서 견인 치료중으로 알려진 이 번역가의 목은 평소와 달리 유달리 길쭉했음에 분명했는데, 그는 하루가 시작되고 마감될 때마다, 골탕을 먹이려고 일부러 발등을 밟듯이, 이 따위로 써놓기라도 했다는 식으로, 눈에 보이지 않는 작가를 불러세워, 당장에 따지기라도 할 듯이 허공에 대고 분노를 표출하거나, 당장 멱살이라도 잡을 모양으로, 따져물을 태세로, 혼자서 길길이 날뛰거나, 자료들을 찾아내고는 그걸 읽느라 내내 책을 붙들고 있었다. 그러다가 그는 충혈된 눈으로 텅 빈 소파를 바라보더니 갑자기 하던 일을 멈추고 그리로 잽싸게 몸을 내던지며, 따져묻던 짓을 재빨리 그만두었다.

그러나, 두 시간이 지난 후, 나는 책상에 앉아 있는 그를 다시 보았는데, 이번에 그는 솜씨 좋은 편집자에게 자기가 보낸 일부 번역에 관해 쉴새없이 지껄이며, 대화를 하고 있다기보다는, 일방적으로 우쭐대는 것이었다. 그러다가 대뜸, 자리에서 일어나 모네의 생라자르역 그림이 걸려 있는 연구실을 왔다갔다하면서, '번역이 좋지 않냐' '이러면 또 어떠냐' '왜 이렇게 했는지 알겠느냐' '정말 골때리는 글이다' '이거 하느라고 미치는 줄 알았다', 와와, 하하, 흐흐흐, 그런데 '이게 다가 아니다' '아직 넘어야 할 산이 많다' '왜 나한테 번역을 부탁했느냐' '하나 해결하니 다른 게 또 기다리고 있다', 어휴, 엉엉, 아, 짜증, '정말 빡친다, 시간이 문제가 아니다' '그런데, 아니, 그래도, 번역해보니 좀 좋다' '그런다 해도 난감한 문제들은 없어지지 않는다' '요 자료를 구해달라' '저 책을 봐야겠다', 어쩌고저쩌고, 쉴새없이 지껄이면서, 이 낱말의 위치를 바꾸거나 저 문장을 우아하게 다듬고 표현도 수정해야겠다 등등의 셀프 충고는 물론, 자기 자랑이 포함된 나르시스적 성취담과 번역 도취담을 쏟아내는 중이었는데, 수화기를 맞붙잡고 있던 편집자는 초조하게 시계를 보고 다시 또 보면서, 통화가 점점 길어질수록, 원고 볼 시간이 조금씩 줄어드는 것을 재고하고는, 오늘도 이 번역가 때문에 (　　)했다, 이 번역가 (　　)하다, 이런, 이러다가 하루 공치겠네, 일 좀 하자 등등의 불만을 번역가에게 큰 소리로 말하고 싶었으며, 그렇게 말하는 연습을 해서라도 전화를 스무드하게 줄여보고 싶다고 삼고했으나, 수명을 줄여가며 아침이고 낮이고 밤이고 여기, 이 악명 높은『문체 연습』에만 주구장창 매달려 있는, 그리하여 급하게 번역을 맡아준 번역가의 용기, 결단, 기개, 총명, 재능 등을 사고해서, 그저 속으로만 곱씹다가, "지금의 가시면류관이 월계관이 될 겁니다"라며 짐짓 기막힌 번역가로서의 그를 치켜세우고는, 허리가 아프시면 앉아 있는 의자를 조금 위로 조절해보거나 모니터의 위치를 조금 올려보시라고 충고를 건네고 있었다.

번역가와 편집자

감사의 말

'시골투'에 도움을 준 박경희와 안웅선, '욕설'에 샘플을 제공해준 김현준, '동요' 어휘에 도움을 주고 '기하학'과 '수학'의 주해를 하나하나 작성해준 이혜원, 버스에 관한 정보 및 '편파적인'에 아이디어를 제공해준 김두리, 고문투를 감수해준 권보드래, 동음이의어 변환 관련 한자 전반을 감수해준 임상석, 자료 검색에서 한자어 고안에 이르기까지 아이디어를 제안해준 정구웅, 프랑스어 전반을 살펴주고 번역에 값진 조언을 준 Simon Kim, 프랑스에서 귀한 자료를 보내준 황윤주, 번역의 매 순간 함께했던 편집자 송지선, 멋진 표지를 만들어준 디자이너 전용완에게 감사드린다.

레몽 크노 연보

1903년 2월 21일 프랑스 북부 르아브르에서 아버지 오귀스트 크노와 어머니 조제핀 미뇨의 독자로 태어남.

1914년 평생 꾸준히 해나갈 독서목록 작성을 이때 시작함.

1919년 라틴어와 그리스어를 선택하여 1차 바칼로레아를 통과함. 이 해에 프루스트를 발견하고, 체스와 당구를 배움.

1920년 2차 바칼로레아 통과함.

1920~1924년 파리 소르본대학에 철학으로 입학해 문학과 수학을 전공하다 다시 철학과 심리학을 공부하여 수료증을 획득함.

1924년 초현실주의그룹과 어울리나, 자동기술법이나 극좌파 정치 성향의 초현실주의자들과는 거리를 둠. 대다수 초현실주의자들과 마찬가지로 정신분석학에 관심을 가졌으나, 자신의 창조적 작업을 위해서라기보다는 미셸 레리스, 조르주 바다유, 르네 크르벨 등과의 개인적 친분이 작용해서였음.

1925년 학사 학위 취득.

1925~1926년 알제리, 모로코 등지에서 군복무함. 스탈린을 지지하는 초현실주의자들과는 거리를 두었으나, 여전히 앙드레 브르통은 물론 브르통과 결별한 시몬 칸과도 연락을 주고받음.

1928년 일명 '샤토 거리의 모임'에 속한 자크 프레베르, 이브 탕기, 마르셀 뒤아멜 등 초현실주의의 이탈자들과 교류함. 시몬 칸의 여동생 자닌 칸과 결혼함. 그림을 그리기 시작함.

1929년 앙드레 브르통이 2월 회합에 크노와 1924년부터 친하게 알고 지냈던 레리스, 롤랑 튀알 등을 초대하지 않자 그와 결정적으로 사이가 멀어짐. 3월 11일 레온 트로츠키와의 대담 자리에 서기관 대리로 동석함.

1930년 크르발, 엘뤼아르, 아라공, 브르통이 프랑스공산당 당원으로 합류하자, 크노는 바타유, 레리스, 프레베르, 카르펜티에르, 바롱, 데스노스, 비트락 등이 공동으로 참여한 반브르통주의자 팸플릿 『한 송장 *Un cadavre*』 집필에 합류함. 바타유, 레리스 등과 민주공산주의 서클에 가담해 1933년까지 보리스 수바린이 이끄는 기관지 『라 크리티크 소시알』에 짧은 서평을 몇 년간 실었고, 일례로 바타유와 공동으로 「헤겔 변증법의 기초 비판」을 기고함. 레몽 루셀을 읽으며 "수학자의 열정과 시인의 합리성"을 결합한 상상력에 찬탄을 보냄.

1932년 초현실주의와 결별한 뒤, 철학자 알렉상드르 코제브와 알렉상드르 코리에, 종교역사학자 샤를앙리 퓌에크의 강의를 수강하고, 1939년까지 이어질 정신분석을 받는 한편, 수학에 깊은 관심을 가짐. 여름부터 가을까지 그리스를 여행함.

1933년 첫 소설 『잡초 *Le Chiendent*』를 발표함. 이 작품의 애호가들이 제정한 제1회 되마고상을 수상함.

1934년 독자 장마리 태어남. 『석상 *Gueule de pierre*』을 발표함.

1936년 자전소설 『마지막 나날들 *Les Derniers jours*』을 발표함. 일간지 『랭트랑시장 *L'intransigeant*』에 글을 기고함.

1937년 운문소설 『떡갈나무와 개 *Chêne et chien*』를 출간함. 소설 『오딜 *Odile*』을 발표함. 이 작품 속 인물 작셀의 모델은 루이 아라공이라고 함.

1938년 『진흙의 아이들 *Les Enfants du limon*』을 발표함. 갈리마르출판사의 도서검토 일을 맡음. 파리에 머물던 헨리 밀러와 『볼롱테 *Volontés*』 잡지를 창간함.

1939년 이차대전 발발로 8월 말에 군에 징집당해 11개월 후에 제대함. 이후 그와 그의 가족들은 생레오나르드노블라에 있는 화가 엘리 라스코와 함께 생활함. 『지독한 겨울 *Un Rude hiver*』을 발표함. 갈리마르출판사에서 내내 일하며 1956년까지 플레이아드총서 발행을 총괄함. 틈틈이 에콜누벨드뇌유에서 학생들을 가르침.

1941년 『뒤죽박죽 날씨 *Les temps mêlés*』를 발표함. 갈리마르출판사 사무국장이 됨. 독일 점령하에서 친독 성향을 띠게 된 『누벨 르뷔 프랑세즈 *N.R.F.*』의 협력 요구를 거절함.

1942년 『내 친구 피에로 *Pierrot mon ami*』를 발표함. 시 「네가 이런 생각이라면 Si tu t'imagines」을 발표함. 이 시는 1946년 『운명의 순간』에 묶여 출간되며, 1949년에는 장폴 사르트르가 노래로 만들어볼 것을 권유하여 조제프 코스마가 작곡하고 쥘리에트 그레코가 노래를 불러 폭발적 인기를 누림.

1943년 시집 『눈-물 *Les Ziaux*』 출간.

1944년 『뤼에이로부터 멀리 *Loin de Rueil*』 『도중에 *En passant*』를 발표함. 항독 문인단체 전불작가위원회 간부가 됨. 레지스탕스 기관 국민전선 Front National 산하의 잡지 『프롱 나시오날』에 협력하는 한편, 항독 지하잡지들에 기고함.

1945년 해방 후 파리의 명사, 생제르맹데프레의 유명 인사가 됨. 향후 약 15년간 수많은 심사위원회, 강연회, 영화계 행사 등에 참여함.

1946년 시집 『운명의 순간 *Instant fatal*』을 출간함.

1947년 대표작 『문체 연습 *Exercices de style*』을 발표해 대중에게 널리 알려짐. 시집 『목가 *Bucoliques*』를 출간함. '살리 마라'라는 가명으로 소설 『여자들에게 늘 너무 친절해 *On est toujours trop bon avec les femmes*』를 출간함. 르네 클레망과 볼테르의 『캉디드』 영화화를 위한 각색 작업을 하나 촬영은 하지 못함.

1948년 프랑스수학협회 회원이 됨. 소설 『성聖 글랭글랭 *Saint-Glinglin*』을 발표함. 생제르맹데프레에서 사르트르를 위시한 실존주의자들의 활동에 참여함.

1949년 파리의 한 갤러리에서 수채화 작품들(1928~1948)을 전시함. 이브 로베르가 만든 연극 〈문체 연습〉이 무대에 올라감.

1950년 상상의 인물 '살리 마라'를 내세운 소설 『살리 마라의 내면일기 *Le Journal intime de Sally Mara*』를 발표함. 시집 『휴대용 우주형성소론 *Petite cosmogonie portaitve*』을 출간함. 비평 에세이집 『선, 숫자, 그리고 글자 *Bâtons, chiffres et lettres*』를 출간함. 콜레주드파타피지크그룹에 들어가 총수가 되고, 롤랑 프티가 이끄는 파리발레단과 미국 여행을 함. 시나리오 작가이자 감독이자 주연으로 참여한 단편영화 〈다음날 Le lendemain〉을 발표함. 이 영화는 안타깝게도 지금은 유실되고 없음.

1951년 아카데미공쿠르 회원으로 선출됨. 이듬해에는 유머학회 회원으로도 선출됨. 다큐멘터리 단편들 〈산수 Arithmétique〉에서는 작가로, 〈생제르맹데프레〉에서는 작가 및 해설자로 참여함.

1952년 『인생의 일요일 *Le dimanche de la vie*』을 발표함. 리오네, 보리스 비앙 등과 공상과학애호가 모임을 창설함.

1953년 다큐멘터리 단편 〈샹젤리제〉 작가 및 해설자로 참여함. 나이지리아 소설가 아모스 투투올라의 『야자주 술꾼』을 번역해 출간함. 1930년대 사르트르, 바타유, 메를로퐁티 등과 함께 알렉상드르 코제브의 문하생이었던 크노는 추후에 헤겔의 『정신현상학』에 대한 코제브의 강의록을 편집해 출간함.

1954년 시나리오작가로 참여한 르네 클레망의 영화 〈리푸아 씨 Monsieur Ripois〉가 개봉함.

1955~1957년 칸영화제 심사위원으로 활동함. 틈틈이 르네 클레망의 영화 〈제르베즈〉의 노래가사를 쓰거나 루이스 부뉴엘의 영화 〈이 정원에서의 죽음 La mort en ce jardin〉의 대사를 쓰며 멕시코를 여행하는가 하면 잉마르 베리만의 〈어느 여름날의 미소〉 프랑스판 대사를 번역하기도 함. 앙케트 결과를 책으로 묶은 『이상적인 도서관을 위하여 *Pour une bibliothèque idéale*』를 출간함.

1958년 다큐멘터리 단편 〈뱅뱅〉 작가이자 해설가로 참여함.

1959년 소설 『지하철 소녀 쟈지 *Zazie dans le métro*』를 발표하여 큰 성공을 거두며 블랙유머상을 수상했고, 연극으로도 만들어짐. 다큐멘터리 단편 〈스티렌의 노래 Le chant du Styrène〉 작가이자 해설자로 참여함.

1960년 수학자와 문인들로 구성된 실험문학단체 울리포(잠재문학작업실) 그룹을 창단함. 루이 말이 감독하고 크노가 시나리오작가로 참여한 영화 〈지하철 소녀 쟈지〉가 개봉됨.

1961년 『시 100조 편 *Cent Mille Milliards de Poèmes*』을 출간함.

1963년 에세이 『변邊들 *Bords*』을 발표함. 시나리오작가이자 극중 정치인 조르주 클레망소로 참여한 〈랑드뤼 Landru〉를 집필함.

1965년 『연푸른 꽃 *Les Fleurs bleues*』, 시집 『만돌린을 연주하는 개 *Le chien à la mandoline*』를 발표함.

1966년 에세이 『표본 역사 *Une histoire modèle*』를 출간함.

1967년 『인생의 일요일』 소설을 대본화함. 시집 『거리를 달리다 *Courir les rues*』를 출간함.

1968년 시집 『들판을 쏘다니다 *Battre la campagne*』, 소설 『이카로스의 비상 *Le Vol d'Icare*』을 출간함.

1969년 시집 『파도를 가르다 *Fendre les flots*』를 출간함. TV 시리즈물 대본 작업은 꾸준히 이어감.

1972년 아내 자닌 칸이 사망함.

1973년 산문집 『그리스 기행 *Le Voyage en Grèce*』을 발표함. 울리포 공저 『잠재문학 *La littérature potentielle*』을 출간함.

1975년 시집 『기본 윤리 *Morale élémentaire*』를 출간함.

1976년 10월 25일 사망함. 파리 외곽 에손에 있는 쥐비지쉬로주 묘지의 부모의 무덤 옆에 묻힘. 수학자로서의 면모가 발휘된 『다비트 힐베르트풍의 문학 기초 *Les fondements de la littérature d'après David Hilbert*』가 출간됨.

1980년 〈내 친구 피에로〉 TV 영화로 방영됨.

1981년 중편소설과 단편 텍스트 모음집 『콩트와 이야기 *Contes et propos*』가 출간됨.

1986년 『일기 1939~1940 *Journal 1939–1940*』가 출간됨.

1989년 플레이아드총서로 『전집』 1권, 2002년에 『전집: 소설들 1』 2권, 2006년에 『전집: 소설들 2』 3권이 나옴.

1996년 『일기 1914~1965 *Journaux 1914–1965*』가 출간됨.

문체 연습

1판 1쇄 2020년 10월 27일
1판 7쇄 2024년 5월 3일

지은이 레몽 크노
옮긴이 조재룡

기획 및 책임편집 송지선
편집 박아름
디자인 전용완
저작권 박지영 형소진 최은진 서연주 오서영
마케팅 정민호 서지화 한민아 이민경 안남영 왕지경 정경주 김수인 김혜원
김하연 김예진
브랜딩 함유지 함근아 고보미 박민재 김희숙 박다솔 조다현 정승민 배진성
제작 강신은 김동욱 이순호
제작처 상지사

펴낸곳 (주)문학동네
펴낸이 김소영
출판등록 1993년 10월 22일 제2003-000045호
주소 10881 경기도 파주시 회동길 210
전자우편 editor@munhak.com
대표전화 031) 955-8888 | 팩스 031) 955-8855
문의전화 031) 955-1927(마케팅) 031) 955-2646(편집)
문학동네카페 http://cafe.naver.com/mhdn
인스타그램 @munhakdongne | 트위터 @munhakdongne
북클럽문학동네 http://bookclubmunhak.com

잘못된 책은 구입하신 서점에서 교환해드립니다.
기타 교환 문의 031) 955-2661, 3580

ISBN 978-89-546-7522-2 03860
www.munhak.com